鍛冶師ですが何か！　十一

主な登場人物
フェイオンフウ
驍廣とともに
行動している賢虎。
紫慧紗《シェーシャ》
冥界にいた龍族の女の子。
驍廣にくっついて異世界へ渡り、
鍛冶師見習いを始める。
津《つ》田《だ》驍《たけ》廣《ひろ》
代々刀鍛冶の家系で、
本人も刀鍛冶を目指していた。
十八歳の誕生日に死んでしまうが、
元の記憶を持ったまま、
異世界で鍛冶師となる。
アルディリア
翼竜街ギルドの職員。
実は、驍廣の現世での
幼馴染『津《つ》武《ぶ》雅《まさ》美《み》』の
生まれ変わり。

タウロ
驍廣の押しかけ
弟子となった
単眼巨人《キュクロプス》。
スミス・
シュミート
翼竜街で長年
活躍してきた
鍛造鍛冶師。
波奴真安《はぬまあん》
羅漢獣王国の
商人組合参与。
目占天都《めうらあまつ》
タウロとともに、
驍廣の弟子になった
妖鼠人族《ようそじんぞく》の女性。

目次

プロローグ　妖精再建　7
第一章　翼竜街に戻りますが何か！　30
第二章　鍛冶場を建設しますが何か！　87
第三章　俺の鍛冶場は珍客万来ですが何か！　231
エピローグ　～大団円～　292

プロローグ　妖精再建

センティリオラハイエルフ氏族が主導した甲竜街《こうりゅうがい》侵攻の失敗により、傷ついた兵たちが各郷に辿《たど》り着いた頃、時を同じくして『天樹』が倒壊した。そのことによって天樹《てんじゅ》国《こく》の妖精族たちは精神的支柱をも失い、『国』としての纏《まと》まりを失いつつあった。

各氏族の郷が自分たちの今後を模索する中、アクアエルフ氏族族長リーリエ・クアーレの呼びかけで、彼女の郷『清湖の郷《ピューレゼーエンドルフ》』にて各郷の氏族長による話し合いの場が持たれることとなった。

清湖の郷は、その名の通り天樹国の輪状山脈内にある湖の傍《かたわ》らに築かれており、郷から臨む湖の風景は、話し合いのため来訪した、戦《いくさ》で傷ついた各氏族の者たちの心を慰め、安らぎを与えた。

清湖の郷に設けられた氏族長会合の会場からも湖が見え、会場に集まった各氏族長たちも、その眺めに一時の寛《くつろ》ぎを感じていた。だがそんな中で、一人苛立《いらだ》ちを隠さずブツブツと悪態を吐《つ》きながら、会合の始まりを今か今かと待つ者が——響鎚《エアシーネハマー》の郷のドワーフ氏族族長ヨゼフ・グスタフだ。

彼は、輪状山脈の麓《ふもと》にある自らの郷から遥々《はるばる》清湖の郷にまで足を運んだにもかかわらず、なかなか会合が始まらないことに、苛立《いらだ》ちを抑えることができないでいた。

そして、最後に会場に姿を現した者を目にして、ヨゼフはついに我慢ができなくなった。

「くっ、なぜこの場にこやつがいるのじゃ！　リーリエ殿、説明願いたい!!　こやつは先の戦《いくさ》にて背後より天樹国軍を襲撃し、敗走へと追い込んだ張本人。そのような者が、なぜ我ら妖精族の行く末を決める重要な氏族長の集いの場に来ているのじゃ!?」

ヨゼフは声を荒《あら》らげ、そのままリーリエに詰め寄ろうとしたが——

「控えられよ、ヨゼフ殿」

リーリエの近くに佇《たたず》んでいたデュラハン氏族の族長ロンバルト・ゲッペルスが、彼の前に立ちふさがった。小脇に抱えた頭部から放たれる鋭い眼光に一瞬にして射竦《いすく》められたヨゼフは、顔を引き攣《つ》らせながら悪態を吐《つ》きつつ、元いた場所へ戻っていった。

そんなヨゼフの姿に深く溜息《ためいき》を吐《つ》きながらも、リーリエは気を取り直した。来場した者——リヒャルト・アーヴィンは、ヨゼフの言葉も、会場にいる幾人かの氏族長からの敵意も意に介することなく、案内するアクアエルフ氏族の者に従い、平然と指定された席へと腰を下ろした。

そのあまりにも堂々とした姿に、それまで湖を眺めていた各氏族長たちからも呻《うめ》き声が漏れた。

泰然自若《たいぜんじじゃく》としたリヒャルトの振る舞いと、他の氏族長たちの姿に、リーリエは再び溜息《ためいき》を吐《つ》く。

それを見て微《かす》かに苦笑を浮かべたロンバルトだったが、リヒャルトを最後に、声をかけた全ての氏族長たちが集まったことを確認して、リーリエに目配せをする。

リーリエも会場に集う氏族長たちを見回し、ロンバルトの目配せの意味を理解すると、改めて気合を入れるように大きく深呼吸をし、声を上げた。

「お待たせをいたしました。お声がけさせていただいた各氏族を代表される方々〝全員〟がお集まりになりましたので、今後の〝妖精族〟について話し合いをさせていただきたいと思います。申し遅れました、先の戦《いくさ》にて身罷《みまか》りました母コーリッシュ・クアーレに代わり、アクアエルフ氏族の族長の座を拝命いたしましたリーリエ・クアーレでございます。以後、お見知りおきくださいませ」

言い終えると、深々と頭《こうべ》を垂れた。それに対し、ともに戦場に立った氏族の族長たちは納得の表情を浮かべた。だがヨゼフをはじめ、バグベア氏族、レッドキャップ氏族など、数名の氏族長はまだ歳若いリーリエの姿に侮蔑《ぶべつ》とも取れる表情を浮かべる。彼らの不躾《ぶしつけ》な視線からリーリエを隠すように、脇に控えていた鎧姿《ロンバルト》の男は進み出ると、小脇に抱えた頭の瞳でギロリと睨《にら》みつける。その威に、たちまち視線を彷徨《さまよ》わせるヨゼフたち。

「見知りおきの者も多かろうが改めて、儂はデュラハン氏族の族長ロンバルト・ゲッペルス。昨今の妖精族の在りようを嘆いておられたリーリエ殿から相談を受け、この会合を催《もよお》すことに助力させていただいた。先の戦《いくさ》から……否、それ以前より思うところがある者もおられたことだろう。此度《こたび》の会合は、それら全てのことについて忌憚《きたん》なく意見を出し合い、各妖精族の関係を改めて構築する足がかりができればと考えておる。各人からの活発な発言を期待する！」

この挨拶《あいさつ》で会合がアクアエルフ氏族単独ではなく、デュラハン氏族とともに進められたものだと知り氏族長たちは驚いた。

妖精族の間では、支柱であった天樹を失い、これまで自分たちを抑えつけてきたハイエルフ氏族の郷も滅び去ったことで、強い勢力を保持する氏族の勝手がまかり通る、群雄割拠の様相を見せはじめていた。彼らはそんな状況を可《よし》としていた。

先の戦《いくさ》で負傷者を献身的に治療したアクアエルフ氏族の呼びかけだから、顔を立てて出席はする。だが、話し合いの場では自分たちの主張をゴリ押しし、主張が通らないときには力に物を言わせて有耶無耶《うやむや》にしてしまおうと考えていた。

ところが、この状況で好き勝手に振る舞うと、デュラハン氏族の武威の前に抑え込まれることになる。自分たちの思惑通りには事が運ばなくなったと、苦虫を噛《か》み潰《つぶ》したような表情を浮かべる各氏族長たち。

彼らの様子が視界に入ってきたが、リーリエは意に介することなく、言葉を続けた。

「今日お集まりいただいたのは、わたくしたち妖精族の支柱となっていた光翼竜蛇《ケツアルコアトル》様が座しておられた天樹が倒壊したことで、『天樹国』という枠組みが崩壊しました。それにより、氏族間での纏《まと》まりが失われ、同じ妖精族でありながら氏族間での争いが起きている現状を憂慮《ゆうりょ》してのものにございます。妖精族は本来、今はなき天樹のもとで、それぞれの資質に合った精霊とともに、互いに補い合い、豊かな生活を享受《きょうじゅ》してまいりました。しかし、いつの頃からか精霊術を行使できるから他の種族よりも優《すぐ》れているなどといった妄想が蔓延《まんえん》し、愚かにも他国への侵攻という暴挙に走ってしまいました。その暴挙は、わたくしたち妖精族の敗走という形で終局を迎えました。さらに、その隙《すき》をついた何者かによって輝樹の郷《シエロバオム》に穢呪《アイジュ》の病が発生し、ハイエルフ氏族は自らの郷を失い、また妖精族が心の拠《よ》りどころにしてきた天樹は枯れ果て、倒木へと至ってしまったのです。事ここに至り、わたくしアクアエルフ氏族族長リーリエ・クアーレは、これまでの特定の一氏族による統治ではなく、各氏族より選出された代表による合議によって、妖精族の今後を考えていきたいと考えております。お集まりの各氏族の方々は、どのようにお考えでしょうか？」

リーリエは会合の主旨を告げ、集まった各氏族長たちを見回した。

彼女の言葉に、氏族長たちは各々様々な反応を見せた。

眉間《みけん》に皺《しわ》を寄せて歯軋《はぎし》りをする者。面倒なことを、と天を仰ぐ者。隣り合った者同士で囁《ささや》き合う者。中には、リーリエの言葉に公然と異を唱える者もいた。しかし、リーリエの真向かいに座るリヒャルトは、腕を組み、微《かす》かな笑みを浮かべながらも、静かに目を閉じていた。

会場内が騒然とする中、子供のような背丈と、それに比べて異様に長い手と異様に幅の広い足を持つ赤髪の妖精、ピクト氏族の族長イェニー・マルギットが、おずおずと手を挙げた。

「す、すみません。私どもピクト氏族は、今回のハイエルフ氏族の主導による甲竜街侵攻に参加しておりません。光翼竜蛇様のおわす天樹が倒壊したことに動揺していたところに、レッドキャップ氏族の者が郷に乗り込んできて、食料を採取していた森を奪いました。今後はレッドキャップ氏族の許可なしに食料の採取は許さないと告げられ、困惑していたのです。そんなときにリーリエ様に呼びかけていただき、応じれば少しは何が起きているのか分かるのではと思い、この場にやってまいりました。先程、響鎚の郷のヨゼフ様は、豊樹《フルフトバールバウム》の郷のリヒャルト様に対して敵意剥《む》き出しの発言をして、驚いておるところにございます。リヒャルト様の豊樹の郷は、これまでこの場に集うどの氏族よりも妖精族の国に対して尽くしてこられたことは、妖精族ならば誰もが認めるところ。なのになぜ、ヨゼフ様はあのようにリヒャルト様を悪《あ》し様《ざま》に罵《ののし》られたのか？　一体、先の戦《いくさ》で何があったのでしょう。お教えいただけぬでしょうか」

最初は小声で聞き取りづらかったイェニーの声だったが、徐々に大きくなり、氏族長たちの耳にはっきりと届くようになると、彼らの視線はヨゼフとリヒャルトへと注がれることとなった。

氏族長たちからの視線に、ヨゼフは額に汗を浮かべ、所在なさげに視線をあちらこちらへと飛ばしながら、何やらモゴモゴと口を動かすものの、明確な言葉とはならなかった。

そんなヨゼフに、苛立《いらだ》ちを見せはじめた氏族長たち。と、発言の機会を求めて手を挙げる者が現れた。リーリエの横に座る、デュラハン氏族族長ロンバルト・ゲッペルスだった。

彼はテーブルの上に置いていた頭部を小脇に抱え、横に座るリーリエと正面に座するリヒャルトの方にチラリと視線を飛ばしてから、おもむろに立ち上がった。

「イェニー殿、その問いには某《それがし》がお答えいたそう。当事者たるご両所からは何かと言いづらいこともあるだろうからな。事の起こりは、甲竜街への侵攻よりも前に遡《さかのぼ》る。この場にお集まりの各氏族の方々も耳にされたのではないかな？　豊樹の郷で穢呪の病が発生したことを」

これを聞いて慌《あわ》てたのはヨゼフだった。

彼はリーリエの呼びかけに際し、天樹国と袂《たもと》を分かつと宣言したリヒャルトは欠席するものと考えていた。そうなれば、豊樹の郷が穢呪の病にみまわれた際に、響鎚の郷に避難したダークエルフ氏族に対して自分たちの行《おこな》った非道が、他の妖精族の耳に入ることはない。

その上で、今回の話し合いで作られる新たな枠組みの中でも、武具や防具の供給者として以前と変わらぬ地位を確保できると踏んでいた。

ところが、なぜかリヒャルトが会合に姿を現した。このままでは不味《まず》いと、ヨゼフは先の戦《いくさ》でダークエルフ氏族が天樹国軍本陣を強襲した事実を声高に叫《さけ》ぶことで、リヒャルトを追い払おうとしたのだ。しかし、それが裏目となり、今、自らの非道な行いが公の場で晒《さら》されようとしていた。

ヨゼフはロンバルトの発言を遮《さえぎ》らねばと、椅子から立ち上がりかけたが、各氏族長の後方で警備に当たっていたアクアエルフ氏族に肩を押さえられ、無理やり着座させられる。同時に、

「ヨゼフ様、今はロンバルト様がお話し中です。お静かに！」

と、制止されてしまった。

そんなヨゼフの醜態《しゅうたい》を尻目《しりめ》に、ロンバルトは淡々と、豊樹の郷が穢呪の病に侵されてから、先の戦《いくさ》が終わるまでのことを嘘偽りなく説明していった。

ロンバルトが語り終えると、詳細を求めたピクト氏族イェニーは言葉を失い、顔からは血の気が引いていた。それでも気丈に、悪行が白日のもとに晒《さら》されたレッドキャップ氏族、バグベア氏族、そしてドワーフ氏族を、非難するように一瞥《いちべつ》した。

「な、なるほど。今お聞きしたことが事実であれば、リヒャルト様をはじめとしたダークエルフ氏族の者たちの行動を一方的に非難することはできません。もし、同じような状況に追い込まれたとしたら、非力な我らピクト氏族であっても、ハイエルフ氏族に対して一矢報《むく》いようと行動を起こしたかもしれません。ですが、今のお話は事実なのでしょうか？　ハイエルフ氏族の指揮のもとに行われようとしていた豊樹の郷の襲撃は、ロンバルト様が体験されたこと。また先の戦《いくさ》の際にダークエルフ氏族が行《おこな》った天樹国軍の本陣襲撃は、リーリエ様の目の前で行われたことでしょうから、事実なのだと思います。ですが、その原因となった、ラクリア様の策謀で穢呪の病が豊樹の郷で起こ

されたことや、響鎚の郷へ避難したダークエルフ氏族に対する労苦などは、一体どなたからお聞きになられたのでしょう？　もしそれがリヒャルト様から語られたものであるとすると、一概に信ずることはできかねますが」

イェニーの問いは、この場に集まった他の氏族長にとっても知りたいことだったようで、彼らの視線はロンバルトへと注がれることとなった。

その様子を見て、肩身を狭くしていたヨゼフとレッドキャップ氏族・バグベア氏族の族長たちは、上手く行けばダークエルフ氏族の作り話だとして、自分たちの罪を隠すことができるのではと、悪辣《あくらつ》な思いを巡らせていた。

一方のロンバルトは、問いかけにすぐには答えず、眉間《みけん》に皺《しわ》を寄せていたが、数瞬の間をおいて何か覚悟を決めたような顔で口を開こうとした矢先——会合を行《おこな》っている建物の外から慌《あわ》てふためくような声が聞こえてきたかと思うと、部屋の扉が開かれた。

「失礼します！　リーリエ様……」

慌《あわ》てた様子で飛び込んできた、一人の武装したアクアエルフ氏族が、リーリエに何かを伝えようとしたが、その言葉を遮《さえぎ》るように別の者の声が会合の場に響いた。

「騒がせることになってしまってすまぬが、ちと邪魔をするぞ」

その言葉とともに、扉を開いたアクアエルフ氏族の足元をチョコチョコと通過し、そのままヒョイッと妖精族の族長たちが座る円卓の上に飛び乗ったのは——一見するとまるで猫のようにも見える幼い黒虎だった。

そしてこの黒子虎は、注がれる視線を気にすることもなく、そのまま毛繕《けづくろ》いをしはじめた。

そんな黒子虎の姿を茫然《ぼうぜん》と見つめていた族長たち。彼らのうちの何人かは、黒子虎の人を食ったような態度に苛立《いらだ》ち、怒りを露わにして立ち上がり、怒声を上げようとした。だが、黒子虎のひと睨《にら》みで、金縛《かなしば》りにあったように体を硬直させたかと思うと、次の瞬間には口から泡を吹いて崩れ落ち、気絶してしまった。

「ガタガタと五月蠅《うるさ》いのぉ。先程、デュラハン氏族の者が口にした事実を誰から聞いたのかと訊《たず》ねていたようじゃから、その張本人を連れてきてやったというのに。妖精族というのは躾《しつけ》がなっておらんようじゃなあ。まあよいわ。樹光《シュグアン》！　……何をぐずぐずしておるのじゃ、早よぉ来んか‼」

黒子虎が、叱《しか》りつけるような声を上げると、開け放たれていた扉から、フヨフヨと綿毛に包まれた蛇のようなものが、背中の羽を動かしつつ黒子虎のもとへと飛んできた。

その綿毛の姿を見たロンバルトは、それまで保っていた悠然とした態度から一転、極度の緊張で体はガチガチになり、引き攣《つ》った表情に変わっていた。

人間との戦《いくさ》において先陣を切るダークエルフ氏族に続いて戦場を駆け回り、敵を退けてきたデュラハン氏族。その中でもロンバルトは、族長でありながら常に先頭に立ち、指揮を執《と》る姿から〝騎士王〟の二つ名で呼ばれることもある武人だった。

そんな彼の緊張する姿に、族長たちも一体何事かと色めきだった。

周囲の反応を毛繕《けづくろ》いをしながら眺めていた黒子虎は、軽く溜息《ためいき》を吐《つ》き、改めて口を開いた。

「さて、デュラハン氏族の者の発言の出どころじゃが、響鎚の郷での一件は、儂が話して聞かせた。

穢呪の病については、ここにいる樹光が一部始終を梢《こずえ》の上から見ておったので、ロンバルトに話して聞かせたまでのことじゃ。もし他に証人が要るというなら、シュバルツティーフェの森を治める賢猪サビオハバリーが証人になるじゃろう。アヤツも、儂とともに穢呪の病に侵された豊樹の郷を訪れ、その後饗鎚の郷に出向き、全部見ておる。儂の言葉だけでは納得できぬのであれば、サビオハバリー本人にも確認を取るか？　あやつなら喜んで証言してくれると思うが、どうじゃな」

これを聞き、ヨゼフたちは苦虫を噛《か》み潰《つぶ》したような表情で黒子虎を睨《にら》みつけることしかできなかった。一方、ロンバルトに問いかけたイェニーは、得心がいったのか満足そうな表情を浮かべた。

「そうですか、分かりました。わざわざ妖精族の族長が集まる中でその身を明らかにし、また他にも証人となる御方がおられるというのであれば、その言は信用に値《あたい》すると考えます。私は、ロンバルト様の発言に異論をはさむ余地などないと判断いたします」

そう告げると、問い質《ただ》したことを謝罪するようにロンバルトに対し深々と頭を下げた。その上で、再び口を開く。

「であれば、リヒャルト様をはじめ、ダークエルフ氏族の皆様は被害者であり、そんな彼らにさらに罪を着せるようなことがあっては、妖精族は他の種族から愚か者の誹《そし》りを受けることでしょう。むしろ、ハイエルフ氏族を筆頭に、ダークエルフ氏族に害をなした者たちこそが糾弾《きゅうだん》されるべきだと考えますが、異論のある方はおられますでしょうか？」

そう告げたイェニーを憎々しげに睨《にら》みつけるヨゼフ以下三氏族の者たち以外は、それぞれに肯定する旨を表情に浮かべていた。それを確認したリーリエは、おもむろに立ち上がる。

「では、リヒャルト様についてはよろしいですね。次に甲竜街への侵攻についてですが、そちらについてはここにお集まりの、多くの氏族の方が参加しており、それぞれに思うところがおありでしょう。ですが、この場でそのことを言い合っても実のある話し合いにはならないと思われます。ですので、この場ではハイエルフ氏族の号令で行われた戦《いくさ》で無用の血が流され、侵攻を行《おこな》った我らが敗れ去ったということでよろし……」

「待て、そんな纏《まと》め方があるか！　そもそも勝ち戦《いくさ》であったものを、我らの背後から襲いかかった裏切り者のせいで敗走することになったのではないのか!!」

リーリエが先の戦《いくさ》については端的に纏《まと》めようとしたところ、再びヨゼフが怒声を上げて遮《さえぎ》った。

ロンバルトが語ったことと、妖精族内で広まりつつある風聞から、ヨゼフはダークエルフ氏族がハイエルフ氏族を襲ったために、天樹国軍は敗走の憂《う》き目にあったと主張したかったようだ。だが……

「ふざけるな！　リヒャルト殿が介入するまでもなく、翼竜街からの援軍が到着した時点で、我らに勝機などなかったわ！」

ヨゼフに反論したのは、先の戦《いくさ》で最も多くの戦死者を出したヴィーゼライゼン氏族で新たに族長となったマルゴット・ボニファーツだった。また、同じく多くの犠牲《ぎせい》を出したコボルド氏族の族長ゼップル・ロンナーも、マルゴットに同調し怒りの表情でヨゼフを睨《にら》みつけていた。

マルゴットの糾弾《きゅうだん》は続いた。

「そもそも、先の戦《いくさ》は烏合《うごう》の衆としか呼べない各氏族の寄せ集めを、ただ兵数が多いからと、なんの考えもなく突撃させただけ。確かに、一時は自らの命を捨てるかのようなトロール氏族の強引な突撃によって、甲竜街側の一部を敗走させはした。だが、その後は練られた防御陣形の前になす術《すべ》なく、翼竜街からの援軍が投入された途端、我らは敗走せざるを得なかったのだ。そもそも、我らに支給された響鎚の郷からの武具や防具は、甲竜街側の防御陣にわずかな穴を開けることもできずに刃毀《はこぼ》れをおこした。そして、反撃に出た翼竜街騎獣団の攻撃を受けると、一合も耐えることなく無残にも打ち砕かれたのだぞ！　何が優《すぐ》れた武具・防具を産出する鍛冶師の郷だ。今や見た目ばかりのナマクラしか生み出さぬ偽鍛冶師の郷ではないか!!」

マルゴットの発言に、ヨゼフは怒りで顔を真っ赤にし、立ち上がって怒声を上げようとした。だが、他の氏族長たちも、マルゴットの発言を肯定し、響鎚の郷で作られた武具防具を非難する声を次々と上げた。

その多くは、先の戦《いくさ》で使用された武具・防具に対してのものだった。しかも中には、ダンカンたちが行《おこな》っていた、連綿と受け継がれてきたドワーフ鍛冶の技法を護《まも》ってきた者たちの武具・防具と、ヨゼフが推奨《すいしょう》しアロガンたち若き鍛冶師が推《お》し進めてきた、精霊を酷使して生み出した武具・防具とでは、隔絶した差が存在すると指摘。さらに、ヨゼフが推奨《すいしょう》するものは使用に耐えられない玩具《おもちゃ》だと言い切る者まで現れた。

彼らの声に、真っ赤になっていたヨゼフの顔色は蒼白に変わり、最後にはどこを見ているか分からない、虚ろな表情へと変わっていた。リーリエは、そんなヨゼフに『自業自得だ、愚か者め！』と心の中で呟《つぶや》くと、この場を収めるために声を上げた。

「お集まりの各氏族長の方々、響鎚の郷で産する武具・防具については、この辺でよろしいでしょうか？　皆様のお話は大変興味深く、捨て置くことのできる問題ではないとは思います。ですが、各郷においてご多忙の中をご足労おかけしておりますので、響鎚の郷の件については、後日改めてということにいたしたいと存じます。先の戦《いくさ》については、ロンバルト様とマルゴット様が今お話しいただいたものを、この場では統一見解とさせていただきます。そして、リヒャルト様並びに豊樹の郷のダークエルフ氏族の行動についても、これまでハイエルフ氏族の非道に対する報復が、、、たまたま先の戦《いくさ》と重なっただけであり、今後わたくしたち妖精族がこの件に関してなんら非難するものではないとさせていただきます。先の戦《いくさ》に関する責は、主導したハイエルフ氏族とその話に乗ってしまったわたくしたち自身にあったものといたします。続きまして、天樹の倒壊と天樹におられた光翼竜蛇《ケツアルコアトル》様についてですが、この件に関しては、残念ながらわたくしのもとには皆様方に改めてお話しできる情報は届いておりません。もし、お集まりの皆様方の中で、天樹や光翼竜蛇様に関する情報がおありでしたら、お聞かせ願いたいのですが……」

リーリエは甲竜街への侵攻をそう統括した上で、天樹の倒壊などの情報提供を呼びかけた。

ほとんどの者は、自責の念を抱えつつ納得したように肯定し、レッドキャップ氏族とバグベア氏族の代表も、流れには逆らわず渋々《しぶしぶ》ながらも頷《うなず》いた。

だが、天樹の倒壊などの情報を持っている者はいないのか、しばし沈黙がその場を支配した。

「……樹光、何を黙っておるのじゃ。己の口から話さぬか！」

突然、テーブルの上で妖精族を見守っていた黒子虎が、苛立《いらだ》ち混じりに傍《かたわ》らにいる綿毛を叱《しか》りつけた。それによって周囲の視線は、一斉に綿毛——樹光へと注がれた。集まった視線に、フワフワだった綿毛が硬化して針のように逆立ったが、すぐに柔らかさを取り戻し、樹光は数拍の間をおいて話しはじめた。

「……分かっております。そう急《せ》かさなくてもよいではありませんか。この者たちの前で自らの失態を話すのは、心構えが必要なのですから。はあ……。ではお話しいたしましょう。妖精族の者たちよ、心して聞きなさい。天樹の倒壊は、ハイエルフ氏族族長センティリオの妻ラクリアによって起こされたことです。ラクリアは甲竜街への侵攻の最中、輝樹の郷に残ったハイエルフ氏族の者たちを、全て自身の住居としていた族長の邸宅に集めて拘束《こうそく》しました。そして、首だけを出した状態で邸宅の床に埋《う》め、その前にあなたたちの郷から送られてきていた大量の食糧を置いたのです。まず、目の前に食糧があるのにもかかわらず餓《う》えて死にゆく子供の姿を、母親たちに見せつけました。次に、母親たちの憎悪と飢餓《きがかん》感が極限まで高まったところで彼女たちを殺し、その場に大量の魔気（瘴気）を生み出し、大地に穢呪の病を発生させたのです。穢呪の病は大量に生み出された魔気を糧《かて》に、輝樹の郷に急速に広がり、大地を腐《くさ》らせていきました。天樹もまた、穢呪の病によって生み出された穢液《アイエキ》の侵食を受け、根から立ち枯れていきました。そして、大きく枝葉を広げた天樹は、その大きさゆえに樹幹を支えられなくなり、倒れることとなったのです」

樹光が語る内容に、集った各氏族の者たちは驚愕《きょうがく》し、怒りに震えてしばらくの間、言葉を発することができなかった。

「……で、では、我が同胞が命を散らしている間に、輝樹の郷ではラクリアによって天樹が穢《けが》されていたというのか……それではあの戦《いくさ》は一体なんだったのだ？　センティリオは……ハイエルフ氏族は、天樹国が甲竜街によって受けてきた数々の屈辱《くつじょく》を晴らし、我ら妖精族の繁栄のための戦《いくさ》だと宣言していた。あの宣言は何だったのだ⁉」

誰のものとも判然としない叫《さけ》びが、静寂の中に響き渡った。この言葉は、清湖の郷に集まった多くの妖精族たちの共通の思いだった。

境を接し交流を持つ街（国）に攻め込むなど信義に反する。そんな行為を実行するのに、センティリオの宣言をよりどころにして自らを赦《ゆる》していた妖精族たちにとって、自らの足元が崩れ去る思いだった。彼らに悲しそうな目を向けながら、樹光はさらに妖精族を驚かせる言葉を口にした。

「侵攻などというものは、どう言い繕《つくろ》おうとも許されざる行為です。が、センティリオの宣言は彼《か》の者の本心だったことでしょう。たとえそれが巧妙に操られ、唆《そそのか》されたものだったとしても……」

「巧妙に操られ、唆《そそのか》された？　センティリオの宣言、そして侵攻は、彼が何者かによって操られて行《おこな》ったものだと言うのですか？」

リーリエが悲鳴のごとき声で問い質《ただ》すと、樹光は一層悲しげな表情を浮かべ、この場にいる者に分かるように大きく頷《うなず》いた。

「誰だ！　誰がセンティリオを操り、我らを愚行へと走らせたのだ‼」

「許さぬ！　許さぬぞ‼」

「何者であろうとも必ず見つけ出し、罪に相応《ふさわ》しい報《むく》いを受けさせてくれる！」

次々と上がる怒りの声。しかし、樹光は答えず、騒ぐ氏族長たちに冷徹な視線を向け、ただ一人ジッと事の成り行きを見守るリヒャルトへと視線を向けていた。そして、そのことに気付いたリーリエやロンバルトもリヒャルトを見つめ、それを皮切りに、声を上げていた氏族長たちも徐々に口を閉じ、同じように彼へと視線を向けた。

「はあ……。樹光様、皆が犯人探しに狂騒しているときに視線を向けられては、まるで犯人であるかのような誤解を与えてしまうとお分かりのはず。迷惑にございます」

大きな溜息《ためいき》とともに発せられた言葉に、樹光は慌《あわ》てて周囲の様子を見回した。

「こ、これは、なんとしたこと。違います！ リヒャルト殿らダークエルフ氏族の者たちは、扇動者によって煽《あお》られたハイエルフ氏族による被害者。ただ、事の経緯から、扇動者が何者か分かっているだろうと思い――」

「ま、まことですか⁉ リヒャルト様、何者なのです？ ハイエルフ氏族を操り、私たちに甲竜街への侵攻という罪を犯させた者は」

樹光の言葉を遮《さえぎ》り、リーリエが詰問《きつもん》した。

「ここまでの話を聞いてもなお気が付かないとは、いかに巧妙に姿を隠し、妖精族の意識を操っていたかがよく分かる、恐ろしいものだ。皆、気付かないのか？ 先程から何度も出てきていただろう『ラクリア』という名が。全ての元凶はあの女だ。そもそも、妖精族の中に種族に優劣があるという考えはなかったし、種族間での優劣を論じる人間を嫌ってもいたはず。それがいつの間にか『妖精族は精霊術を使うことができるから、他の種族よりも優秀だ！』などといった愚かな妄想が蔓延《はびこ》った。そんな考えが妖精族の中で囁《ささや》かれるようになったのは、どこからともなく現れたラクリアが、センティリオ殿——ハイエルフ氏族族長の妃の座に就《つ》いた頃からではなかったか」

リヒャルトの言葉に、各氏族の者たちは呆けたような表情を見せるも、言葉の意味を理解していくと、段々と表情を強張《こわば》らせていった。

「リヒャルトよ、そう言うな。彼奴《ラクリア》はその道の玄人《プロ》じゃ。お主たちのように、人間どもと直接対峙し、彼らの魔術の恐ろしさを肌で感じることがなかった者たちに、女狐《ラクリア》の術を看破せよと言ったところで、それは酷というものじゃ。しかも、お主たちの豊樹の郷は輪状山脈外周に位置し、彼奴《きゃっ》のいた輝樹の郷からは遠く、接触することもごく限られておった。そうでなければ、いくらお主たちでも女狐の術に操られておったやもしれぬぞ。なにせ彼奴《きゃつ》は狂信者《クレールス》どもの枢機卿《すうききょう》の一人じゃからな」

リヒャルトの発言を補足するように発した黒子虎の言葉に、族長たちは愕然《がくぜん》とする。

『狂信者《クレールス》の枢機卿』とは、人間の国で最も人間を賛美し、人間による他種族の支配を掲《かか》げる宗教国家『聖職者の国《クレールス・ナルシオン》』を主導する最高権威——『教皇』を支える者たちの階位名だったからだ。

これまで『聖職者の国』は妖人族の国『妖魔の聖域《ネダイイラ・カダフィデオ》』に対して『邪《よこしま》なる妖人族の抹殺《まっさつ》』を意図した『聖戦』を仕掛けていた。抵抗する妖人族は、今や山岳地帯に立て籠《こ》もり、地形を生かした遊撃《ゲリラ》戦を行う七部族を残すのみとなっていた。

各種族は、次に狂信者たちの矛先《ほこさき》が向くのはどこの種族なのか気にしていた。にもかかわらず、その狂信者たちの枢機卿が何年も前に天樹国に潜り込み、中枢に深く食い込んでいたという。

しかし、何年もの間『妖精至上主義』などという妄想に浸りきっていた各氏族の者たちは、黒子虎の言葉を認めることができなかった。

「なにを言うか！　我ら妖精族が人間の魔術に操られていたというのか⁉」

「そ、そのような馬鹿なことがあるはずがない！　獣が！　我らを愚弄《ぐろう》するな‼」

口汚く罵《ののし》る氏族長たちの姿に、リヒャルトは怒りの表情を浮かべたが、罵《ののし》られる黒子虎は歯牙にもかけぬ様子で、時折耳の後ろを後ろ足で掻《か》いている。そんな姿にさらに激高《げきこう》し、円卓の中央で鎮座する黒子虎に殴《なぐ》りかかろうと、立ち上がる者まで現れた。

それを見て、今まで息を殺していたヨゼフが、千載一遇《せんざいいちぐう》の好機が来たと、声を張り上げた。

「よく見れば、貴様は翼竜街から我が郷にやって来て、郷を混乱に陥《おとしい》れた薄汚い亜人とともにいた不埒者《ふらちもの》ではないか！　貴様のような輩《やから》の言葉が信じられるものか‼　リーリエ殿！　なぜこの不埒《ふらち》者《もの》を我ら妖精族の行く末を討議する場に入れたのだ。しかも、このような悪口雑言《あっこうぞうごん》など許されぬこと。これは会合を催《もよお》した貴殿の責だぞ‼」

声高にリーリエの責任を問おうとするヨゼフの言葉が響き渡った。だが、その言葉に反応を示したのは、リーリエでもリヒャルトでもなく、ましてや黒子虎でもなかった。

「『薄汚い亜人』とは、どなたのことを指しているのですか？」

一瞬にして会場の温度が氷点下に達したのではと思わせる寒気《さむけ》が、妖精族たちの身に襲った。寒気《さむけ》の発生源に目を向けた者は、思わず息を呑《の》んだ。それまでフワフワの綿毛のごとく愛らしい姿だった樹光が、殺気を孕《はら》んだ眼光でヨゼフを睨《にら》みつけていたからだ。そして、当のヨゼフは心臓を鷲掴《わしづか》みにされたかのような強張《こわば》った表情を浮かべてガタガタと震えていたが、やがて立っていられなくなったのか椅子の上に崩れ落ち、ついには股間を濡らすこととなった。

「は～。あの悪女《ラクリア》にいいように手玉にとられていたとはいえ、ここまでの愚か者に堕落しているとは。これがかつて『精霊の友』と呼ばれた者たちの今の姿とは、なんと嘆かわしいことでしょう」

樹光は大きな溜息《ためいき》とともに落胆の言葉を口にすると、それまで放出していた殺気を収める。リーリエをはじめ氏族長たちの多くは、寒気《さむけ》が和《やわ》らいだことに多少安堵《あんど》したものの、心に刻みつけられた恐怖をすぐに拭《ぬぐ》い去ることはできず、樹光に畏怖《いふ》の念を抱き、戦々恐々としていた。そんな中、それまで一言も発せずに会合の様子を眺めていた者が口を開いた。

「樹光蛇竜《シュグアンシェアノン》……光翼竜蛇様、そう落胆されることはないのではありませんか。そもそも今この場に妖精族の各氏族長が集まっているのは、ラクリアによって歪《ゆが》められた妖精族の行いを改め、『精霊の友』と呼ばれた本来の姿に立ち返るための第一歩なのですから」

沈黙を破ったリヒャルトの言葉に驚く氏族長たち。そんな周囲の反応に構うことなく、続いて口を開いたのは黒子虎《フウ》だった。

「そうじゃぞ、樹光よ。大体、あの女狐《ラクリア》の暗躍を許したおぬしがこの者たちを責めるなどおかしいじゃろうが。あまり無体なことをするというのなら、このこと、驍廣に話すがそれでもよいか？　あやつのことじゃ、このことを知ったら、あまりいい顔はせぬじゃろうなあ」

リヒャルトとフウに窘《たしな》められた樹光は、自らの行いを顧《かえり》みて羞恥《しゅうち》を覚えたのか、体を萎縮《いしゅく》させた。リヒャルトもフウも、これで騒ぎは収まり会合が続けられると気を緩《ゆる》めた。しかし、周りの様子がおかしいことに気付き、樹光に向けていた視線を動かした二人の目に飛び込んできたのは、困惑する妖精族の顔だった。

「リ、リヒャルト様。今そちらの御方を『光翼竜蛇様』とお呼びになられましたか？　それは、真のことにございますか……」

震える声で問い質《ただ》すリーリエと、答えを固唾《かたず》を呑《の》んで待つ氏族長たち。リヒャルトは諫《いさ》めるためとはいえ不用意に名を呼んでしまった迂闊《うかつ》さを恥じるも、これはこれで好都合だと頭を切り替えた。

「うむ。こちらにおわす御方こそ、天樹の頂《いただき》に居を構え、長年にわたり我ら妖精族を見守っておられた光翼竜蛇様……またの名を玄尊精君《げんそんせいくん》が一柱、樹光蛇竜様であらせられる。穢呪の病によって立ち枯れ、天樹が穢液《アイエキ》へと倒木する間際、傍《かたわ》らにおられるフウ様——雲嵐虎《ユンランフウ》様の説得により、天樹を離れて、穢呪の病が祓《はら》い清められたことで精霊たちが集い、緑溢《あふ》れる地となった我が豊樹の郷にお越しになった」

続けてリヒャルトに代わり、再び樹光が口を開いた。

「穢呪の病によって天樹が朽ち果てようとしたとき、わたくしも天樹とともにこの身を没する覚悟でおりました。そんなわたくしに雲嵐虎様は、このまま穢呪の病に没しその精を狂信者に弄《もてあそ》ばれていいのかと問われたのです。わたくしは、この身を永らえ、清浄なる地となった豊樹の郷に新たなる天樹を育てる道を選んだのです。此度《こたび》は、豊樹の郷に清湖の郷からの使者が訪れ、妖精族の長が一堂に会すると聞き、リヒャルト殿に無理を言ってこの地に足を向けました。勝手に推参し、集いを開くに尽力したリーリエ・クアーレとロンバルト・ゲッペルスには相すまぬ仕儀となりました。ただ、わたくしはこれより、豊樹の郷にて天樹を育《はぐく》みながら妖精族の行く末を見守るつもりでおります。そのことを伝えておきたかったのです」

この樹光の言葉に、氏族長たちは一斉に歓喜の声を上げた。

天樹の倒木とともに姿を消したと思われた光翼竜蛇が健在であり、新たな天樹を育てながら妖精族を見守るという言葉を聞けたからだ。精神的支柱だった天樹を失い、これから妖精族は一体どうなるのかと不安を抱えていた。そんな彼らに、再び心の支えが戻ってきたことを意味していた。

そして、このことで全てが決してしまった。

元々、天樹国は天樹と光翼竜蛇を崇《あが》めるべく集まった妖精族が、各氏族間のもめごとなどの調整を行うため、便宜上『国』という形を取ったのが始まりだった。

その中心である光翼竜蛇が新たな天樹の所在を豊樹の郷にすると決めたとなれば、豊樹の郷に住むダークエルフ氏族に対する先の戦《いくさ》でのわだかまりなど、些細《ささい》なこととなる。つまり、ヨゼフたちが非難しようにもできない状況に一変していた。

さらに、新たな天樹の苗床となる豊樹の郷の住人であるダークエルフ氏族こそがハイエルフ氏族に代わり妖精族の中心になることが相応《ふさわ》しいと、話が進みそうになった。だが、これに待ったをかけたのは、当のリヒャルトだった。

「待て！　それでは、我らがハイエルフ氏族に代わるだけの話ではないか。今はハイエルフ氏族の失態を教訓にすることができる。しかし時が経つにつれその思いは薄れ、同じ間違いを犯すかもしれぬ。それでは、天樹を失った悲しみを繰り返すだけとなる。今後は一つの氏族が中心になって妖精族を纏《まと》めていくのではなく、妖精族全体で物事を考え、決めていくべきではないだろうか？　お集まりの氏族長の中には、此度《こたび》の諸々の出来事はハイエルフ氏族の責任と考えておられる方もおられるだろうが、そうではないのではないか？　ハイエルフ氏族に天樹国という枠組みの政《まつりごと》を押しつけ、安穏と過ごしていた我々にも責があったのではないだろうか。これからは皆で考え、皆等しく責任を負い進んでいく方がいいと考えるが、いかがであろう？」

リヒャルトの問いかけが呼び水となり、各氏族長からも活発に意見が出されることとなった。

しかし、光翼竜蛇こと樹光蛇竜が居とする天樹が育まれることとなった豊樹の郷を治めるリヒャルトの意見に否を口にする氏族長はいない。

これより後は、今回リーリエの呼びかけで集まったように、各氏族長が一堂に会し、合議によって政《まつりごと》を進めていくことが決められた。

また、合議の場は一ケ所に定めるのではなく、各氏族の郷の持ち回りで開催することとなった。これは、ハイエルフ氏族の輝樹の郷において天樹国の政《まつりごと》が定められていたことへの反発であり、合議の場を持ち回りとすることでより公平に討議ができるのではないかとの考えもあったからだった。

この決定によって、妖精族は改めて『国』としての体裁を整えることとなった。

そんな中、氏族長たちは天樹の下で、合議の場を設けてもらいたいと要請したが、リヒャルトは存命中、その要請を拒否し続けた。

リヒャルトは、豊樹の郷が妖精族間の主導権争いに巻き込まれることを嫌った。また、ダークエルフ氏族の本分は樹光蛇竜の住む天樹と同胞たる妖精族を護《まも》ることであるとして、合議の場では努めて発言を控え、自らの主張を捻《ね》じ込むことはなかった。

だが、そんなリヒャルトの姿と外敵（人間）から妖精族を護《まも》るために自らの犠牲《ぎせい》を厭《いと》わないダークエルフたちの働きは、後に荒廃した響鎚の郷の地に郷を移したデュラハン氏族とともに、妖精族の『盾』『矛』と呼ばれ、多くの尊敬を集めることとなった。

第一章　翼竜街に戻りますが何か！

甲竜街と天樹国との争い、後に『精竜の役』と呼ばれる戦《いくさ》が終わってからすでに半季（半月）が過ぎた。俺――津田驍廣《つだたけひろ》は、翼竜街《よくりゅうがい》領主・耀安劉《ヨウアンル》が率いる騎獣団及び翼騎獣隊とともに、翼竜街へ戻ることとなった。

侵攻してきた天樹国軍は撤退し、戦《いくさ》は甲竜街陣営の勝利で終結したものの、甲竜街領主・壌擁掩《ジョウヨウエン》をはじめ、第一分団に所属していた衛兵の多くが帰らぬ人となった。甲竜街は戦勝による歓喜はなく、肉親や隣人を失った悲しみに包まれていた。

領主の弟・壌擁彗《ヨウスイ》は衛兵の死を悼《いた》み、擁掩の妻エクラと子息・擁恬《ヨウテン》を代表にすえて、大規模な合同葬儀を執《と》り行い、戦《いくさ》で死んでいった者たちの御霊《みたま》が無事冥界へ辿《たど》り着けるようにと祈りを捧げた。

葬儀には、ともに戦った翼竜街の衛兵に、安劉や麗華《レイカ》、さらにダークエルフ氏族族長リヒャルト・アーヴィンらも参列し、甲竜街を護《まも》り死んでいった者たちに哀悼《あいとう》の意を示した。

もちろん、俺も紫慧《しえ》やアルディリア、斡利《あつとし》たちとともに葬儀に参加している。

合同葬儀が終わりを迎える頃、代表者として挨拶《あいさつ》に立ったエクラから驚きの発言が飛び出した。

エクラは、領主の座を空位とし、義弟の擁彗に街の統治を託し、自身は擁恬を連れて竜賜《ロンシ》にいる義父の擁建《ヨウケン》のもとに身を寄せて、次期領主となる擁恬の教育をし直すと宣言したのだ。

当初、戦《いくさ》から戻ってきた擁彗に、甲竜街の領主に就《つ》いてもらいたいと告げたエクラだったが、彼はこれを固辞した。擁掩亡き後の領主は、実子である擁恬でなければならないと、譲らなかったのだ。

彼は、今後浮上する天樹国（妖精族）との関係改善を考えていた。その上で、擁掩が戦死した後の甲竜街陣営の指揮を執《と》り、戦《いくさ》を勝利へと導いた擁彗が領主では、天樹国側との戦後協議はともかく、その後の関係改善を模索する中で障害になりうるのではないか、と懸念した。

不幸にも戦《いくさ》は起こってしまったが、天樹国と甲竜街は、長らく隣人として深い付き合いを重ねてきた間柄。今後、再び『よき隣人』となるためには、自身が領主となるよりも、甲竜人族の擁掩とハイエルフ氏族のエクラの間に生まれた擁恬の方が相応《ふさわ》しいと判断してのことだった。

それを聞いたエクラは、擁彗の姿勢に感銘を受け、義弟の意向を尊重することにした。そこで一旦領主の座は空位とし、擁恬は良き領主となるために名領主との誉《ほま》れ高い擁建のもとで一から教育をし直す。そして、彼が成人となり擁建からの許しを得るまでの間は、代理として擁彗に甲竜街を治めてもらいたいと願い出た。

擁彗も、再三にわたる義姉の願いを固辞し続けることはできず、ついには承諾した。

エクラの宣言は驚きをもって受け止められたが、秦正路《シンセイロ》やダッハート・ヴェヒター、さらに第一分団が壊滅したことで再編を余儀なくされた甲竜街衛兵団で団長に就任した墨擢《ボクテキ》と、副団長となった儘欽《ジンキン》などからの賛同を得た。

内政においては、以前から擁掩の無茶な要求に対して正路とともに調整に当たり、甲竜街に害が及ばぬように奔走《ほんそう》する擁彗の姿は、心ある者たちには届いていた。

また対外的には、確かに戦《いくさ》の指揮を執《と》った者として、天樹国には悪感情を持たれる可能性があった。しかし翼竜街や豊樹の郷などは、年少の頃より交流を持ち、戦《いくさ》でもともに肩を並べ戦った者たちとの繋がりから、問題はないだろうと判断された。

もちろん、エクラの発表に異議を唱える者もいないわけではなかった。その声の主は、アヴァールとともにこれまで擁掩に媚《こ》び、甘言を弄《ろう》して甘い蜜《みつ》を吸っていた、一部の商人たちだった。

彼らは擁掩亡き後も、擁恬が領主に就《つ》けば容易《たやす》く懐柔《かいじゅう》することができ、前と同じように甘い蜜《みつ》が吸えると考えていた。ところが、擁彗が甲竜街を治めるようになれば、そうもいかなくなることを懸念し、声を上げたのだ。

擁彗は以前から媚《こ》び諂《へつら》う者の意見に耳を傾けることがほとんどなく、むしろダッハートなどの諫《かん》言《げん》する者の意見を多く取り入れていた。

一部の商人が抱いた懸念は、擁彗が領主代理に就任すると早々に現実のものとなった。

擁彗は、衛兵やギルド職員などに対し、賄賂《わいろ》を受け取ることを強く戒《いまし》め、また甘言とともに賄賂《わいろ》を手に近づいてきた者は捕縛《ほばく》すると同時に、このことを街民に広く知らしめた。

結果、姑息《こそく》な手段によって富を得ようとする商人は嫌われ、廃業へ追い込まれる者さえ現れ、甲竜街からその手の商人は淘汰《とうた》されていった。

なお、エクラによる擁彗の領主代理就任の宣言と同時に、安劉から耀家公女・耀緋麗華《ヒレイカ》の擁彗への嫁入りも告げられた。

甲竜街の街民の中には、『翼竜街の干渉か!?』と色めき立った者もいたという。だがそこへ、安劉から嫁入りの時期は擁恬が晴れて甲竜街の領主として着任し、擁彗が領主代理から退いたときで、それまでの間は婚約状態に留め置く、と発表された。

麗華は耀家のお転婆《てんば》娘として、天竜賜国《てんりゅうしこく》だけでなく広くその行状《ぎょうじょう》が知れ渡っており、これまでも舞い込んで来た婚姻話《こんいんばなし》はことごとく破談に終わっていた。もっともそれは本人が望んだこと。彼女の周囲には武辺者が多く、そんな中で物静かで知的な擁彗に幼少の頃から惹《ひ》かれていた。

そんな娘の思いを安劉も承知しており、擁彗と麗華の婚姻《こんいん》は、擁彗の父・擁建との間で話を詰めていて、天樹国との戦《いくさ》が起きなければ、近々実現する予定だった。

しかし、今回の領主代理就任によって、擁彗の立場は変わった。代理とはいえ天竜賜国の生産街を指揮する立場に就《つ》いたことで、甘い汁を吸おうとする者が現れるのは火を見るより明らかだった。

独身の擁彗の懐《ふところ》に飛び込むとすれば、まず考えるのは『色』による籠絡《ろうらく》。そういった事態を未然に防ぐためには、擁彗の傍《かたわ》らに立つ者をはっきりとさせることが一番だと思った擁建は、当初麗華との婚姻《こんいん》を予定よりも早く現実にしようとした。

『耀家のお転婆《てんば》娘』の良人《おっと》に色仕掛けをしようと思う者など、よほどの身のほど知らずしかいないと考えてのことだった。

だが、そんな擁建の思惑に、安劉が待ったをかけた。娘の悪名を虫避けにされるのは娘の日頃の行いのせいなので自業自得。苦虫を噛《か》み潰《つぶ》す思いはなきにしもあらずではあるが、相思相愛の二人の思いを遂《と》げさせられることに繋がるため、否はない。しかし、領主代理の座に就《つ》いた擁彗に麗華が嫁いでは、翼竜街《耀家》が甲竜街《壌家》に嫁《麗華》を通じ、要らぬ横槍を入れるのではと危惧《きぐ》され、二人の婚姻《こんいん》が祝福されないのではないかと心配したのだ。

そのようなことは、領主に連なる者ならば多かれ少なかれ受けるものなのだが、娘を思う父親の心は海よりも深い。ゆえに、正式な婚姻《こんいん》は擁彗が領主代理の任を退いてからとしたのだった。

なお、この折衝《せっしょう》のために太郎坊晴鸞《たろうぼうせいらん》は獅猛禽《シームルグ》で甲竜街と竜賜の間を何度も往復する羽目となった。

驚きの宣言が連発された葬儀だったが、おかげで甲竜街には、亡くなった者のことを思い暗く沈むだけではなく、これからの街に対する期待と前向きに進もうとする気運が生まれた。

合同葬儀を終えて、甲竜街の人々の姿に安堵《あんど》した安劉が、翼竜街へ戻るというので、俺たちも便乗することにした。

ここでは、ダッハートたちの前で金砕棒《かなさいぼう》と双鞭《そうべん》を鍛えただけだったが、擁彗の指揮で動き出した鍛冶師たちの邪魔になってはいけない。それに、擁彗をはじめ、甲竜街を導く立場に就《つ》いた者の多くと知己《ちき》を得た。もし何かあっても、いつでも甲竜街を訪れることはできるのだから、翼竜街に戻っても支障はないだろうと判断したのもあった。

甲竜街を去る日、ダッハートからの呼び出しを受けて甲竜街ギルドに赴《おもむ》いた俺たちを待っていたのは、ギルド総支配人の秦正路と、ダッハート、それにその弟子である単眼巨人族《キュクロプス》の鍛冶師タウロ・エレロと妖鼠人族《ようそじんぞく》（火鼠《ひねずみ》）の鍛冶師目占天都《めうらあまつ》だった。

「何か用か？　安劉殿にあわせて甲竜街を発《た》つから、あまり時間はないんだが」

待ち構えていた面々を見ながら問いかける俺に、ダッハートと正路はこちらが引くような作り笑いを浮かべ、今にも揉《も》み手を始めるのではと思える声色で返してきた。

「おや、もうそんな刻限ですか。それは申し訳ない、ではさっそく本題に入りましょうか、ダッハート殿」

「そうじゃな。出立に遅れては申し訳ないからのぉ。津田殿、ここにいる我が弟子タウロ・エレロと目占天都の両名を、お主のもとで鍛冶師として修業させてもらいたい！」

俺のことを『驍廣殿』と名前で呼んでいたダッハートが、甲竜街に着いたときと同じようにわざわざ『津田殿』と言い換え、唐突な申し出を口にした。

俺がこれに面食らい、言葉を失っていると、神妙な面持ちでダッハートの脇に控えていたタウロと天都が一歩進み出てきた。そして、背筋をピンと伸ばした姿勢から体を二つ折りにするように深々と頭を下げた。

「「お願い（しもす）します！」」

「ちょ、ちょっと待ってくれ！　俺のもとで修業？　そんな急に言われたって……大体、俺だってまだ鍛冶師として修業の身だ。無理だよ!!」

頭を下げたままの二人に戸惑い、思わず拒否した俺に、ダッハートが詰め寄ってきた。

「津田殿、鍛冶師などという者は、皆死ぬまで修業の身じゃよ。もちろん、儂《わし》とて変わらぬ。津田殿は儂らの目の前で、擁彗様と墨擢殿のために命宿《精獣》る武具を鍛えた。それだけの技量があれば、この二人を手近に置き、修業させることなど、雑作《ぞうさ》もなかろう。それでもと言うのであれば、タウロは先に送ったテルミーズとともにスミスのもとに預け、天都だけでも津田殿のもとに置いてはもらえぬか？」

ギョロ目で睨《にら》んで詰め寄ってくるダッハートの迫力に内心タジタジになり、周囲に視線を彷徨《さまよ》わせた俺の目に飛び込んできたのは、顔を上げて固唾《かたず》の呑《の》んで俺を見つめる二人の視線だった。

タウロの単眼はともかく、天都のつぶらな黒目がちの瞳（妖鼠人族と言ってもネズミというよりハムスターに近い容姿のつぶらな瞳）でジッと見つめられては、おいそれと断りの言葉が出てこない。

「ねえ、驍廣。こんなにお願いされてるんだから、受けてあげたら？」

隣で話を聞いていた紫慧が口を出した。その途端、タウロも天都も満面の笑みになるのを無理やり堪《こら》えているような顔になった。そんな二人に断りの言葉を告げたら、天国から地獄へ落とすようなもの。さすがにそんな外道《げどう》じみたことはできず、がっくりと肩を落とし、渋々《しぶしぶ》ながらも承諾するしかなかった。

「やった～♪　タウロ、あたしたちあの凄《すご》い鍛冶の業《わざ》を何度も目にできるよ。やるよ～、絶対あの業《わざ》を自分のものにしてみせる！」

「うむ。おいも気張るでごわす！」

歓喜の声を上げ、やる気を漲《みなぎ》らせる二人。彼らをよそに、俺は紫慧を恨《うら》みがましく睨《にら》みつけたが、俺の視線など『暖簾《のれん》に腕押し』『糠《ぬか》に釘《くぎ》』とばかりに笑顔を返されてしまい、苦笑するしかなかった。

――バッシッ！

「驍廣殿、そう邪険にするではない。儂の予想じゃが、先の戦《いくさ》で大いに武威を示した安劉様と麗華殿、このお二人が使用する武具が驍廣殿の手によるものだと知れ渡れば、腕に覚えのある討伐者や冒険者が驍廣殿のところに押しかけてくるじゃろう。二人を連れていけば、驍廣殿と同等のものは無理でも、近いものは鍛えることができるかもしれん。今の内に備えておいて悪いことはないと思うがのぉ♪」

気落ちする俺の背中を、ダッハートの鍛冶仕事でごつくなった手で叩《たた》かれ、痛みに思わず眉間《みけん》に皺《しわ》を寄せて睨《にら》みつけたのだが、彼は無骨な笑顔でそう予告した。

「なるほど。確かに此度《こたび》の戦《いくさ》を契機に、驍の名と鍛えた武具の話が広まれば、その懸念は大いにあるな。う～ん、これは翼竜街に戻ったら、スミス翁に相談しなければ。事と次第では……」

それまで黙って成り行きを見守っていたアルディリアも、納得顔を浮かべ思案しはじめた。

そして、俺は一人蚊帳《かや》の外に置かれ、アルディリアや紫慧は、ダッハートや天都などと今後のことについて勝手に盛り上がっていた……

◇

戦《いくさ》で多くの死傷者を出した精竜街道では、魔気が増加したことによる魔獣の出現などが懸念された。そこで、領主代行となった擁彗が手始めに指示したのは、墨擢たち甲竜街衛兵団による甲竜街周辺の治安維持だった。

しかし、甲竜街衛兵団も戦《いくさ》によって人員を減らしていたため、翼竜街騎獣団五十騎とともに麗華が協力を申し出て、甲竜街に残ることとなった。そんな彼女と行動をともにすると言って、リリスやルークス、それにヴェティス、優《ゆう》、賦楠《ふくす》の三人も甲竜街に残った。

アルディリアの養父母・ダンカンとエレナは、甲竜街の周囲が落ち着いたら、リリスとルークスが豊樹の郷へ連れていくことで話が纏《まと》まり、彼らともここで別れることとなった。

俺たちは彼らにしばしの別れを告げ、安劉率いる翼竜街騎獣団とともに甲竜街を発《た》ち、わずか五日で翼竜街に到着した。ただし、俺たちはさすがに安劉や騎獣団と一緒に、というわけにはいかず、翼竜街に近づいたところで一旦離れ、シュバルツティーフェの森へと向かった。

翼竜街では、先行した翼騎獣隊によって戦《いくさ》の顛末《てんまつ》が伝えられていたようで、到着した安劉と騎獣団は歓呼の声で迎えられたそうだ。

曰《いわ》く『翼竜街の衛兵は人間の侵攻だけでなく、妖精族の侵攻に際しても、自らの武威を示し、甲竜街の危難を救った！』と。

もちろん、擁彗たちの活躍により戦《いくさ》に勝ったことは、翼竜街の者たちも理解している。だが、やはり自分たちが暮らす街の衛兵が甲竜街の窮地《きゅうち》を救うために戦場に駆けつけ、勝利に大きく貢献したと聞いて、誇りに感じたのだろう。

街民の歓呼の声に、安劉は片手を上げて応《こた》え、騎獣団の衛兵たちも誇らしげに街門から天竜通りを凱旋《がいせん》したという。

一方、シュバルツティーフェの森に向かった俺たちはというと――

「色々とあったが、楽しき旅であった。また、機会があればお主たちとともに旅をしたいものじゃ」

サビオはそう言って笑みを浮かべると、紫慧から離れるのを嫌がるアロウラを鼻で押しながら、シュバルツティーフェの森へと帰っていった。

そんな二頭を、俺たちは姿が見えなくなるまで手を振りながら見送る。紫慧もアロウラに情が移っていて、何度も振り返りながら森へと消えていく姿に、目に涙を溜《た》めて手を大きく振っていた。やがて、姿が見えなくなった途端、大粒の涙をボロボロと溢《こぼ》した。

もっとも、紫慧だけでなく、アルディリアや斡利も、サビオたちとの別れを惜《お》しんだ。そして、あらためて一路翼竜街へ。

翼竜街を発《た》ち豊樹の郷に近づいてからこれまで、緊張の連続だった。

特に斡利にとっては、父親であり拵《こしら》え師の師匠でもある曽呂利傑利《そろりけつとし》から一人立ちの許しを得て、ハレの旅となるはずだった。

ところが、最初の訪問地である豊樹の郷に近づいた途端、魔獣に襲撃される。次いで寄った鍛冶師の郷として名高い響鎚の郷でも騒動に遭《あ》い。しまいには、旅の目的地だった甲竜街では戦《いくさ》に巻き込まれる……というとんでもない旅に付き合わせることになってしまった。

だから、彼が紫慧やアルディリアだけでなく、甲竜街で出会った天都やタウロとも楽しげに語り合いながら歩く姿を見て、俺は人知れずホッと胸を撫《な》で下ろしていた。

ちなみに、元々好奇心旺盛《おうせい》で人見知りしない斡利は、人の懐《ふところ》に飛び込むのが得意だったそうだ。

翼竜街でも他の職人たちが尻込みする中、周囲と一線を引いていたアルディリアに傑利とともに物怖じせず話しかけていたという。甲竜街でもその能力はいかんなく発揮され、気難しい天都とも親しくなっていた。

もっとも、天都が斡利と親しく話すようになったのは、別の理由がある。戦《いくさ》の最中に、街に残った一部の衛兵がダッハートたち甲竜街に住む妖精族を捕らえようと甲竜街ギルドを襲撃してきたとき、斡利が衛兵たち相手に獅子奮迅《ししふんじん》の活躍を見せたのを目の当たりにしたかららしい。

俺が鍛えた武具の拵《こしら》えを見事に仕上げる職人の顔だけでなく、体格が倍以上ある武装した衛兵と対峙し、一歩も引かず対等以上に渡り合い武威を示したことで、一目置いたのだとか。

色々と大変ではあったが、斡利にとっても収穫のある旅になったようだ。もしなんの収穫もなく、ただ危険な目に遭《あ》わせただけで終わっていたら、せっかく送り出してくれた曽呂利傑利・凛《りん》夫妻に顔向けできなかっただろう。

陽も傾き、夕焼けであたりが真っ赤に染まる頃、俺たちは翼竜街に辿《たど》り着いた。

先に翼竜街に到着した安劉率いる騎獣団を出迎えた街の者たちの歓喜の熱は、まだまだ醒《さ》めていなかった。街のあちこちから、騎獣団を褒《ほ》め称《たた》える声が聞こえ、歓呼の声とともに杯を掲《かか》げる人々の姿が街門の外からでも見ることができた。

そんな翼竜街の様子に頬《ほお》を緩《ゆる》めながら街門を潜ろうとした俺たちに、それまで直立不動だった街門の守衛を務めている衛兵の一人が、そっと近づいてきた。

「津田驍廣様ご一行ですな。無事のお着き、祝着《しゅうちゃく》に存じます。領主安劉様より言付けを預かっております。『ご一同のご助力には感謝のしようがない。本来ならば、貴殿らの成した豊樹の郷からの数々の功績は大々的に喧伝《けんでん》して然《しか》るべきところなれど、そのようなことをしては、迷惑でしかないであろう。街の民へは、此度《こたび》の戦《いくさ》で武威を示した儂と麗華、さらには甲竜街の擁彗殿と墨擢殿が携《たずさ》えし武具は、鍛冶師・津田驍廣が鍛えたものである！　とだけを知らせることとした。後日改めて私人として感謝を申し上げる所存。もし、何か困りごとが起きたときには儂の力が及ぶ限り、津田殿らの力になりたいので、遠慮なく申し出てもらいたい』とのことでございます」

そう告げて、周りに気付かれないように軽く頭を下げると、衛兵は元いた位置に戻り、改めて、他の街門を通る者に対してと同じく「翼竜街にようこそ！」と告げた。

衛兵の粋《いき》な計らいと安劉の気遣いを照れ臭く思いつつも、俺たちは笑みを返し、門を潜《くぐ》った。

街門から続く天竜通りは、凱旋《がいせん》した安劉たちの勇姿を我がことのように喜び、祝杯を挙げる者で溢《あふ》れかえっていた。

随分と酒を酌《く》み交わしているのだろう、赤ら顔の者が多いが、その顔はどれもにこやかな笑みを湛《たた》えていた。彼らの様子を見ながら通りを歩き、俺たちはスミス爺さんの鍛冶場へと向かった。

本心を言えば、色々と厄介事《やっかいごと》に巻き込まれ、ようやく帰り着いたのだから、さっさと旅装を解き、公衆浴場に行ってゆっくりと風呂に浸かり、旅の垢《あか》を落としたいところだった。だが、翼竜街への帰還を、師匠であるスミス爺さんに知らせないわけにはいかないし、ダッハートから預かることとなった天都とタウロのことも話しておきたかった。

「ニャ～、幹利ぃ、それに驍廣さんも、甲竜街から帰ってきたのニャァ～!?　凛さ～ん、幹利が帰ってきたニャ～ァ！」

天竜通りから脇道に入り、職人街を通り抜ける途中、斡利の実家である曽呂利拵《こしら》え工房に近づいたとき、工房から傑利がタイミングよく顔を出して声を上げた。その途端、工房の中からものが落ちる音が響いたかと思うと、ものすごい勢いで斡利の母親である凛さんが飛び出してきた。

「斡利～！　斡利、無事なんだね？　よかった、甲竜街と天樹国が戦《いくさ》になったと聞いて、心配していたのよ。斡利～～!!」

斡利を見つけるなり、目に涙を溜《た》めつつも、笑顔で息子を抱きしめる凛さん。斡利は少し恥ずかしそうだったが、

「ただいま帰りましたニャ、お袋様。確かに甲竜街は天樹国と戦《いくさ》をすることになりましたが、見ての通り、怪我《けが》一つしていないニャ。大丈夫ニャ！」

と、凛さんに返した。二人の姿に傑利は満足そうに何度か頷《うなず》き、俺の方に歩み寄る。

「改めて驍廣さん、紫慧さん、アルディリアさん、お帰りなさいニャ。詳しいことは聞いていないないのニャが、大変だったようだニャ。なんにしろ皆無事に帰ってきてよかったニャ。旅姿のままということは、これからスミス翁のところに行くのニャ。きっと顔を見せたらスミス翁も喜ぶニャ！」

そう言うと、息子の手を離そうとしない凛さんも連れて、スミス爺さんの鍛冶場へと歩き出した。

途中、アルディリアの姿を見つけた職人街の住人たちからも「お帰り！」の声をかけられつつ、奥にある鍛冶場に近づくと、金属鋼を打つ鎚の音とともに、懐《なつ》かしい銅鑼声《どらごえ》が聞こえてきた。

「テル！　何をやっておるのじゃ、打点を外しおって。驍廣や紫慧がいないからと腑抜《ふぬ》けておるではないぞ!!」

「そ、そんな！　そんなことはありません、たまたま今手が滑《すべ》っただけで……。今日は安劉様が騎獣団を率いて凱旋《がいせん》したんですよ、街じゃお祭り騒ぎだっていうのに……そろそろ仕事を切り上げて、僕たちも祝杯を挙げに行きませんか？　お腹も空いてきたことですし……」

そんな泣きを入れる若い声が、鍛冶場の外まで漏れてきた。俺と紫慧は、その懐《なつ》かしい声に表情を緩《ゆる》めると、少し小走りに鍛冶場に駆け寄る。

「「スミス爺さん（お爺さん）！　テル（君）！　ただいま!!」」

声を上げると同時に、俺たちは勢いよく扉を開けて中に飛び込む。それに驚いて大金鎚を振り上げたまま硬直したテルミーズと、同じく一つ目を大きく見開き俺と紫慧を見つめるスミス爺さん。

と、次の瞬間、二人は金鎚を持ったまま、俺たちに抱きついてきた。

「驍廣！　紫慧！　よう戻ったぁ!!　アルディリアも、そして斡利も元気そうで何よりじゃ」

「驍廣さん、紫慧さん、お帰りなさい！」

大きな声が鍛冶場に響き、続いて大きくゴツゴツとした職人《爺さん》の手が、俺と紫慧の背中を何度も叩《たた》いた。いつもの銅鑼声《どらごえ》と、背中を叩《たた》く手の感触に、翼竜街に帰ってきたことを実感した……ものの結構痛かった。

アルディリアは、手荒い歓迎を受ける俺と紫慧に苦笑し、すぐに助け舟を出してくれた。

「スミス翁！　驍と紫慧が戻ってきて嬉しいのは分かりますが、そんなに背中を叩《たた》いては。見てください、二人とも顔を顰《しか》めているではありませんか！」

その言葉で、スミス爺さんもテルミーズも俺たちの様子に気が付いたようで、少しばつの悪そう

な顔をした。しかし、嬉しさがこみ上げてくるのか、あっという間に満面の笑みを浮かべた。

この輪の中に曽呂利一家も加わり、しばし旅からの無事な帰還を喜び合っていると、鍛冶場の外からそっと中を覗《のぞ》き込む二つの影があった。

「津田殿、おいたちも中に入ってもよかですか？」

少し申し訳なさそうに大きな体を小さくして声をかけてくるタウロと、彼の背後から興味深そうにこちらを覗《のぞ》いている天都だった。俺は慌《あわ》てて二人に声をかけた。

「ああ！　すまない、中に入ってくれ。スミス爺さんに紹介しないといけないからな」

「それじゃ、お邪魔します」

「入らせてもらうよ！」

おずおずと大きな体を縮めて入ってくるタウロと、好奇心全開で元気よく飛び込んでくる天都。と、二人の姿を見たテルミーズが声を上げた。

「タロスさん！　ゲッ、天都」

その反応に噛《か》みついた天都。

「何が『ゲッ、天都』よ！　先輩に対してなんなのその態度は——ウゴウゴウゴ……」

食ってかかる天都を、慌《あわ》てて羽交《はが》い締《じ》めにしながら口を塞《ふさ》いだタウロは、テルミーズに優しげな苦笑を浮かべた。

「テルミーズ、久しぶりだのぉ元気で何よりだ。じゃっどん、先輩に対してその反応はよくなか。天都もいちいち食ってかかるな」

テルミーズとの再会を喜びつつも、天都に対する態度を注意するタウロ。そんな彼の腕の中で天都はジタバタと暴れて拘束《こうそく》から逃れようとするものの、二人には幼児と大人ほどの体格差があるため、いくら暴れようともどうにもならない。やがて天都は諦《あきら》めて、タロスの腕の中でダラリと力を抜いて身を預け、不貞腐《ふてくさ》れた。

「……驍廣、なんじゃこの者たちは。テルミーズと知り合いなのか？」

挨拶《あいさつ》もしないうちに騒ぐテルミーズとタウロたちのやり取りを見ていたスミス爺さんは、静かになるのを見計らって、少し呆《あき》れたように苦笑した。

俺も、顔をあわせた途端の出来事にどうしたものかと言葉に詰まっていると、俺に代わってタウロが口を開いた。

「スミス・シュミート殿でごわすな。お初にお目にかかりもす。おいは甲竜街で鍛冶工房を開くダッハート・ヴェヒタ一様に師事し修業させていただいております、タロス・エレロと申す者でごわす。そして、おいに拘束《こうそく》されておるコヤツは、おいと同じくダッハート様の工房で修業をしていた目占天都という者でごわす。羅漢獣王国《らかんじゅうおうこく》の出身で、ダッハート様の噂を聞いて、どうしても鍛冶師として一人前になり、故郷に錦を飾りたいと、弟子入りを志願した者でごわす」

「ほ～。お師匠の工房で修業か、では儂らは同門ということじゃな。それで、テルミーズとも顔見知りというわけか、なるほどのぉ。して、その二人が何ゆえ驍廣とともに翼竜街に来たのじゃ？」

タウロの挨拶《あいさつ》に、スミス爺さんは嬉しそうにしながらも、修業中の者が師匠のもとを離れた理由を問い質《ただ》した。

「実は、甲竜街で津田殿の鍛冶の業前《わざまえ》を目の当たりにしたのでごわす。津田殿と紫慧殿が、おいたち甲竜街の鍛冶師が見ている中、瞬《また》く間に擁彗様と墨擢様の武具を鍛え上げたのでごわす。その業《わざ》の見事だったこと！　おいたちは感嘆し、その腕前に魅了されもした。そして、是非とも津田殿の業《わざ》を己のものにしたいと切望したのでごわす。しかし、津田殿は甲竜街の御人ではなく、翼竜街のスミス翁の鍛冶場の御方。『鍛冶の業前《わざまえ》を甲竜街の鍛冶師の前で披露《ひろう》』し終えたら、翼竜街に戻られると聞き、おいと天都は甲竜街を離れても津田殿に師事したいとダッハート様に願い出たでごわす。ダッハート様も『できるならば、ご自身が翼竜街に赴《おもむ》きご教授いただきたいところなれど、天樹国との戦《いくさ》が終わったばかりの甲竜街を留守にするわけにはいかない。おいたちのことを津田殿にお願いし、おいたちは業《わざ》をご教授いただき甲竜街に持ち帰るように！』と送り出していただいたのでごわす。スミス殿は津田殿のお師匠に当たるとお聞きしもした。ならばご挨拶《あいさつ》とともに津田殿に師事するお許しをいただければと。なにとぞよろしく願いいたしもす」

そう言うと、タウロはもちろん、テルミーズ相手に暴れようとしていた天都まで神妙な顔つきで、スミス爺さんに深々と頭を下げた。そんな二人の姿に、スミス爺さんは戸惑い、頭を下げたままの二人にどう声をかけたらいいのか判断に迷い、俺をギョロリと睨《にら》みつけた。

「どういうことなんじゃ？　説明せい、驍廣！」

「いや、説明も何も、今タウロが言っただろ。ダッハート殿に二人を頼むと押しつけられたんだよ。それにアルディリアからも、二人を預かった方がいいって……」

俺がアルディリアに話を振ると、彼女は待ってましたとばかりに、一歩前に出た。

「スミス翁、不幸なことに勃発《ぼっぱつ》してしまった甲竜街と天樹国との争い。その際に安劉様と麗華嬢、さらに擁彗様に墨擢様と武威をお示しになられた方々が手にしていた武具の多くが、驍が鍛えたものでした。ゆえに、甲竜街へ勝ちを引き寄せたのは驍の武具だったと見る者もおります。一方、敗走した天樹国の者たちが用いた武具や防具は、全てが響鎚の郷で鍛えられたものでした。あの戦いの最中、脆《もろ》くも砕け散る響鎚の郷の武具や防具を目の当たりにした妖精族は少なくありません。自分たち天樹国軍が敗走した原因の一端は響鎚の郷の武具や防具にある！　そう考える者も多いはず。これから先、響鎚の郷ではなく驍の武具を求める者は必ず多くなります。ですが……」

「驍廣といえども、一人では求めに応じられるほどの武具を鍛えることなど不可能。少しでも驍廣の業《わざ》を知る鍛冶師を増やさねばならん、ということか」

呆《あき》れた様子のスミス爺さんに、アルディリアは大きく頷《うなず》いた。

「ええ!?　それじゃタロスさんとこの天都も、この鍛冶場で一緒に仕事をするってことですか？　でもそれじゃ、甲竜街のダッハート様の工房は人手が足らなくなるんじゃ……まさか、二人と入れ替わりに、僕が甲竜街に戻るってことですか？　お払い箱になるってことですか!?」

半泣き状態で声を上げたテルミーズ。そんな彼を、スミス爺さんは一瞥《いちべつ》してから考える素振りを見せると、どこか意地の悪い表情を浮かべ――

「おお！　テルの言う通り、それはいいかもしれんのぉ。驍廣と紫慧ちゃんが甲竜街に向けて街を発《た》ってからというもの、鍛冶仕事に対して真剣みが足らぬように感じていたからのぉ。一度甲竜街に戻り、ダッハート様に叱咤《しった》してもらった方がいいかもしれん」

などと言うものだから、テルミーズは顔を真っ青にしてポロポロと涙を溢《こぼ》し、スミス爺さんの足に縋《すが》りついた。

「そんなこと言わないでください。僕は僕なりに鍛冶仕事と向き合っています。真剣みが足らないと言われるなら、言われないように取り組みますから、お願いします、スミス翁～！」

泣いて縋《すが》りつくテルミーズに、スミス爺さんは困った顔をした後で破顔し、テルミーズがつけているお揃いの革製前掛けの紐《ひも》をムンズと掴むと、顔が同じ高さに来るように持ち上げた。

「今の言葉、忘れるでないぞ。もし、忘れて腑《ふ》抜《ぬ》けた仕事をしようものなら、容赦《ようしゃ》なく甲竜街へ追い返すからのぉ」

そう諭すと、テルミーズを足元に降ろし、改めてタウロと天都へと視線を向けた。

「さて、タロス・エレロに目占天都だったのぉ、目占？　はて、どこかで聞いたことのある姓じゃが……まあいい。甲竜街から遠路ご苦労じゃ。じゃが、儂の鍛冶場は見ての通り炉が一つしかないのでのぉ。わざわざ来てもらったのじゃが、お主らも一緒に仕事を、というわけにもいかん。驍廣たちのおかげで、燃え尽きそうだった儂の鍛冶師としての本能に再び火がつき、このところ精力的に仕事をこなしてきて、ようやく若かりし頃の体のキレが戻ってきたところなのじゃ。甲竜街から驍廣たちが帰ってきたら、テルと四人で賑《にぎ》やかに切磋琢磨《せっさたくま》しようと思っていたのでなあ。そこにさらに二人増えるとなると、どうしたものか……」

スミス爺さんは、困ったように顔を顰《しか》めた。

「スミス翁、僭越《せんえつ》ではありますが、その件に関しまして、ワタシに腹案があります。ですが、この案を話す前に、ギルドなどに諸々の確認を取る必要があるのです。それが終わるまで、軽々に口にすることは憚《はばか》られます。本日は驍をはじめ甲竜街に向かった者たちの帰街と、驍を慕《した》って甲竜街から同道した鍛冶師の顔見せということで、この場は収めていただけぬでしょうか」

苦り顔のスミス爺さんに対して、アルディリアが声を上げた。爺さんは彼女をジロリと見つめた後、鍛冶場に集まった者たちを一通り見回し、頬《ほお》を緩《ゆる》めた。

「そうじゃな、お主らの顔を見て嬉しくなり、ついつい長話をしてしまったが、その様子を見れば街に戻ったその足で訪ねてきてくれたようじゃ。分かった、アルディリアに何か考えがあるというなら任すとしよう。驍廣、紫慧とともに月乃輪亭《つきのわてい》へ行って旅装を解き、風呂で旅の垢《あか》を流してくるがよい。その後、甲竜街への旅がどのようなものであったか聞くとしよう。もちろん酒とともにのぉ♪」

そう言うと、俺たちを鍛冶場の外に出し、笑みを浮かべてテルミーズに鍛冶場の片付けを命じた。そんなスミス爺さんに呆気《あっけ》にとられるタウロや天都を見て、俺や紫慧のようにスミス爺さんのことをよく知る者たちは、笑いながら鍛冶場を後にした。

宿に向かう途中で、曽呂利一家と月乃輪亭での集合を約束し、またアルディリアもギルドに翼竜街帰還の報告に行かねばならないと、一旦別れることになった。

「驍、スミス翁にも告げたが、ダッハート様から話を持ちかけられたときから考えていたことがあるのだ。しかし、ワタシの一存では決められない話なのだ。諸々の雑事が発生することでもあるし、総支配人の翔延李《ショウエンリ》様にも事前に話を通しておく必要がある。十中八九ご承諾いただけると思うが、ぬか喜びをさせては申し訳ない。しばしワタシに任せてほしい」

そう告げて、アルディリアは颯爽《さっそう》とギルドへと去っていった。その後ろ姿は相変わらず凛《りん》としていて、天都が思わず『カ、カッコいい……』と呟《つぶや》くほどだった。俺と紫慧はクスリと笑い、アルディリアに見蕩《みと》れる天都を促し、月乃輪亭に急いだ。

「ごめんくださ い、誰かいませんかあ！」

併設されている食堂で夕餉《ゆうげ》の接客に忙しいのか、月乃輪亭宿屋の受付には誰もいなかった。そこで、食堂まで届くように少し大きめの声で呼びかけると、すぐに返事があった。

「は～い、ちょっとお待ちくださいねぇ～」

元気な声とともにパタパタと足音を響かせて顔を見せたのは、狐人族のルナールさんだった。

「はい、お待たせしましたぁ。ご宿泊で……驍廣くんに紫慧ちゃんじゃないのぉ！　女将《ウルス》さ～ん、旦那《オルソ》さ～ん!!」

ルナールさんは俺と紫慧の顔を見た途端、目を大きく見開いて大慌《おおあわ》てで食堂へと取って返した。

「なんだい大きな声を上げて、泊まり客かい？　部屋の空きはあまりないんだ、あたしらに確認を取るほどのことでもないだろうに。団体のお客さんかい、申し訳ないねえ。部屋の空きがほとんどないんだよ、悪いんだけど別の宿に……って、驍廣に紫慧ちゃん!?　街に帰ってきたのかい!!」

ルナールさんに呼ばれて、洗い物でもしていたのか、濡れた手を前掛けで拭《ふ》きながら食堂から姿を現したウルスさん。彼女は俺と紫慧を見た途端、驚きつつも笑みを浮かべて両の手を大きく広げると、俺と紫慧を纏《まと》めて抱きしめて、食堂の方に向かって大声を上げた。

「アンタ！　驍廣と紫慧ちゃんだよ！　驍廣と紫慧ちゃんが帰ってきたよぉ!!」

ウルスさんの大声が月乃輪亭中に響き渡り、間を置かずに食堂から姿を見せたのは、料理の最中に呼ばれて慌《あわ》てたのだろう、俺が鍛えた包丁を持ったままのオルソさんだった。

「驍廣さん！　紫慧ちゃん!!」

オルソさんは俺たちの名を呼ぶと、ウルスさんに抱きしめられて身動きの取れない俺たちに突進してきて、包丁を持ったままウルスさんごと抱きつこうとしてきた。

そんなオルソさんに、俺は慌《あわ》てて制止の声を上げた。

「オ、オルソさん！　包丁、包丁。危ないぃ!!」


「二人ともよく戻ってきたねぇ。怪我《けが》もないようだしよかったよ。突然、ご領主様が騎獣団を率いて翼竜街を発《た》ち、何が起こったのかとご近所の人たちと話してたら、すぐにギルド総支配人の翔延李様から甲竜街に天樹国が侵攻してきたんで、その援軍に出陣されたと聞かされてねぇ。ご領主様のお言いつけで甲竜街に向かったあんたたちも戦《いくさ》に巻き込まれてやしないかって心配してたんだ。でも、こうして二人の無事な姿を見られて、本当によかったよ」

包丁を持ったまま抱きつこうとしたオルソさんを何とか押し止《とど》め、ようやく落ち着きを取り戻した月乃輪亭の方々。すると、ウルスさんは何事もなかったように、俺たちの無事を喜んでくれた。

「その恰好《かっこう》を見ると、今さっき街に着いたところのようだね。顔を見せてくれたってことは、またウチの宿を使ってくれるんだろ？」

ニコニコと恵比須顔で訊《たず》ねてくるウルスさんに、紫慧は満面の笑み浮かべ、俺は苦笑した。

「ああ、先にスミス爺さんのところに顔を出したから、宿を取るには遅い時間になったが、部屋が空いているなら是非お願いしたい。ただ、部屋は空いてるのか？　さっき部屋の空きは少ないと言っていたようだが」

そう返した俺に、ウルスさんは少し不満そうな顔をした。

「何を言ってんだい！　甲竜街へ出かけるときに言っただろう。あんたたちの部屋は空けておくって。一度約束したことを違えるような肝っ玉の小さい月乃輪亭じゃないよ。いつあんたたちが帰ってきてもいいように掃除《そうじ》や換気はもちろん、布団も干しておいたからね。場所は前使っていた部屋だよ。荷物を置いたらさっさと風呂にでも行って、旅の汗と埃《ほこり》を洗い流しといで。その間に、旦那に言って美味《うま》い夕食を用意させとくからね♪」

そう言うと、ウルスさんは俺と紫慧を以前宿泊していた部屋へ促した。だが俺はそれに待ったをかけた。

「ウルスさんちょっと待った！　実は厄介《やっかい》になりたいのは、俺たちだけじゃないんだよ」

と、後ろに控えていた天都とタロスを指差した。指し示されてようやく俺たちの背後にいた二人に気が付いたウルスさんは、少々バツが悪そうだった。

「おや！　これは申し訳ないことをしたねえ。こちらの妖鼠人族のお嬢さんと単眼巨人族《キュクロプス》のあにいさんは驍廣の連れかい？」

「ああ。甲竜街で披露《ひろう》した俺たちの鍛冶の腕を見て、弟子にと押しかけてきたんだ。一応スミス爺さんにも許可をもらったから、これから一緒に翼竜街で鍛冶仕事をすることになりそうなんだ。すまないが、この二人の部屋も頼めるだろうか？」

するると、ウルスさんは顔を顰《しか》めた。

「う～ん。困ったねえ、空いてる部屋がほとんどないんだよ。一部屋だったらあるんだけど、いくら小柄な妖鼠人族だとは言っても、単眼巨人族のしかも異性と同じ部屋にってわけにもいかないだろうしねぇ。強《し》いてあげればリリスの部屋だけど、あの部屋にはリリスの荷物が置いてあるから……って、そう言えばリリスはどうしたんだい？　確か、あの子の故郷に寄るって言ってたろ。あの子には会えたのかい？」

荷物を残したまま豊樹の郷へ帰ったリリスのことを思い出したのか、ウルスさんは俺に詰め寄ってきた。俺は彼女の剣幕にたじろいだ。そんな俺に助け舟を出したのは、それまで静かに俺とウルスさんのやり取りを見つめていた紫慧だった。

「リリスは元気にしてるよ。もうそろそろアリアの養父母を連れて、甲竜街から豊樹の郷に向かう頃じゃないかなあ。きっと郷に着いたら、婚儀の準備に追われることになると思うから、荷物を取りにくるのはもう少しかかると思うよ♪」

あっけらかんと爆弾を投下する紫慧に、ウルスさんは目を白黒させた。

「婚儀？　あのリリスが結婚するってのかい⁉」

驚きの声が月乃輪亭中に響き渡り、給仕に戻っていたルナールさんと片手鍋《フライパン》を持ったオルソさんが再び食堂から飛び出してくるという騒ぎを巻き起こすこととなった。

「は〜、なるほどね。豊樹の郷でそんなことが」

ルナールさんとオルソさんを宥《なだ》めて食堂に戻ってもらい、豊樹の郷でのこととリリスとルークスの結婚について軽く説明をすると、ウルスさんは感慨深げに大きな溜息《ためいき》を一つ吐《つ》いた。

「この宿に泊まるお客、特に若い子たちは、わたしら夫婦にとっちゃ子供のようなものだからね。そんな中でも、リリスは長らくこの宿にいたから、その思いもひとしおさ。驍廣たちも知っているだろうけど、よくギルドの仕事でイライラが溜《た》まると食堂で酔い潰《つぶ》れて、わたしが担《かつ》いで部屋まで連れていって寝かせたもんさ。そんな一番手がかかったあの子が、郷の幼馴染《おさななじみ》と結婚かい……そうなると、リリスの部屋はもう片付けた方がいいかもしれないね。いつ帰ってきてもいいように荷物もそのままにしておいたけど、もし翼竜街に来るとしたって、今度は幼馴染《おさななじみ》の旦那と一緒だろ。今までの一人部屋にってわけにはいかないからね」

ウルスさんは少し考える素振りをしたかと思うと、パンと手を叩《たた》いた。

「そういうことなら、そっちの妖鼠人族のお嬢ちゃん。え〜と、なんて言ったかね」

天都の方を見ながら訊《たず》ねるウルスさんに、天都は慌《あわ》てて自分の名前を告げた。

「天都です。目占天都！」

「天都ちゃんね。あんた、リリスが使った部屋でもいいなら泊まるといいよ。そうすれば、単眼巨人族のあにいさんともども家《ウチ》の宿に泊まれるよ。どうするね？　もちろん、リリスが使った部屋も掃除《そうじ》はしてあるし、布団もちゃんと洗ってあるから、荷物さえ片付ければ何の問題もないからね」

この提案に、天都は満面の笑みを浮かべた。

「はい！　ありがとうございます。そうさせていただければ嬉しいです♪　よかった。タウロ、これで翼竜街での寝床が確保できたから、後は津田殿のもとで鍛冶の腕を磨くことに集中できる！」

天都はタウロと手を打ち合わせて、喜びとともにやる気を漲《みなぎ》らせた。

「はいはい！　宿の玄関先ではしゃぐのはそのくらいにして、スミス爺さんのところに顔を出してきたんなら、どうせウチの食堂で宴会なんだろ。旦那に言って、美味《おい》しい夕食をたらふく用意しておいてあげるから、部屋に荷物を置いてさっさと公衆浴場で旅の埃《ほこり》と垢《あか》を落としといで！」

ウルスさんはそう言って、オルソさんのいる食堂へと姿を消した。そんな彼女に呆気《あっけ》にとられていると、食堂の方から再び声が飛んできた。

「何を愚図愚図《ぐずぐず》してるんだい！　さっさと行っといで！　それから、アルディリアもちゃんと連れてくんだよ！　あの娘《こ》のことだ、どうせ報告があるとか何とか言って、ギルドに向かったんだろ。報告なんて明日でもいいのに、本当に融通《ゆうずう》が利かない娘《こ》だよ、まったく。いいかい、必ずアルディリアも風呂に入れて、宴会に連れてくるんだよ！」

その声に急《せ》き立てられ、俺たちは自分の部屋に荷物を放り込み着替えを持つと、ギルドへ駆け出した。

夜の帳《とばり》が下り、周りの商家や住居から零《こぼ》れる温かい光が照らす通りを抜けてギルドへ向かう。そこは旅立った頃と変わらず煌々《こうこう》と明かりが灯され、中で動く人の喧騒《けんそう》が通りまで漏れてきていた。

いつものように開け放たれている扉を潜ると、魔獣を仕留めた討伐者や冒険者、今日の仕事を切り上げて様々な製品を手に職人や商人などが、各々が目的とするギルド窓口に並び、自分の順番を待っていた。

そんな中、窓口では一番奥にある討伐者窓口、そのそばにあるギルドの奥へと繋がる扉の前から、間延びした懐《なつ》かしい声が聞こえてきた。

「分かりましたぁ。甲竜街から訪れた鍛冶師二人分の宿泊場所ですねぇ。大丈夫、いざとなったらギルド内の宿泊所が使えますからぁ。アルディリアは旅から帰ってきたばかりなのですから、今日くらいはゆっくり休んでぇ、詳しい報告は明日改めてでいいですからぁ！」

「いや、宿泊場所の確保もそうだが、スミス翁の鍛冶場に、驍廣たちの他にさらに二人も鍛冶師が集うことになると、手狭になり仕事にも支障が出る。そのために今日中に打開策をだな……」

「二人とも、ここでそういう言い争いはやめてもらえないだろうか？　するのであれば、奥に入って人目の付かないところでだなあ……」

「総支配人は口を出さないでもらえますか！　アルディリア、あなたの言いたいことも分かりますぅ。ですがぁ、いくら驍廣さんが働き者さんだからって、旅から帰ってきた翌日から鍛冶仕事なんてしないでしょ。というよりも、明日はギルドに来てもらいたいのでぇ、ちゃんと伝えておいてください！　ちょっと確認したいことがあるんですからぁ」

「フェレース！　驍をわざわざギルドに呼んで聞くことなどないだろう。旅での出来事は、ワタシが報告すると言っているのだから……」

何やら揉《も》めているアルディリアとフェレースの声。そして、二人を仲裁しようとしたものの、取りつく島もなく所在なさげなギルド総支配人翔延李の声だった。

長身のアルディリアと小柄なフェレースが顔を突き合わせて睨《にら》み合い、二人の間で立派な体躯《たいく》を誇る延李がオロオロしている。そんな様子を思い浮かべて、俺と紫慧は苦笑する。そして、戸惑いを隠せない天都たちを引き連れて近づいていった。

「アリア！」

「ひゃい！　……驍⁉　いきなり背後から声をかけて驚かすなんて、酷いではないか！」

可愛《かわい》い声を上げたのが恥ずかしかったのか、少し頬《ほお》を赤くして怒った表情で抗議してくるアルディリアを宥《なだ》めつつ、

「延李殿、フェレース、甲竜街から戻ってきたよ」

と、俺が帰還の報告をすると、延李は取り繕《つくろ》うように慌《あわ》てて表情を引き締《し》めた。

「驍廣殿、紫慧殿、よく戻ってきた、道中大変な目に遭《あ》ったようだな。旅の話を聞きたいところだが、街に着いたばかりで疲れていることだろう。今日はゆっくり休んで、明日改めて話を聞かせて欲しい。アルディリアも今日は休め。明日、驍廣殿らとともに報告するように、いいな！」

そう告げると、フェレースを促してそそくさとギルドの奥へと姿を消した。が――

「すまぬ！　驍廣殿、甲竜街からのお客人の宿だが、取れないときにはギルドの宿泊所をお貸しする。職員に申し出てもらえればすぐに案内できるように手配をしておく。貴殿からお伝えしてくれ」

一度姿を消した扉から顔だけ出し、それだけを言って顔を引っ込めるという、なんとも締《し》まらない総支配人に、アルディリアは力が抜けたのか、肩を落とした。俺と紫慧は、ギルドに入って何度

目かの苦笑を浮かべることとなった。

その後、アルディリアに月乃輪亭で天都とタウロの部屋が取れたことを伝え、そのまま公衆浴場に連行。ゴチャゴチャと五月蠅《うるさ》いアルディリアを紫慧と天都に任せて、俺はタウロとともに男湯へ直行し、翼竜街の公衆浴場を堪能《たんのう》した。

風呂から出て女衆を待っていると、湯に浸かったおかげで仕事の鬼《アルディリア》もようやく気が抜けたのか、和《なご》やかな表情に変わっていた。

風呂に入って人心地つき、月乃輪亭に戻った俺たちを待っていたのは、翼竜街でお馴染《なじ》みのドンチャン騒ぎだった。

スミス爺さんとテルミーズに、曽呂利一家は言うに及ばず、アルディリアの帰還を喜んだ鎧翼堂《がいよくどう》のアルムさんをはじめとした職人衆。おまけに、なぜかギルドで別れたはずのフェレースと延李まで いて、月乃輪亭の食堂は収拾がつかなくなっていた。

特にスミス爺さんと傑利の二人は、既に相当酒が入っているようで、食堂の扉を開けた俺たちを見つけた途端、酒の入った杯を片手に、乱痴気《らんちき》騒ぎの渦中へと引きずり込み、

「甲竜街から無事に帰ってきた驍廣、紫慧、斡利、そしてアルディリアの四名に乾杯～♪」

と、勝手に乾杯の音頭を叫《さけ》んだ。職人衆はアルディリアを囲んで杯を掲《かか》げ、その場の勢いに呑《の》まれて俺と紫慧も一緒に杯を掲《かか》げて飲み干し……気が付いたら、裸の俺は自分たちの部屋の寝床で、紫慧とアルディリアを両脇に抱えた状態で目覚めた。

何がどうしてこうなった⁉

◇

翼竜街に戻ってきた翌朝。目覚めた俺は、両脇に一糸纏《まと》わぬ紫慧とアルディリアを抱えていると
いう危うい状況に置かれていた。
だが、慌《あわ》てず騒がず、両隣で眠る二人を起こさないように寝床から抜け出すことに成功。自分で
自分を褒《ほ》めたかったものの、どうしてそのような状況になっていたのか分からず、自分にとって酒
は鬼門だと改めて強く認識した。
もっとも、俺たちの帰街を祝って開かれた宴席の場で、乾杯の酒を拒否するわけにもいかなかっ
たから、今回は仕方のないことだったのだと自分に言い訳をする。
それから、早朝の月乃輪亭の庭で久しぶりに軽く体を動かし、顔を洗って部屋に戻ると、紫慧と
アルディリアも起きていた。ただ、俺が朝の挨拶《あいさつ》もせずに一人で部屋から抜け出したことが気に入
らなかったのか、少々ご機嫌斜めとなっていた。
そんな二人を宥《なだ》め賺《すか》し、連れ立って朝食を取ろうと、食堂に行って扉を開けると……床一面にス
ミス爺さんやタウロなどの酔死体《すいしたい》が転がっていた。そのため、朝食を断念し、大事な用事があると
いうアルディリアとともに、ギルドに向かうことにした。
道中、昨日のことを考えていたのか、アルディリアが浮かない顔をしていた。
「朝から辛気《しんき》臭い顔をしなさんな。翼竜街に帰ってきた翌日から、俺も紫慧も鍛冶場で鎚を振るお

うなんて考えてなかった。まずは挨拶《あいさつ》回りだと思っていたんだからな」

「そうだよ。それに、昨夜の宴会でスミス爺さんを筆頭に、翼竜街の職人衆に天都やタウロも二日酔いで寝込んでいるんだから、アリアがそんなに思い詰めることなんてないよ」

「そうは言うが、ワタシは驍の専属職員として万全を尽くさねばならなかったのだ。それなのに……これでは何のための専属職員か分からないだろう！　そんな自分が不甲斐《ふがい》ないのだ‼」

俺と紫慧の慰めの言葉に、アルディリアは唇を噛《か》み締《し》めて、悔しそうに顔を顰《しか》めていた。

アルディリアの自分の職務に忠実であろうと努める姿勢は立派なのだが、ここまで自分を責めなくてもいいのにと思う。

そんなアルディリアの姿が、なぜか幼馴染《おさななじみ》の雅美《まさみ》と重なった。雅美もクソ真面目というか、融通《ゆうずう》が利かないというか。物事にきちんと取り組もうとする姿勢は素晴らしいのだが、もう少し余裕持って当たればいいのにと思ったものだ。

そんな想いが顔に出ていたのか、俺を見たアルディリアが、鋭い目つきでジロリと睨《にら》んできた。

「なんだ、その何かを含むような顔は。言いたいことがあるならハッキリ言ったらどうだ！」

どうやら彼女の琴線に触れてしまったらしい。

「なんでもない。なんでもないから、そう怒るなって！　そう言えば、宴会には延李とフェレースの二人も来ていただろう？」

露骨に話題を変えようとする俺に、アルディリアは不機嫌そうにしながらも話を合わせてくれた。

「そうだったな。それがどうかしたのか？」

「いや、食堂の酔死体の山の中に二人の姿がなかったようだから、どうしたのかと思ってね」

「確かに！　延李さんも驍廣に相当飲まされていたから、宴会が始まってすぐにヘロヘロになっていたけど、大丈夫だったのかなあ？」

と、急に紫慧が俺の記憶にないことを言い出したことで、俺の額に嫌な汗が……

「ああ、ワタシや紫慧は以前に経験したから、いち早く退避して難を逃れたが、延李殿は驍の酒乱ぶりを知らなかったので、いの一番に餌食《えじき》になっていたな。その後、フェレースが回収していったから問題はないだろう。二日酔いで苦しんではいるだろうがなっ！」

アルディリアは先程とは別の意味で俺を睨《にら》みつけてきた。俺は二人が何を言っているのか分からなかったものの、そのことを不用意に訊《たず》ねれば、今度はアルディリアだけでなく紫慧にまで怒りの導火線に火をつけるようなものだと察した。何も言わずにその場から逃げるようにギルドへ急ぐ俺の行動に、紫慧はクスリと笑い、アルディリアは『困ったものだ』とでも言うように両手を腰に添え、鼻息荒《あら》く息を吐《は》いた。

途中の天竜通りで、俺たちは各自屋台で売られている軽食を買い食いして、ギルドに向かった。いつもと同じく開け放たれた入口を潜ると、そこには魔獣討伐者や冒険者・職人・商人など多くの者たちでごった返す、甲竜街へ出かける前と変わらない翼竜街ギルドの姿があった。

俺たちは人々の波を掻《か》き分けて、以前アルディリアが詰めていた生産者窓口に向かった。

「すまない。フェレースはどこだ？　アルディリアと津田驍廣殿、紫慧紗《シェーシャ》殿が来たと伝えてほしい」

アルディリアが窓口にいたギルド職員に告げると、対応した職員は大慌《おおあわ》てで窓口の奥へと姿を消

し、職員と入れ替わるように窓口の奥から、

「アルディリアに紫慧ちゃん、こんなに朝早くからギルドに顔を出してくれるなんて、あなたたちは大丈夫だったようねえ。それに引き換えウチの延李は、ギルドには来たものの、二日酔いになって支配人室の長椅子で横になって起きられないのよ。まったく、普段は『俺たち竜人族は酒をいくら飲んでも飲まれることはない！』なんて豪語していたくせにみっともない。まあ、安劉様も前に同じような醜態《しゅうたい》を晒《さら》したってバトレル爺が言っていたから、二人にはいいお灸《きゅう》になったかもね♪」

と、愚痴《ぐち》を口にしつつ、ニコニコしながらフェレースが姿を見せる。

「フェレース、おはよう。早速だが、津田驍廣と紫慧紗の帰街の報告と、重要な相談があるのだが」

完璧な営業スマイルで窓口に現れたフェレースとは対照的に、アルディリアはニコリともせず淡々と要件を告げた。フェレースはこの彼女の態度に慣れているのか、特に気分を害する様子はなかった。

「そうね、驍廣さんと紫慧ちゃんから話を聞くことにしましょうか。それじゃ、支配人室まで来てちょうだい」

そう告げると、控えていたギルド職員に奥へ通すよう指示を出した。アルディリアは頷《うなず》くと、俺と紫慧を引き連れて、窓口の脇にある扉からギルドの奥にある支配人室へ向かった。

フェレースが支配人室の前で待っていて、俺たちが来ると扉を開けて、中に入るように促す。

中では、部屋の中央にある長机とともに置かれている長椅子の上で、延李が頭の上に手を置き、苦悶《くもん》の表情を浮かべて横になっていた。

「総支配人。いつまで醜態《しゅうたい》を晒《さら》すおつもりですか？　少しはシャキッとしてください。驍廣さんと紫慧ちゃんがいらっしゃいましたよ」

二日酔いに苦しむ延李に対して、辛辣《しんらつ》な言葉を投げかけるフェレースの表情は、いつも俺たちに見せている柔和《にゅうわ》なものではなく、背筋に怖気が走るような冷淡な氷の微笑だった。

そんなフェレースに、俺の体は意図せず硬直し、紫慧も恐怖を感じたのか俺の腕に抱きついてきた。一方、長年同僚としてともに働いてきたアルディリアは、特に怯《おび》えた様子もなく、むしろフェレースと一緒に、長椅子で横になっている延李を冷たい表情で睨《にら》みつけていた。

「ううう。もう驍廣殿と紫慧殿が来られたのか。フェレース、すまないが冷たい水と酔い覚ましの薬を頼……いやいや、話は長くなるだろうから、皆に茶を頼もうか。その間、ちょっと失礼する」

延李はギルド職員二人の冷たい視線を受け、二日酔いの薬については慌《あわ》てて撤回《てっかい》し、お茶の用意を頼むと、覚束《おぼつか》ない足取りで支配人室を出ていった。

「はあ～まったく……すみません。すぐに戻ってくると思うので、座って待っていてください。その間にお茶の用意をしますね」

フェレースは大きな溜息《ためいき》を吐《つ》き、謝罪の言葉を口にして、自身も延李の後を追うように部屋を出ていった。俺たちがアルディリアに促されて長椅子に座り、しばし待っていると、お盆に人数分のお茶を載せたフェレースと、まだ顔色は悪いものの、先程より幾分か落ち着いた足取りになった延李が戻ってきた。

「醜態《しゅうたい》をお見せし申し訳ない。早速だが話を聞かせていただこうか。まずはアルディリア、報告を頼む」

延李は長机を挟んで俺たちと向かい合わせになるように反対側の長椅子に座り、フェレースが皆の前にお茶を置き終えるのを待って、アルディリアに報告を求めた。

アルディリアはさっと立ち上がると、豊樹の郷から響鎚の郷、そして甲竜街で起きた数々の出来事を簡潔に纏《まと》めて報告していった。

もっとも、簡潔に纏《まと》めたといっても、通常では起こり得ないことばかりが二つの郷と一つの街で起き、しかもその全てに俺たちが関与していたため、報告が終わる頃には、皆のお茶は飲み干されていた。

「あら！　アルディリアの報告に夢中になっているうちに、お茶がなくなっていたわね。ごめんなさい、すぐに用意するわ。総支配人、よろしいですね」

フェレースは、そう言って支配人室から出ていった。その間、延李は胸の前で腕を組むと、アルディリアの報告を吟味《ぎんみ》するように目を閉じ、考えを巡らせていた。

しばらくして支配人室に戻ってきたフェレースは、皆の前に置かれている湯呑みに新しく淹《い》れ直したお茶を注ぎ入れていく。立ち上る茶の香りに誘われたのか、延李は自分の湯呑みに手を伸ばすと一口、喉を潤《うるお》し、改めて対面に座る俺と紫慧を見つめた。

「驍廣殿、紫慧殿、ご苦労をおかけしたようだ。甲竜街からの要請ではあったが、翼竜街ギルドを統括する者として改めて感謝を申し上げる。今アルディリアが行《おこな》った報告の中に、間違いや補足すべき事柄はあるだろうか？」

延李の問いに、俺と紫慧は顔を見合わせてから応《こた》えた。

「アリアが報告したことに間違いはなかったと思う」

「そうだね。これと言って補足するようなことはなかったと思う。というか、色んなことを事細かに覚えていたことに感心しちゃうよ、ボクは」

それを聞き、延李は満足そうに頷《うなず》いた。

「そうか。アルディリア、ご苦労だった。ところで、驍廣殿と紫慧殿にアルディリアの報告を踏まえた上でお訊《たず》ねするのだが、豊樹の郷について響鎚の郷の鍛冶について、さらに甲竜街で生産される金属鋼と鍛冶製品について、貴殿らはどう感じたかお聞かせいただきたいのだが」

この問いかけに、俺は彼を睨《にら》みつけた。

アルディリアの報告に間違いはないと告げているにもかかわらず、さらに問うとは、こいつは何を考えているんだ？　と、アルディリアのことを馬鹿にされているみたいで怒りを覚えたのだ。そんな俺の心情を察してか、隣に座るアルディリアは俺に自制を促すように、俺の膝にそっと手を置いた。その行動で俺は怒りをぐっと呑《の》み込み、改めて延李に問いかけの真意を訊《たず》ねようと口を開きかけたとき――

「ちょっと延李さん、それは一体どういうこと？　アリアがちゃんと報告したし、ボクたちも問題ないって言ったよねえ！　それなのに再度問い質《ただ》すって、アリアの報告もボクたちの言葉も信用できないってこと⁉」

俺を挟んでアルディリアの反対側に座る紫慧が立ち上がり、怒りの形相《ぎょうそう》で延李に食ってかかった。

紫慧の剣幕に、延李は驚いて長椅子の背もたれにもたれかかるようにしてのけ反り、助けを求めるように俺を見た。だが、俺も苛立《いらだ》っていることに気付いたのか、顔色を変えて焦《あせ》りはじめた。

そんな延李と俺たちの様子を見て、後方に控えていたフェレースが割って入った。

「総支配人、そのような言い方では、紫慧ちゃんや驍廣さんを不快にさせてしまいますよ。ごめんなさいね、総支配人も別にアルディリアの報告に不備があるなんて思っていないのよ。ただ、アルディリアの報告はギルド職員として客観的に事実をありのままに告げたものなの。今、総支配人が驍廣さんと紫慧ちゃんに訊《たず》ねたのは、豊樹の郷や甲竜街に赴《おもむ》いて、そこに住む人々とじかに触れ合った上で、感じたことを教えてほしいと思ってのことなのよ」

柔《やわ》らかく微笑《ほほえ》み、穏やかな口調で語りかけてくるフェレースに、紫慧は怒りを収めて長椅子に腰を下ろした。延李も安堵《あんど》の表情を浮かべたが、フェレースに背後から咳払《せきばら》いをされて、慌《あわ》てて姿勢を正した。

「すまぬ。言葉足らずで誤解をさせてしまった。フェレースの言う通り、アルディリアの報告に不備があるなどとは微塵《みじん》も考えておらぬ。驍廣殿と紫慧殿には、鍛冶を生業《なりわい》とする一職人の立場から、それぞれの郷と街についてどう見え、どう感じたかを聞きたいのだ」

そう言われて頭を下げられてしまっては、いつまでもヘソを曲げているわけにはいかない。

「あくまでも俺個人の心証でいいのならば」と前置きをした上で、俺は豊樹の郷から順を追ってそれぞれの郷と街について話した。

「豊樹の郷だが、元々知り合いのリリスの生まれ故郷ということもあるんだろうが、族長のリヒャルトさんをはじめ、短い間ではあったが郷の者と友好的な交流ができたこともあり、とても良い郷だという印象を持った。尚武の気風を持ち、信義を重んじる。『友』とするに足る郷だと思う。今回のことで、豊樹の郷ではより一層翼竜街と強い繋がりを持ちたいと考えているようだった。甲竜街と天樹国の戦《いくさ》でも、俺たちや翼竜街の騎獣団と連絡を取り、共闘したが、それ自体が豊樹の郷の強い意思の表明だろう」

「そうだね、ボクも豊樹の郷の人たちには良い印象を持っているかな。ただ、穢呪の病に郷が侵された際に避難した響鎚の郷では酷い迫害を受けたみたいだから、翼竜街はその辺のことを考慮に入れて交流してあげてほしいかな」

紫慧の配慮を求める声に、延李とフェレースは当然だとばかりに大きく頷《うなず》いた。

「次に響鎚の郷なんだが。スミス爺さんなどから、これまで数多《あまた》の名匠を輩出してきた鍛冶師の郷だと聞かされ、楽しみにしていたんだが、聞くと見るとじゃ大違い。今、あの郷で大々的に行われている鍛冶はお粗末なもので、とてもじゃないが話にならん！」

語気も荒《あら》く断じた俺の言葉に、延李とフェレースは顔を顰《しか》めた。

「以前は、ダンカン・モアッレをはじめ名だたる鍛冶師がいたんだろう。しかし、今の響鎚の郷で大手を振って鍛冶師を名乗っている者たちは、いい加減な鍛錬しかしないで、見栄えばかりを重視する半端者《はんぱもの》ばかりだった」

そう吐《は》き捨てる俺に続き、紫慧も、

「そうだね、実際に驍廣とボクが鍛えた両刃斧と打ち合って耐えられた武具や防具は一つもなかったもん。しかも、響鎚の郷から甲竜街に住む息子さんを頼って居を移した、アルディリアと顔馴染《かおなじ》みのドワーフのお爺さんが教えてくれたんだけど……昔ながらの鍛冶の業《わざ》を守ってきたドワーフ氏族の鍛冶師の多くが、身内や知り合いを頼って響鎚の郷を去っているんだって。もしかしたら、翼竜街にも響鎚の郷を見限って移り住んだドワーフ氏族がいるかもしれないよ」

と、告げる。すると、延李とフェレースにも心当たりがあったのか、目と目で語り合い、

「なるほど、そういうことか……」

と、何かを匂《にお》わせるような言葉を発した。

「最後に甲竜街だが、翼竜街ギルドが懸念していた金属鋼劣化の原因は取り除かれた。また、金属鋼劣化を招く精錬方法を推《お》し進めていた領主・壌擁掩は天樹国との戦《いくさ》で討ち死にし、擁掩を唆《そそのか》していた商人《アヴァール》も街から消えた。それら諸々の事情を知っている擁彗が甲竜街の領主代理に就《つ》いたことだし、今後翼竜街に運ばれてくる金属鋼に不備が起きることはないだろう。鍛冶については、ダッハートと甲竜街ギルド総支配人・秦正路が目を光らせているから問題ない。ただ、タウロと天都の二人を押しつけられることになったから、個人的にはなあ……」

苦虫を噛《か》み潰《つぶ》したような顔で告げる俺に、紫慧とアルディリアは苦笑した。

苦悶《くもん》する俺の様子が可笑《おか》しかったのか、フェレースがプッと噴き出し、延李はさすがに不味《まず》いと思ったのか、右の頬《ほお》をヒクヒクと痙攣《けいれん》させながら、笑うのを懸命に堪《こら》えていた。

「おほん！　驍廣殿、紫慧殿、厄介《やっかい》をおかけした。甲竜街からの直々の要請だったとはいえ、貴殿らには多大な労苦を背負わせることとなってしまった。改めて此度《こたび》の労苦に対し謝罪いたす。さら

に、道中に赴《おもむ》いた豊樹の郷の苦難を取り除き、翼竜街との友好にひとかたならぬ尽力をいただいたこと、感謝申し上げる。ついては、翼竜街ギルドとしても、お二人のお力添えに感謝していると伝えてほしいとことづかっている。安劉様からも、これまで以上に貴殿らに助力を惜《お》しまぬつもりだ。翼竜街ギルドの力で事足りる事柄であれば、アルディリアを介し、何なりと申し出てほしい」

延李はそう言うと、拱手《きょうしゅ》し深々と頭を下げた。俺と紫慧は延李の姿に驚き、どうしていいか分からずアタフタしていたら、隣に座っていたアルディリアが口を開いた。

「では早速ではありますが、一つお願いしたいことがあるのですが、よろしいでしょうか？」

アルディリアからの問いかけに、少し怪訝《けげん》な表情を浮かべた延李は、フェレースと目で会話を交わすと、表情を引き締《し》めて頷《うなず》いた。

「無論だ。先の言葉に偽りはない、街に戻られて早々何事か出来《しゅったい》したか？」

延李に促され、アルディリアは淡々と話しはじめた。

「はい。先の驍の話の中にあった、甲竜街で押しつけられた二人に関連してなのですが……」

「なんだ？　あの二人が驍廣殿の迷惑になるようなことをしでかしたのか！　ならば、翼竜街ギルドの名において、街から叩《たた》き出してやる!!」

アルディリアの言葉を最後まで聞かずに、語気を荒《あら》らげる延李だったが、背後に立つフェレースにスッと手で肩を押さえられた。

「総支配人、話は最後まで聞きましょうねぇ。アルディリア、続きを聞かせてくれないかしらぁ」

延李の肩からミシミシと不気味な音を生み出しながら、穏やかな声で告げるフェレースに、顔面を蒼白にしてカクカクと頭を縦に振るギルド総支配人。そんな二人のやり取りを白い目で見つつ、軽く頷《うなず》いたアルディリアは、再び口を開いた。

「鍛冶師が二人増えたことで、スミス翁の鍛冶場では手狭になり、満足に仕事ができない状況となった。そこで驍と紫慧には、安劉様の武具を鍛えた際にお貸しいただいた、アルム翁所有の鍛冶小屋を再び使えるよう、手配をお願いしたい」

立て板に流れる水のごとく、翼竜街ギルドに対して要求を口にするアルディリア。

なるほど、スミス爺さんの鍛冶場に新たにタウロと天都まで転がり込めば、手狭となり、十分な鍛冶仕事ができなくなることは自明の理。その対処に考えたのが、以前に借りた鎧翼堂の主アルム・アルマドゥラが所有する鍛冶小屋を貸してもらうことだったのかと納得しながら、延李とフェレースの答えを待った。

「アルム翁の鍛冶小屋か……」

眉間《みけん》に皺《しわ》を寄せてポツリとこぼし、黙り込む延李。そんな彼の様子に、アルディリアは困惑してフェレースへと視線を向けたが、彼女もまた頬《ほお》に手を当てて困ったような表情を浮かべていた。

「驍廣さんがアルムさんから借りた鍛冶小屋、実は今は空いていないのよぉ」

申し訳なさそうに沈んだ声で告げるフェレースに、アルディリアは大きく目を見開くと、長椅子から立ち上がり、長机越しに対面する二人に詰め寄った。

「空いていない？　それは今、別の鍛冶師が鍛冶小屋を使用しているということなのか？　それとも、使う者がいないからと、アルム翁が鍛冶小屋を取り壊してしまったのか⁉」

「取り壊してはいない。実を申せば、先程驍廣殿と紫慧殿に各郷や街について訊《たず》ねたことに、鍛冶小屋の件が関わっているのだ」

アルディリアの剣幕に押されて、長椅子にもたれかかりながら、延李が話しはじめた。

「今、鍛冶小屋を使用している鍛冶師は、響鎚の郷から翼竜街に居を移してこられたボルツ・ダッフィート殿と、その孫でラルフ・ダッフィート殿のお二人なのだ。ボルツ殿はアルディリア、お前の養父ダンカン殿と同じ師のもとで鍛冶師としての腕を磨いてきた御仁で、儂の耳にまでその名が届くほどの技量をお持ちの方だ。そんなボルツ殿が、翼竜街に居を移す決断をされた理由は、先程お前と驍廣殿が指摘した、響鎚の郷のドワーフ氏族の鍛冶技術の変容と、天樹国内で蔓延《まんえん》した妖精至上主義に対する嫌悪だそうだ。特に、最近の響鎚の郷で若い鍛冶師たちが行う形ばかりの鍛練と華美な装飾の武具が、ボルツ殿と同じく鍛冶師の道を歩み出したラルフ殿に悪影響をもたらしはじめたらしい。しかもその矢先に、族長ヨゼフ・グスタフによるダンカン殿の拘束《こうそく》と、驍廣殿が猛威を振るった腕比べが起きた。その顛末《てんまつ》を目の当たりにして、ここにいては自身が磨いてきた鍛冶の技術が廃《すた》れてしまうと考えたという。そこで、ラルフ殿を連れ、響鎚の郷を離れて翼竜街へとやって来たそうだ」

確かに、元はと言えば、真っ当な鍛冶仕事をしていたダンカンを蔑《ないがし》ろにし、いい加減な武具や防具を作るようになっていた響鎚の郷のドワーフ氏族に問題があった。だが、そのことが腕比べによって白日のもとに晒《さら》されたことがきっかけで、代々住んできた郷を捨てる決断をしたと聞かされ、同情の念が頭をもたげてくる。アルディリアも同じ気持ちを抱いたのか、顔に憂《うれ》いが見て取れた。

そうなると、『俺たちに鍛冶小屋を譲ってほしい』と言うわけにはいかない。されど、このままでは、俺たちが満足に鍛冶仕事をすることができる場所は、翼竜街にはないということになってしまう。せっかく翼竜街に帰ってきて、これから思う存分鍛冶仕事ができ得ると思っていたのに、予想もしない壁にぶつかってしまった。

支配人室を沈黙が支配した。

これから翼竜街で鍛冶の腕を揮《ふる》おうとしていた鍛冶師と、その鍛冶師に存分に腕を揮《ふる》ってもらいたいと思っていた翼竜街ギルド。しかし、両者の思惑は思いもよらぬ世の中の動きで頓挫《とんざ》した。

長机を挟み対面したまま渋面《じゅうめん》を浮かべ合う俺たちのせいで、支配人室内の空気は重苦しいものに変わっていた。そんな中、突然俺たちの前を黒い物体がふわ～っと漂ってきた。それは、いつもは俺の頭の上で居眠りをしているはずなのに、寝ぼけているのか、俺の頭の上を離れてフワフワと漂うフウだった。

『俺たちがこんなにも悩んでいるというのに、居眠りをして人の目の前を漂うなんて、とんだバカ猫だ！』

そう思ったのは、きっと俺だけじゃなかっただろう。延李やフェレースにアルディリアも、イラついた顔をしていたのだから。皆の思いを込め、俺は目の前を気持ち良さそうに眠りながら漂うフウの鼻先を、デコピンの要領で弾こうとして——すんなり躱《かわ》された。

「ふにゃぁ～～。気持ちよく寝ていれば、下《くだ》らぬ真似《まね》をしおって……」

俺の行為を嘲笑《あざわら》うかのように、フウは宙に浮いたまま大きく伸びをしてから、俺を睨《にら》みつけた。

「『三人寄れば文殊《もんじゅ》の知恵』と言われておるのに、五人も雁首《がんくび》揃えて難しい顔をしたまま妙案が浮かばぬとはのぉ。お主ら、物事に対処するに際し、もう少し柔軟《じゅうなん》に頭を使う訓練をした方がいいのではないか？」

フウの暴言に、延李、フェレース、アルディリア三名のギルド職員は、面目なさげに頭《こうべ》を垂れた。

俺と紫慧が、三人を庇《かば》おうと口を開く。

「おい！　フワフワと宙を漂って居眠りをしていたようなやつが、何を言ってやがる!!」

「そうだよ！　アリアは驍廣のためを思って、鍛冶仕事ができる場所を確保しようとして奔走《ほんそう》してくれてるんだ！　延李さんとフェレースさんも、翼竜街の鍛冶場や鍛冶小屋がどのような状況なのか把握した上で、何か打開策はないかと悩んでくれてんじゃないか！　そんな人たちを悪く言うのはよくないぞ!!」

俺と紫慧の非難の声に対し、フウは鼻で笑い、ゆっくりと長机の中央に降り立つと、前足で顔を洗うようにして毛繕《けづくろ》いをはじめた。その余裕たっぷりに人を小馬鹿にしているような態度は、俺たちの神経を逆なでした。

それまで行儀よく背筋を伸ばして座っていた俺は、姿勢を崩し、長椅子にもたれて胸の前で腕を組み、いまだに毛繕《けづくろ》いを続けるフウを睨《にら》みつけた。紫慧もまた、眉間《みけん》に皺《しわ》を寄せて頬《ほお》を膨らませ、睨《にら》みつけていた。

そんな俺たちに対して、延李とフェレースとアルディリアはというと、フウの態度に腹を立てている素振りは欠片《かけら》もなく、むしろ俺と紫慧を宥《なだ》め、フウが毛繕《けづくろ》いを済ませて話を再開させるのを待つようにと諭した。

イライラする時間が流れる中、フェレースが淹《い》れ直してくれたお茶を啜《すす》っていると……ようやく頭の先から尻尾の先まで毛繕《けづくろ》いを済ませ、艶《つや》やかな毛並みとなったフウが、居住まいを正すかのように座り直して口を開いた。

「さて、お主ら。お主らは翼竜街に鍛冶仕事のできる場所がないと悩んでおるようじゃが、なにゆえに悩む必要があるのじゃ？」

唐突に告げられた問いかけに、俺は思わず怒鳴《どな》り声を上げそうになるも、どうにか堪《こら》えて、数回の深呼吸の後に答えた。

「……フウ、お前だって今の今まで俺の頭の上で話を聞いていたんじゃないのか？　甲竜街のダッハート殿にタウロと天都の二人を押しつけられたせいで、スミス爺さんの鍛冶場で鍛冶仕事をするには鍛冶師の数が多くなりすぎたんだよ。だから、他に鍛冶仕事のできる場所はないかって相談していたんだろうが！」

腹立ち紛《まぎ》れに吐《は》き捨てた俺に対し、フウに動じる様子はなかった。

「それは分かっておる。それがそもそもの始まりじゃからのぉ。そうではなく、儂が問うておるのは、なにゆえ悩むことがあるのかということじゃ」

「だから、あてにしていたアルム爺さんの鍛冶小屋も、既に他の鍛冶師が使っていて、俺たちが使える場所がないからだろうが！」

フウのあまりの言い草に、俺は目の前の長机を叩《たた》いて立ち上がり、声を張り上げていた。

「ふっ。ないないと情けない声を上げている暇があったら、建ててしまえばよかろうが！」

鼻で笑いつつ告げられたフウの言葉に、俺は……否、俺だけでなく支配人室にいる者全員が一瞬固まり、間抜けな声を上げた。

「「「「……はあ？」」」」

そこへフウは、嫌らしいほどのドヤ顔で言い放つのだった。

「建てればよいのじゃ。驍廣、お主の鍛冶場をな！」

フウの口から飛び出した『言葉』に、この場にいる者たちは面食らい、呆然とした。

確かに、既存の施設を奪い合うなんて愚かなことを考えるよりも、鍛冶仕事のできる場所を新たに建てる方が、俺にとっても翼竜街にとっても何倍も有益だ。

俺には、甲竜街へ旅立つ前に鍛えた武具の代金が、翼竜街ギルドに預けられている。それを使えば、鍛冶場の一つや二つ建てることなど造作もない。問題は、城壁に囲まれている翼竜街の中に新しく鍛冶場を建てるだけの土地があるかどうかだが、その辺の調整こそ、ギルドの腕の見せどころだろう。

乗り気になった俺は、延李をはじめ、フェレースやアルディリアに視線を向ける。すると、彼らも少し興奮した表情で、俺が視線を向けるのに合わせて力強く頷《うなず》いた。

延李とフェレースにとって、フウからの言葉は渡りに船だった。そうすれば、数季（数か月）前に直面した、翼竜街が武具を鍛える鍛冶師を失い、武具の供給を他の街や国に頼らなければならなくなるという、天竜賜国の国境を護《まも》る街としては致命的な事態を回避することに繋がる。しかも、麗華の五鈷杵型突撃槍《ヴァジュランス》や、安劉の天竜偃月刀《てんりゅうえんげつとう》といった命宿る武具を鍛えられる鍛冶師を翼竜街に確実に定住させることができるということでもあった。むしろ、なぜフウが口にした提案を、自分たち翼竜街ギルド側から驍廣に示すことができなかったのかと、忸怩《じくじ》たる思いを抱くほどだった。

一方、驍廣の隣で成り行きを見守っていた紫慧は、一人安堵《あんど》の表情を浮かべていた。

彼女は冥府から文殊界《ウェンジュ》へと降り立った驍廣が、翼竜街のスミス・シュミートの鍛冶場で真剣に、かつ嬉々として鍛冶仕事に取り組む姿に喜びつつ、秘かに胸を撫《な》で下ろしていた。

元はと言えば、冥府での自分の不手際から、驍廣を文殊界へと渡らせることになってしまったという負い目を抱えていた。だから、現世で父親の後を継ぎ、刀鍛冶として大成することを夢見ていた驍廣が、場所を文殊界へ変え、一廉《ひとかど》の鍛冶師として活き活きと活躍する姿に、自らの過ちが払拭《ふっしょく》される思いだった。

しかし、豊樹の郷から甲竜街に至る間の驍廣は、同じように鍛冶仕事をしてはいるものの、翼竜街でともに鎚を振るっていたときと異なり、喜びよりも使命感で取り組んでいるように感じていた。

翼竜街では、安劉や麗華たち武具の持ち主となる者のために、自分の持ち得る鍛冶の術をただ良い武具《モノ》を鍛えることだけに試行錯誤を繰り返し、鍛冶に打ち込めた。

だが豊樹の郷からは、あらぬ疑いをかけられている者を助けるためであったり、人と人との新たな繋がりを築くためであったりと、他の意味合いを抱えながら鍛冶仕事に向かわなければならなかった。そのせいで、『使う者のために良いものを！』という一途な思いで仕事に向かえない憤懣《ふんまん》が、胸のうちに重石《おもし》となっているようだった。

そんな驍廣が、翼竜街に戻り以前と同じように一途に鍛冶に取り組もうとしていた矢先に出鼻を挫《くじ》かれそうになり、心を痛めていた。

それが、フウの一言で好転しはじめたことを、驍廣以上に喜んだ。

各々が喜びを現す中、長机に座るフウの瞳は、一人異なる表情を浮かべる人物に鋭く注がれていた。

アルディリアと紫慧がフウの視線の先に目を向けると、つい今しがたまで満面の笑みを湛《たた》えていた驍廣が一転、眉間《みけん》に皺《しわ》を寄せて思い詰めるような表情を浮かべていた。二人はそのことに驚き、戸惑いを隠せなかった。

そんな二人の変化により、延李とフェレースもまた驍廣の様子に気が付いた。延李は思わず声をかけようとしたのだが、彼の口を塞《ふさ》ぐように、フウの尻尾が顔面に飛んだ。


「建てればよいのじゃ。驍廣、お主の鍛冶場をな！」

不意に告げられたフウの言葉に、俺は目の前を覆っていた厚い雲の隙間《すきま》から一筋の光が差したかのように感じた。ともに頭を悩ませていた延李たちも、打開策が見つかったことに顔を綻《ほころ》ばせた。

両隣に座る紫慧とアルディリアも喜んでくれている姿を見て、改めて自分の鍛冶場を持ち、思う存分鍛冶に向き合えると奮い立った。だがその途端、俺は両肩にズシリと重い何かが圧《の》しかかり、心の臓を握られたような感覚に襲われた。

自分の鍛冶場を構える。それは親父の後ろ姿に憧《あこが》れ鍛冶師（刀匠）を志したときから、思っていたことだった。

だが、それが目の前に現実のものとして提示された今、俺は喜びよりも惧《おそ》れが心の中に湧《わ》き上がっていた。

文殊界に来て、スミス爺さんのもとで数本の武具を鍛え、豊樹の郷や響鎚の郷、そして甲竜街でも幾本かの武具を鍛えただけの俺が……。親父から作刀の許しを得ていたが、実際に鍛えたのは脇差《八咫》が一振りだけで、親父の前でただの一本も津田の刀を打ったことがない俺が、自分の鍛冶場など持っていいのだろうか、と。

津田家の懐《ふところ》を潤《うるお》すために、刀以外のナイフや山刀（剣鉈《けんなた》型狩猟刀）などは鍛えてきた。文殊界に渡ってからは閻魔王《えんまおう》と難陀竜王《なんだりゅうおう》によって授けられた『真眼』によって、金属鋼に宿る精霊が視《み》えるおかげで、爺さんにもそれなりに認めてもらえるような武具も鍛えることができた。武具の注文主にもそれなりに満足してもらっている。

武具を鍛える際には、俺が今持っている精一杯の技量と気持ちを込め、一振り一振り鍛えてきた自負はある。

しかしだからと言って、自分の鍛冶場を持てるような鍛冶師になっているのかと自分に問うと、『鍛冶場の主』だと胸を張って言えるほどの自信は持てないでいた。

きっと本当なら、親父の下で鍛冶の修業を続け、何十何百と刀を打つ中で、鍛冶場の主となる気概と覚悟が醸成《じょうせい》されていくのだろう。が、俺はいまだ数振りの武具。しかも、種々雑多の武具を鍛えているために、刀だけを打ち腕を磨いた親父のような本物の『刀匠』と呼ばれる鍛冶師になっているとは、口が裂けても言えない。そんな俺が、鍛冶場を持っていいのか？

自問自答する中、答えを求めて視線を上げると、目の前の長机の上に鎮座するフウの金色に光る瞳と視線が重なった。

『驍廣！　今、お前が口にしようとしていることは、甘えから来る言い訳ではないのか？』

金色の瞳にそう語りかけられているように感じ、俺は自分と向き合うことから逃げようとしていると気付かされた。

仮に、俺が『鍛冶場を持つに値《あたい》する鍛冶師だろうか？』と問えば、延李やアルディリアたちはこぞって鍛冶場を持つ資格は十分にあると称賛してくれるだろう。その言葉を受け、俺は流れに身を任せたはずだ……覚悟を決めずに。

これまで、文殊界で俺は鍛えた武具の銘に、鍛冶師としての名ではなく、梵字《ぼんじ》を刻んできた。それは、刻んだ梵字《ぼんじ》が示す神仏の助けが注文主にあればと願ったものだった。その行為は、実際に武具を手にした注文主たちには好意的に捉えられたが、それ以外の者から見れば、己の名を銘として刻めない二流の鍛冶師と捉えられただろう。

世間一般の見方として、武具に自らの銘を刻むのは、鍛冶師が自分が鍛えた武具であると表明する行為であり、鍛えた武具に責任を持つということでもあった。

そこに梵字《ぼんじ》を刻む行為は、武具に対する製作者としての責任を放棄していると見られても致し方ないこと。そんなことが黙認されているのは、俺に武具を注文した安劉たちに、実際に武具を鍛える姿を見せていたこともあるが、スミス爺さんの下で行われていたことも大きかった。

物を作る『職人』の世界では、作られたものの良し悪しで全てが決まる。言うなれば、作り手の実力だけが幅を利かす世界だ。

そういった世界で、名も売れていない、どこの馬の骨とも知れない、その実力など皆目《かいもく》見当もつかない者に製作など頼む者は、よほどのモノ好きか愚か者のどちらか。ましてや、自分の命を預けることになる武具や防具の製作となれば、なおさらだろう。

だが、そんな俺のような者が、お客を相手に武具や防具を打てる方法が一つだけある。それが、親父やスミス爺さんのような名の知れた匠の下に所属することだ。

匠の下につくことで、初めて俺のような無名の職人は、お客を相手にすることができる。

その裏には、親父やスミス爺さんが後ろ盾となり、製作物に対して責任を持つ意味合いもあった。作ったものに対する評価として、良い評価は鍛えし者に与えられ、悪評は所属させている匠の責となる。スミス爺さんの鍛冶場で鍛冶仕事をするということは、スミス爺さんに守られた状態で鍛冶仕事をさせてもらっているということだ。

フウの金色の瞳は、俺にそんなぬるま湯から出て、『本物の鍛冶師』になる覚悟をしろ、と言っているようだった。

そのことに気付き、俺は顔から火が出るほどの羞恥心《しゅうちしん》に悶《もだ》えそうだった。

俺は何のために世界の垣根を越えて文殊界にやって来たんだ？

本物の鍛冶師、俺が憧《あこが》れる親父のような鍛冶師になるためではなかったのか⁉

それが、ぬるま湯に浸って鍛冶仕事をしようなどと、鍛冶師を志す者のすることか!!

俺は、自分の頬《ほお》を両の手で二回叩《たた》いて自分に活を入れ、フウを睨《にら》み返す。するとフウはまるで笑みを浮かべるように瞳を歪《ゆが》めて、『早く告げろ』というように俺を促す。

促されるままに周りを見回すと、いきなり頬《ほお》を張った俺を驚きの表情で凝視《ぎょうし》する延李や紫慧たちがいた。彼らの様子に苦笑しつつも、俺は改めて居住まいを正し、

「翼竜街ギルド総支配人翔延李殿、賢虎フェイオンフウからあった提案――俺、津田驍廣の鍛冶場を、この街に建設する許可をいただきたい！」

と、言い切って深く頭を下げた。

スミス爺さんの庇護《ひご》という甘えから脱し、この街に鍛冶場を構え、本物の鍛冶師になる!!

新たな決意とともに俺は一歩を踏み出した。


「しばしこの場にてお待ちいただきたい。フェレース！」

俺の宣言を受け延李は、厳しい表情を浮かべ、一言告げると、フェレースを伴い支配人室から出ていった。

俺は、延李の気分を害するようなことを言ったのだろうかと心配になり、両隣に座る二人へ視線を向けた。紫慧は俺と同じようなことを考えたのか、不安げな表情を浮かべていたが、アルディリアは特に気負った様子もなく、俺の視線に気付くと微笑した。

「心配することはないぞ、驍。紫慧も、何の問題もない。用意が整うまで、ゆるりと総支配人を待

つことしよう」

そう言うと、目の前に置かれた飲みかけのお茶へと手を伸ばし、言葉通りゆっくりと喉を潤《うるお》した。

俺も彼女に倣《なら》い、延李たちが戻ってくるのを待つことにした。

しばらくして、支配人室の扉が勢いよく開いたかと思うと、延李とフェレースとともにドヤドヤと何人もの者が入ってきた。

「驍廣！　ようやっと自分の鍛冶場を持つ気になったようじゃな。重畳重畳《ちょうじょうちょうじょう》。わ～はっはっはっはっは!!」

二日酔いから復活したのか、鍛冶場と変わらない大きな笑い声を響かせるスミス爺さん。

「驍廣さんが独り立ちするとなれば、スミス翁の鍛冶場からの武具と合わせて、多くの仕事が来ることになりますニャ。これは斡利の尻を叩《たた》いて、活を入れなければいけませんニャ♪」

楽しそうに、これから先のことに思いを巡らす傑利。そして――

「おみゃ～さんが新しく鍛冶場を構えようってお人かい？　なるほど、なかなか良い面構えをしているじゃやにゃ～か。これは良い仕事ができそうだぎゃ♪」

強い訛《なま》りで話しながら、楽しそうに俺の顔を覗《のぞ》き込んできたのは――がっしりとしたいかにも力仕事を生業《なりわい》としている職人然とした体躯《たいく》で、頭部はまんま猪《いのしし》という、猪の妖獣人族らしき半被《はっぴ》姿のおっさんだった。

アルディリアは、彼ら三人を目にした途端、弾けるように立ち上がり、素早く俺の背後へと回り込むと、少し緊張した面持ちで直立不動になった。彼女の様子に困惑していると、スミス爺さんはアルディリアが立ったことで空いた俺の隣に座り、傑利は紫慧の隣に、猪面のおっさんは俺の対面、延李の隣に腰を下ろした。

「驍廣殿、まずは儂の隣に座るこちらの御仁を紹介させていただきたい。この方は、翼竜街ギルドの重鎮で、土木窓口の主任を務められる曲輪屋元兵衛《くるわやげんべえ》殿だ。長年にわたり翼竜街の街造りに携《たずさ》わってこられた方で、家屋を建てる際、どのような用途の建築物をどこに建てれば良いのか熟知されており、その一切を取り仕切っておられる。此度《こたび》、驍廣殿が鍛冶場を建てられるに当たっても、街のどこにどのように建てたら良いか、ご教授くださる」

延李は隣に座った猪面のおっさんを俺たちに紹介する。曲輪屋のおっさんは照れ臭そうにはにかみつつ、口を開いた。

「延李様、そのようにへりくだって紹介されたら恥ずかしゅ〜てかなわんわぁ。お若いの、アンタもそうは思わんけえ？　まあええわ、曲輪屋元兵衛っちゅうて、ギルドの土木窓口主任なんぞを任されちゃおるが、なんのこた〜ない大工のオヤジじゃから、そんなに堅苦しく考えんでちょぉ〜よ。それじゃま、早速なんじゃが、新しく鍛冶場を建てたいということでええんじゃな？」

俺は、曲輪屋の豪放な自己紹介に圧倒されてしまった。

「え、ええ」

と、何とか返事はしたものの、いつもとは違う俺の様子に、スミス爺さんや傑利はニヤニヤ。紫慧やアルディリアは驚いたように目を真ん丸にしていた。

そんな周りのことなど頓着《とんちゃく》せず、曲輪屋は目を瞑《つむ》り、胸の前で両腕を組んで考え込みはじめた。

「う～ん、新たに鍛冶場を建てるとなると、周囲にまで響く鎚の音と、いざというときの火の用心を考えにゃ～ならんのぉ……」

眉間《みけん》に皺《しわ》を寄せ、ブツブツと呟《つぶや》く曲輪屋。その言葉に徐々に前のめりになっていく俺。と、それを待ち構えていたかのように組んでいた腕をほどき、勢いよく両膝の上に掌《てのひら》を打ち下ろした曲輪屋は、前のめりになっていた俺の前に顔を突き出し、ギョロリと目を合わせてきた。

「おう、お若いの！　スミス爺さんの鍛冶場の隣に併設するというのはどうだぎゃ？　なんなら壁も取っ払って、スミス爺さんの鍛冶場を拡張し、爺さんに代わってお前さんが鍛冶場の頭《かしら》になるって案もあんだが？」

いきなり無茶苦茶なことを言い出す曲輪屋に、思わず「はあ？」と間抜けな声を上げてしまった。そんな俺の反応に、彼はさらに詰め寄ってきた。

「実のところ、翼竜街の城壁の中にゃ鍛冶場を建てられる場所が限られておって、もうスミス爺さんの鍛冶場の隣くらいしかにゃ～のよ。鍛冶は火を使う仕事だで、鍛冶師たちが細心の注意を払い火事を起こさないように努めていることは儂もよく分かってとりゃ～す。が、商人やら一般の街に住む者《もん》にとってみりゃ、いつ火事が起きるかと心配するのも仕方にゃ～ことだで。鍛冶場は商業区や住宅区などとは離れた、今ある職人区に作るのが昔から定められておりゃ～すの。そんで考えたんだけんども、職人区の中で土地が空いていて防火帯の余地がある場所と言ったら、スミス爺さんの鍛冶場の隣しかにゃ～んだわ。新たな鍛冶場を建てて、これから一国一城の主に！　と気張っとりゃ～したところに水を差すようで申し訳ないんだが、勘弁《かんべん》したってちょ。そんでこの際だから、スミス爺さんの鍛冶場もひっくるめて建て直して、お前さんが鍛冶場の頭になってみちゃあどうだね。そうすりゃ晴れて『一国一城の主』にもなれ……っと、こりゃさすがに勇み足だったねえ。すまんねえ、ちょっと調子に乗りすぎて、いらんことまで口が滑《すべ》ってしまったわ。まあ、とにもかくにも場所はスミス爺さんの鍛冶場の隣しかないから、そこんとこだけは了承したってちょ〜よお♪」

少し人を食った物言いだったが、鍛冶場を建てる場所はスミス爺さんの鍛冶場の隣しかないことだけははっきりした。曲輪屋が一気呵成《いっきかせい》に話を終えて、俺は周りにいる者たちへと視線を動かすと、スミス爺さんと傑利は何も言わず、ただ俺のことを見つめ返すだけ。アルディリアと紫慧は首を小刻みに横に振り、顔を引き攣《つ》らせた。

「驍廣殿、少々ふざけた物言いではあったが、曲輪屋殿の言には明確な根拠があった。ここは曲輪屋殿に従って、スミス翁の鍛冶場の隣接地に決めていただくのが一番と思うが」

延李の一言に背中を押されて腹をくくると、俺は曲輪屋の顔を真正面から見つめ、

「よろしくお願いします！」

と、深々と頭を下げたのだった。

第二章　鍛冶場を建設しますが何か！

鍛冶場を構えると決心し、場所もスミス爺さんの鍛冶場の隣接地と決まったその日のうちに、曲輪屋は部下を引き連れて、スミス爺さんの鍛冶場と隣接地を測量しはじめた。

部下に測量を任せて、彼はスミス爺さんの鍛冶場を見て回っていたが、一通り見終わると渋《しぶ》い表情を浮かべて、スミス爺さんと俺に声をかけてきた。

「スミス翁、お若いのも聞いてちょ。まだ測量の途中ではっきりとしたことは言えにゃ〜んだが、やっぱ周囲にある建物との間を空けることを考えると、別棟の鍛冶場を建てるにはちーとばっかし場所が狭いようなんだわ。それと、今スミス翁が寝起きしてる母屋なんだが、どうもそこら中にガタが来ていて、修繕を考えた方が良さそうなんだが、どうしりゅ〜す？　どうせなら、お若いのの鍛冶場を増築するのと一緒に母屋にも手を入れりゃ、話は早いと思うんだがねえ」

最初は困惑していたスミス爺だが、どこが問題なのか曲輪屋に教えてもらうと渋《しぶ》い顔をして、

「う〜む、仕方ないのぉ。この際じゃ、鍛冶場は問題ないようじゃから、母屋の部分だけ手を入れてもらうことにするかのぉ」

と、あっさり改築が決まった。

そうなれば、まずはスミス爺さんの引っ越しだ！　と、月乃輪亭の食堂で潰《つぶ》れていたテルミーズとタウロ、天都を叩《たた》き起こして、みんなで荷造りをはじめた。

俺たちが、二日酔いで泣き言を言うテルミーズたちに発破をかけて一緒に荷造りをしている間、スミス爺さんはこれから母屋ができるまでの宿の手配に動いていた。しかし、戦《いくさ》が終わったとはいえ、甲竜街から来た行商人などが多数この街にいるために、スミス爺さんとテルミーズの宿を探すのはなかなか難しい状況だった。

そのことを、鍛冶場の建築資材を手配するために動いていたアルディリアに相談すると、少し怒ったような顔をした。

「驍、そのような問題が発生したのなら、なぜ真っ先にワタシに話をしてくれなかったのだ。そうすれば、スミス翁を宿の確保のために奔走《ほんそう》させなかったものを。ギルドには、職員が当直の際に仮眠をとるための部屋がいくつか用意されている。昨日、月乃輪亭でタウロと天都の部屋が取れなかった場合は、二人がギルドの宿泊所を使えるよう手配していたのだ。幸い昨日は宿が取れて不要となったが、スミス翁とテルミーズが寝泊まりしている母屋を修繕する必要があるというのなら、改めて使えるように手配しよう」

これで喫緊《きっきん》の問題は解決だと胸を撫《な》で下ろしていると、引っ越しの荷造りに汗を流していたタウロが声を上げた。

「ちょっと待ってたもんせ！　ギルドの宿泊所とやらがどのような部屋かは知りもはんが、スミス翁をそがいなところに泊めることなどできもはん。スミス翁にはおいが使っている宿の部屋に入っていただきとうごわす!!」

語気荒《あら》く告げられて、困惑する俺たち。スミス爺さんも苦笑していたが、タウロの頑《かたく》なな態度に折れる形で、スミス爺さんは月乃輪亭に泊まることが決まった。

その裏で、天都の泊まっている部屋にテルミーズが入る入らないで一悶着《ひともんちゃく》あった。だがそれは、『リリスの荷物が多少なりとも置かれている部屋に、曲がりなりにも男のテルミーズを泊めるわけにはいかない！』というアルディリアと紫慧の意見により、テルミーズは予定通りギルドの宿泊所に泊まることが決まる。項垂《うなだ》れるテルミーズに対して、勝ち誇るようにドヤ顔の天都の姿は、まるで子供の喧嘩《けんか》だと、その場に居合わせた者たちの笑いを誘った。

すったもんだがあったものの、その日の夕方には、母屋にあったものは全て纏《まと》められた。スミス爺さんは、着替えなど必要なものだけを持って月乃輪亭の住人となり、その他のものはギルドの倉庫で一時預かってもらうこととなった。

スミス爺さんの引っ越しが終わる頃、測量をしていた曲輪屋も仕事を終えていたため、流れで月乃輪亭で夕食を取りながら諸々の打ち合わせをすることにして、一旦別れた。

一足先に月乃輪亭の食堂で待っていると、曲輪屋とアルディリアが連れ立って姿を見せ、その手には巻物のようなものが握られていた。

「スミス翁、驍廣さ、早速で申し訳ないが、これを見たってちょ〜」

そう言うと、曲輪屋は巻物のようなものを食堂の卓の上に広げた。

「これが、さっきまで測量してた鍛冶場に母屋、それから隣接地の見取り図だがね。延李殿から話を聞いた段階では、今使っている鍛冶場を拡張する形にと思っとりゃ〜したが、周りにある建物との間隔を考えると、鍛冶場をこれ以上広げることは難しそうなんだわ。それで、今使っている母屋を挟んで反対側に別棟を建てて、そこを驍廣さの鍛冶場にしたらと思っとりゃ〜すが。どうだね？上から見ると、母屋を中心に鍛冶場が並ぶ左右対称の建物になるんだが」

卓に広げた測量図を見せながら、説明する曲輪屋。確かに鍛冶場を拡張すると、近くにある職人の工房との間が思った以上に近くなり、万が一火事を出した場合に類焼のおそれがあった。だが母屋側には既存の建物はなく、その心配はなさそうだった。しかも、既存の鍛冶場を拡張しようとしたら、その間はスミス爺さんにも鍛冶仕事を休んでもらうことになるが、これなら休む必要はない。

「なるほどのぉ。母屋側の空き地に新しい鍛冶場を増設するということか。この案なら、今の鍛冶場で仕事を続けることも可能じゃのぉ。儂としては、鍛冶仕事が軌道に乗り、街の衛兵や討伐者たちからも注文が入っておるから、仕事を続けられるのはありがたいのぉ」

スミス爺さんは、満更《まんざら》でもなさそうな表情を浮かべていた。俺としても、同じ建物の中で異なる鎚音が響く仕事場というのはさすがに違和感があった。また、俺専用に鍛冶場を仕立てるなら、スミス爺さんの鍛冶場とは中身も多少変えたいところがあったから、別棟として建てられる方がいい。

ただ、母屋を真ん中に鍛冶場が並ぶ構造となると、人の行き来はどうなるのか疑問に感じた。

「俺も良い提案だと思うが、鍛冶場を繋ぐ位置に母屋があるんだろ。人の行き来はどうなるんだ？母屋はスミス爺さんの居住空間だ。そこを俺たちが行ったり来たりするとなれば、問題にならないか」

俺の問いに、スミス爺さんも自分の居住空間に人が出入りする様子を想像できたのか、渋《しぶ》い顔に

なった。だが、曲輪屋はニヤリと笑うと、

「もちろんその辺のことは考えておりゃ～す。今の母屋は平屋だけんど、それを二階建てに改築して、一階には左右の鍛冶場を行き来するための連絡通路と、鍛冶仕事に使う金属鋼や炭などを保管するための倉庫部屋に、武具の依頼をしに来た者に待っていてもらう待合室兼客間を設ける。そんで、二階をスミス翁が生活する居住空間にしようと考えとるんだわ。今まで鍛冶仕事のための資材や道具なんかは、そのまま鍛冶場に置かれていたようだぎゃ。今後は二つの鍛冶場を構えることになりゃ～すから、それぞれが別々に資材を仕入れて保管していては、何かと不便になると思うんだわ。それなら鍛冶場共同の資材倉庫があった方がいいはずだで。当然、頑丈《がんじょう》な二階を作るで、体の大きなスミス翁であっても全く問題ないものにしりゃ～すで、安心してちょ！」

と、自信満々に答えた。その答えに俺は満足できたが、果たして爺さんはどう思ったのかと横目で見ると、少し不安そうな顔をしていた。

「う～ん。儂らのような体の大きな巨人族の住居を二階建てにするというのは、今まであまり見たことがないが、本当に大丈夫なのかのぉ。寝ているうちに床が抜けて一階に落ちた、なんてことが起きたら困るんじゃが」

「そこは儂を信用して任せてちょ！　確かにこれまで翼竜街で二階建ての巨人族の住宅はなかったけんど、竜賜では賢巨人族《ミーミル》の住居で二階建てを採用している例はいくつもあるから、心配はいりゃ～せんよ。その技術も習得しておるし、任せてちょ～!!」

拳で自分の胸をドンと力強く叩《たた》いて自信のある姿を見せる曲輪屋に、スミス爺さんも安心したのか、笑顔を見せて頷《うなず》いた。

「はいはい、ここは食堂だよ。お喋りしてないで腹を満たしておくれ！」

スミス爺さんの笑顔に、話は終わったと察したのか、俺たちの卓に次々と大皿に山盛りの料理がウルスさんとルナールさんによって運ばれてきた。ウルスさんの声でスミス爺さんと曲輪屋は照れ臭そうに顔を見合わせて、その言葉に従うように目の前の料理を自分の取り皿に取りはじめる。そして、いつものように酒を頼み、夕食会という名の宴会が始まった。

スミス爺さんと曲輪屋は、一流の鍛冶師と大工という職人同士、意見を戦わせたことで意気投合したのか、ともに料理をつつき、杯に注いだ酒を豪快に飲み干し合っていた。

一方の俺は、紫慧とアルディリアの二人に止められたこともあり酒は飲まず、お茶をお供に料理にがっついた。タウロはスミス爺さんたちの相手をしつつ、何かにつけて小競り合いを始めようとする天都とテルミーズを仲裁するなど、忙しそうにしていた。大柄な体格からは想像させない細やかな気配りに感心した。

これまでならスミス爺さんと曲輪屋の飲みに参戦しているアルディリアだったが、翼竜街に戻ってきたことでギルドからの禁酒令が復活し、酒を楽しむ面々を恨《うら》めしそうに見ていた。

卓の上に並べられた料理もあらかた食べ終え、飲みの勢いも収まる頃、気楽な席ということもあってか、スミス爺さんは曲輪屋に改築する母屋についてあれこれ話しはじめた。そんな二人のやり取りを見ていて、俺も新しく建てる鍛冶場についてダメ元で口を開いた。

「曲輪屋殿、少しいいだろうか？」

「おお？　なんだぁ、驍廣さ～も、新しく建てる鍛冶場について何かあるのきゃ？　遠慮はいらね、思うところがあるんなら先に言ってちょ」

頬《ほお》を赤く染めた曲輪屋は、ニンマリ笑顔で話の先を促してきた。

「あのぉ……鍛冶場の炉のことについてなんだが」

「『炉』？　ああ～金属鋼に熱を入れる炉かあ。その炉がどうかしたのきゃ？」

「俺の鍛冶場に造ってもらう炉なんだが、スミス爺さんの鍛冶場で使っているものとは別の形体にしたいと思っているんだが……」

その言葉を耳にした途端、曲輪屋の顔は一気に酔いが醒《さ》めたかのように引き締《し》まった。そして、スミス爺さんもまた、赤ら顔ではあったが真剣な表情に変わっていた。

「驍廣。形体の異なる『炉』じゃと？　藪《やぶ》から棒に何を言い出すのじゃ。儂が知る限り、甲竜街でも響鎚の郷でも、鍛冶仕事に使われる炉は同じようなもののはずじゃぞ？」

先に声を発したのはスミス爺さんだった。俺の真意を確かめるように単眼をギョロリと見開き、俺を見つめて問いかけてきた。だが、俺が口を開く前に、曲輪屋が割って入ってきた。

「スミス翁、翁の言う通り、ここ天竜賜国や天樹国の鍛冶場では、翁の鍛冶場にあるような炉が使われとりゃ～す。しかし、ところ変われば品変わるで、別の形体の炉もないわけではにゃ～で。驍廣さ、おみゃ～さんが希望する炉とは、いかなる形体のものだぎゃ？」

酒が入っていることもあり、いつもよりも感情的になり苛立《いらだ》ちを露わにするスミス爺さんを押さえ、俺が求めている炉について問い質《ただ》す曲輪屋。

スミス爺さんは、曲輪屋の言葉に目を見張りつつも、この場は彼と俺に任せると決めたのか、渋《じゅう》面《めん》を浮かべたまま椅子に深く腰かけて酒の入った杯に手を伸ばした。そして、話を進めるようにと、顎《あご》を動かした。

「曲輪屋殿、スミス爺さんの鍛冶場をはじめ、翼竜街、豊樹の郷、響鎚の郷、そして甲竜街の鍛冶場で使われていた炉は、耐火煉瓦で床、側面、天井を設けた窯《かま》のような形の密閉型の炉だった。だが、俺が鍛冶の腕を磨いたところでは、天井部を取り払った開放型の炉を使っていたんだ。今回、新しく建ててもらう俺の鍛冶場には、以前鍛冶の腕を磨いていたときに使ってきた開放型の炉『火床《ホド》』を使いたい」

真剣な表情で訴えかけるように話す俺に、曲輪屋は眉間《みけん》に皺《しわ》を寄せた。

「開放型の炉か……確かに、羅漢獣王国の鍛冶師たちが用いている炉も開放型だったと聞いているだぎゃ。確か……天井部分がないために熱が逃げやすく、金属鋼を熱するのに必要な熱を得るために、常に炭を投入し、風を送り込まなければならなかったと聞いとる。そこで鍛冶場には足踏み式の鞴《ふいご》が使われ、風を送り込むのに何人もの人足が必要だという話だぎゃ」

そう言いながら、俺たちの話に聞き耳を立てていた天都へ視線を振った。彼の視線に、天都は弾かれるように立ち上がった。

「曲輪屋殿の言う通りです。私が住んでいた鍛冶の邑《むら》では、天井がなく熱の逃げやすい開放型の炉を使って鍛冶仕事をしていました。仕事をする際には炉の温度が下がらないように、大量の炭を投入し、常に炉の中へ風を送り込もうと、踏鞴《たたら》式の鞴《ふいご》（穴の上に板を被せその板を踏む込むことで空気を送り出す鞴《ふいご》）を、何人もの男衆が交代で踏み続けていたのです。一方、海を渡った天竜賜国や天樹国で使われている窯型の炉なら、温度の低下が少なく、手動の蛇腹式の鞴《ふいご》で金属鋼を熱するに必要な火の温度が一人で生み出せます。あたしが甲竜街のダッハート師匠のもとで修業をしていたのは、一人でも鍛冶仕事ができる窯型炉を使った鍛冶の手法を学ぶためだったのです！」

天都の言葉を受けて曲輪屋は大きく頷《うなず》くと、再び俺の目をジッと見つめた。

「聞いた通りだぎゃ、驍廣さ。確かに羅漢獣王国では、開放型の炉を使っておりゃ〜すが、炉内の熱を保つために多くの炭と多くの人手が必須。それを改善しようと、海を渡って技術の習得に動いている者がさらなる技術の習得にと教えを乞《こ》うた先で、問題の炉を欲するというのは……」

軽く首を左右に振り『考え直せ！』と告げてくる曲輪屋に、天都も同調している。だが、

「一人で仕事ができるのなら火床《ホド》でもいいってことだな。それなら問題ない。俺が求めているものは、実際に俺が一人で鍛冶仕事に使っていたのと同じものだからな」

と返すと、天都は目を大きく見開き、曲輪屋は疑惑の眼差《まなざ》しを向けてきた。

「嘘じゃないぞ！　スミス爺さん、最初に爺さんと会ったときに見せた脇差を覚えているか？　今は兜割りに鍛え直してしまっているが」

唐突な問いかけに対して、酒をチビリチビリと飲みながら俺たちのやり取りを見ていたスミス爺さんは、むせて軽く咳《せ》き込んだ。

「うっ、ごほぉごほぉ……突然振るな！　最初のときに見せた……あ〜！　あの脇差か。あれはなかなか出来がいい一品じゃった。一目見て、お主が腕のいい鍛冶師だと分かったわい♪」

少し遠い目をしてコクコクと頷《うなず》き、笑って告げるスミス爺さん。その姿を曲輪屋たちが視認したことを確認してから、再び俺に目線を向けさせるように口を開く。

「ということだ。スミス爺さんにお墨付きを貰《もら》った武具は、俺が鍛冶場に設置したいと言った炉『火床《ホド》』で鍛えたものだ。それと、これまで翼竜街と甲竜街、それから響鎚の郷でも、スミス爺さんの鍛冶場でも使っているような蛇腹式の鞴《ふいご》だったが、俺が技を磨いた鍛冶場では少し違う鞴《ふいご》を使っていた。それを使えば、羅漢獣王国の鍛冶場で使っているような大人数が必要な踏鞴式の鞴《ふいご》でなくても、鍛冶ができる。それも一緒に設置したいと思っている。どうだろう、俺の言うことを信じて、一つ開放型の炉でお願いできないか？　頼む、曲輪屋殿！」

そして、卓につく寸前まで頭を下げた。それを見た曲輪屋や天都たちが困惑している様子が何となく伝わってきていた。すると――

「がっはっはっは♪　頭を上げてちょ〜。どうやら儂の負けだで。驍廣さ、おみゃ〜さんの希望通りの鍛冶場にするだでよお。大体、おみゃ〜さんの鍛冶場だ。儂らは助言はしても、お施主さんの希望に沿うのが大工の腕だでよお。任せてちょ〜！　だけんど、儂にとっても初めてのことになりそうだで、丸投げは困るでえ。驍廣さ、おみゃ〜さんにも働いてもらうことになるだでねえ！」

そう笑いながら、曲輪屋は了承してくれた。

翌日、俺はアルディリアとともに、鍛冶場建設準備のために曲輪屋の待つギルドへ向かう。紫慧も一緒に来ると思っていたのだが、朝一番にギルドに行くことを告げると、紫慧は少し考えて、

「う～んっと、ボクがついて行っても邪魔になるだけだろうから、鍛冶場の建設は曲輪屋さんとアリアに任せる。驍廣、箪笥《たんす》の奥にしまってある、前に驍廣が着ていた鍛冶師衣装を貸してくれないかなあ？」

と、言い出した。俺はそんな紫慧に首を傾《かし》げつつも――

「鍛冶師衣装？　ああ、穢液《アイエキ》の飛沫《しぶき》が飛んで穴だらけになったヤツか。まあ良いけど、あんな穴だらけのどうするつもりだ？」

すると、紫慧は何かを含んだような笑みを浮かべた。

「今はまだ内緒。驍廣やアリアが頑張《がんば》っているのに、ボクだけ何もしないわけにはいかないよ。だからボクはボクのできることをしようと思ってるだけ。それじゃ、お二人さん行ってらっしゃい！」

そう言って俺たちを月乃輪亭から送り出してくれた。

月乃輪亭からギルドに向かうと、曲輪屋が待ち構えていて、とりあえず鍛冶場の建屋を建てるために必要なものは既に発注済みだからと、彼の指図ですぐに現場に向かうことになった。

現場では、既に母屋の隣の防火帯として使っていた空地が綺麗《きれい》に整地され、鍛冶場の建屋を建てるための目安となる杭《くい》が打たれていた。そして、空地中央に軽く盛り土がされていた。その光景は、現世で新しく家を建てる際に行われる神事の光景と酷似していて、少し懐《なつ》かしく感じた。

「津田殿、これより『土鎮《つちしず》めの儀』をしようと思とりゃ～すで、ちょっと待っとってちょ！」

曲輪屋の声を合図に、それまで鍛冶場の陰で控えていた曲輪屋配下の大工衆が一斉に動き出した。

その手には、黄玉《トパーズ》の粉末が入った壺や酒樽などがあり、杭《くい》が打たれた建屋予定地の内側に入った。

彼らの後に続きスミス爺さんやテルミーズ、タロスや天都も建屋予定地に入ると、曲輪屋がワザとらしく咳払《せきばら》いをして、全員の注目を集めた。

「うおっほん！　ではこれより『土鎮《つちしず》めの儀』を執《と》り行う。津田驍廣殿は前の方へ進み出てちょ〜。あれ、そういえば紫慧紗殿がおられんねえ……まあええわ。紫慧紗殿の代わりは、アルディリアが務めるとえ〜わ」

曲輪屋がそう言うと、皆が見守る中、俺はアルディリアとともに進み出た。

「天土《あまつち》に宿りし数多《あまた》の精霊にお頼み申します。この地に新たに津田驍廣のもとで開かれる鍛冶の生業《なりわい》の場を建てるに、精霊の御霊《みたま》を讃《たた》え、その加護を末永くこの場に賜《たまわ》りますよう、願い奉《たてまつ》りまするぅ〜」

曲輪屋はそれまでの訛《なま》りの強いしゃべり言葉とは違う口調で、恭《うやうや》しく祝詞《のりと》を上げるように朗々と告げる。そして、盛り土に対して大きく三回柏手《かしわで》を打ち、大工衆が持ってきた黄玉《トパーズ》の粉末が入った壺から軽く一掴みつまみ出し、盛り土の上に撒《ま》いた。

「ほれじゃ、津田殿とアルディリアも、儂と同じように壺の中の精霊石の粉を撒《ま》いてちょ」

と、盛り土の前を空けて俺たちを促し、曲輪屋自身は大工衆が持ってきた酒樽の口を開けた。さらにそれを、用意してあった木杯に注ぎ、まずは一杯を黄玉《トパーズ》の粉を撒《ま》いたときと同じように、盛り土の上に撒《ま》いて一礼してから、その場に集まっていた者全員に配った。

「これにて『土鎮《つちしず》めの儀』は滞《とどこお》りなく終了。一同が怪我《けが》もなく仕事ができることを願い『献杯！』」

「「「「献杯！」」」」

曲輪屋の声に合わせて、配られた木杯を一旦目線より高く掲《かか》げてから、一気に飲み干す大工衆とスミス爺さんたち。俺も皆に合わせて木杯の酒を飲み干そうとしたものの、隣にいたアルディリアに奪い取られ、酒の代わりに水が注がれた木杯を渡された。そんな俺たちのやり取りに曲輪屋は苦笑すると、アルディリアが奪い取った木杯を譲り受けて、盛り土の上に酒を撒《ま》いた。

「いつもは一杯だけのところを、この場に宿る土精霊《ノーム》は施主からお流れをもらえて喜んどりゃ～すよ。ほれじゃ、早速仕事に取りかかることにしや～すか。ほれ！　お前たちもいつまで飲んでおるつもりだぎゃ！　さっさと仕事を始めるだにぃ！」

「「「「へぇ～い！」」」」

曲輪屋が、酒樽から二杯、三杯と木杯に酒を注ぎ、飲み散らかしていた大工衆に発破をかける。だが、そんな曲輪屋に大工衆はいつものことなのか、ゆるい返事をしてから、まだ残っていた木杯の中の酒を一気に呷《あお》ると、仕事道具や資材を取りに駆け出していった。曲輪屋は満足そうに笑みを浮かべて彼らを見送ると、おもむろに俺の方へ向きを変えたのだが、眉間《みけん》には皺《しわ》が寄っていた。

「驍廣さ……昨日、お主から話のあった開放型の炉についてだが。申し訳ない！　正直に話すと、翼竜街には詳しく分かる者がおりゃ～せんのだわ。羅漢獣王国の鍛冶師である目占天都殿に話を聞いたのだぎゃ、彼女も使用はしていても、火床《ホド》の設置の場に立ち会ったことがなく、正確なところが分からんと言うし。街に滞在中の獣王国の商人にも訊《たず》ねてみたが、答えは同じでにゃ～。申し訳ないんだぎゃ、開放型の炉は諦《あきら》めてもらうわけには……」

悔しそうに告げる曲輪屋と、申し訳なさそうに下を向く天都。俺は天都の肩をポンと軽く叩《たた》きつ

つ、懐《ふところ》から昨夜のうちに用意しておいた紙片を取り出し、曲輪屋の前に広げた。

「……驍廣さ、こりゃ～お主が昨日言っていた開放型の炉の見取り図きゃ？　なんじゃ、窯型炉と同じく台の上に造るのきゃ？　それに、炉の横につけられてるこの四角い箱のようなものはなんじゃ？」

俺が広げた紙片を見て、矢継ぎ早に質問してくる曲輪屋。その質問に俺は見取り図を見直して、急いで図面の中に一本の線を足した。

「すまない、線が一本抜けていた。今足した線が地表面、鍛冶場の床面を示している。火床《ホド》の前に、台座のように見えていたのは、床面の下になる部分だ。それから、火床《ホド》の横に設置してある四角い箱状のものが鞴《ふいご》になる」

「なに～、床面の下？　ってことは、この炉は鍛冶場の床面に造るってことか。……？　ちょっと待ちゃ～！　鍛冶場の床に炉を設置するのは分かったが、その炉の前にあるこの穴みたいな凹《へこ》みはなんだがや？」

これまでに見たことのない鍛冶場の見取り図に、困惑の声を上げる曲輪屋。ともにいた天都も目を白黒させているところを見ると、獣王国の鍛冶場ともかなり違いがあるようだった。そんな二人の様子を見ながら、俺は説明をしていった。

「ああ、それは穴みたいなものじゃなくて、穴そのものだよ。そこに俺が入って鍛冶仕事をするんだ。火床《ホド》は床面に直接設置する形になるから、金属鋼を熱する際に、跪《ひざまず》いて仕事をしなくちゃならない。だけどその体勢を長く続けると、どうしても腰や膝に負担がかかって、痛めてしまう。そこで、床面から一段低くした穴に入れれば、立ったままの姿勢で金属鋼を火床《ホド》に入れて熱することができるだろう。疲れたときなどには、穴の縁に腰かけて休むことも可能。しかも、鎚で金属鋼を鍛えるときも立った状態で金鎚が振るえるから、座って仕事をするよりも楽に振ることができる。紫慧が相鎚を打つときも、床面に金床があった方が大金鎚を振り下ろしやすいだろうし、良いこと尽くめじゃないか！」

俺の説明を聞いた曲輪屋は「う〜ん」と唸《うな》り声を上げ、見取り図と睨《にら》めっこを始めた。

俺が用意した、火床《ホド》や鞴《ふいご》などの配置を描いた見取り図は、現世で親父である十二代津田武廣《たけひろ》が使っていた鍛冶場を参考に描いたものだ。古式鍛造を行う鍛冶場では、火床《ホド》の前に穴などないが、立ち仕事の方が楽になっている現代日本の鍛冶ではそういった工夫をしていた。これは津田家だけでなく、多くの刀鍛冶の鍛冶場でも取り入れられていた。

もっとも、現代の刀鍛冶は鎚だけで全ての鍛錬を行うことはない。メインは『スリングハンマー』と呼ばれる動力式鎚打ち機械が使われ、細かい仕上げのみ人力で行うことが多くなっていた。古《いにしえ》の刀の鍛錬は、数人の相鎚によって行われていたが、現代では相鎚を打つ者を複数人雇うことは難しい。よって多くの刀鍛冶が作刀の工程を一人で行わなければならないため、機械に頼らざるを得ない事情があった。

しかし、文殊界では鍛冶師が一人、もしくは一人の相鎚だけで十分に鍛錬ができていることは、種族の違いだと言ってしまえばそれまでだが、驚くべきものだった。まあ、そんな文殊界でも、俺と紫慧の鍛造速度は異常に速いらしいのだが……

もちろん、作図の素人である俺が見取り図に細かい数値などを書き込めるわけはないが、建築の専門家である曲輪屋は素人が描いた見取り図でも、おおよそのことは分かったようだ。

鍛冶場の建屋の建設を部下の大工衆に任せると、曲輪屋自身は見取り図を見つつ俺に意見を求めながら、火床《ホド》を中心とした鍛冶場の心臓部を自ら手がけはじめた。

まずは最も重要となる『火床《ホド》』から手を付ける。

俺が求めた火床《ホド》は、鍛冶場の床に直接設置する。そのため、建屋外部の地面に染み込んだ雨が原因で床が湿気《しっけ》を帯びないように、建屋外部と床面の繋がりを切り、防水処理を施す。さらに、火床《ホド》を設置する鍛冶場の中心部に深さ二尺（六十センチ）ほどの穴を掘り、穴の底と側面に耐火煉瓦と耐火粘土を使って底と壁を作り、その中に一尺七寸（五十センチ）ほど炭の粉を敷き詰めた。

炭の粉を敷き詰めることで、炭が地下から上がってくる湿気《しっけ》を吸収し、火床《ホド》の中に湿気《しっけ》が伝わってこないようにした。敷き詰めた炭の粉の上に砂利《じゃり》を入れて、沈み込まないようにしっかりと押し固める。これで、火床《ホド》下の基礎ができ上がった。この基礎の上面が鍛冶場の床とほぼ同じ高さになり、でき上がった基礎の上に再び耐火煉瓦と耐火粘土で火床《ホド》の本体を造る。

火床《ホド》は金属鋼を差し入れる入口部分から、鞴《ふいご》から空気が送り込まれる羽口と呼ばれる送風管の出口部分にかけて、一旦沈み込むような形状にし、両側面と奥に耐火煉瓦を積み上げる。こうすることで、鞴《ふいご》から送り出された空気が炭の下から上へと吹き抜け、火床《ホド》で焚《た》かれる切り炭の温度を効率よく上げることができる。鞴《ふいご》は火床《ホド》の側面に設置されるが、鞴《ふいご》に火床《ホド》の熱が伝わらないように注意を払い、耐火粘土も用いて、高い防火壁を設けた。

火床《ホド》の内部も耐火粘土で塗り固め、鞴《ふいご》から送り出される空気の送風口となる羽口周辺も念入りに耐火粘土で塗り固めた。

火床《ホド》の設置が終われば、後は火床《ホド》の周囲に鍛冶作業で使う設備を整えることができる。火床《ホド》に次いで重要なのが、火床《ホド》で熱した金属鋼を鎚で鍛える際の台となる『金床』だ。

金床の設置位置は、火床《ホド》の脇。熱した金属鋼を火床《ホド》から取り出しスムーズに置けて、なおかつ俺や紫慧が鎚を振るっても障害となるものがない位置がいい。そして、金鎚や大金鎚の打撃を受けても小動《こゆる》ぎもしないだけの頑丈《がんじょう》さが求められるため、金床の基礎も工夫を施す必要がある。

金床そのものの大きさは、長さ三十センチ、幅十五センチ、高さ五十センチほどの金属塊。この金属塊を支えるために穴を掘って、砂・小砂利・砂利《じゃり》の順に敷き詰めて、しっかりと押し固める。その上に、一抱えもある木の根元部分を切り出した樹根丸太を設置する。樹根丸太には、金床本体となる金属塊の半分ほどをはめ込むための穴を、あらかじめくり抜いてある。そこに予定通り金床をはめ込み、樹根と金具で固定して、丸太が床面から顔を出さないように、床面を整地した。

次に、曲輪屋を困惑させた、火床《ホド》と金床に隣接して設けられる『作業穴』の設置にかかる。穴の深さは、立った状態で作業ができるよう、俺の太ももが隠れるくらいあれば十分だった。ただ、火《ホ》床《ド》と金床、さらに焼き入れの際には火床《ホド》から素早く湯船（水槽）へ動けるように、ある程度広さに余裕を持たせ、出入りがしやすいように二段の階段も設けた。

最後に、作業穴を挟んで火床《ホド》と対面する背中側に、焼き入れ用の湯船（水槽）を設置する。もちろん、火床《ホド》は水気を嫌うので、湯船から水が漏れないように、防水処理は念入りに行《おこな》った。

これらの鍛冶場の心臓部を作り上げる間、俺と曲輪屋は顔を突き合わせて何度も話を重ねていった。その際、天都は瞳をキラキラと輝かせ、俺と曲輪屋のやり取りを見ていた。彼女にはたまに羅漢獣王国の鍛冶場で使われているという開放型の炉との違いを訊《たず》ねた。そこから参考にする点もあり、そんな形で鍛冶場造りに寄与してくれた。

俺と曲輪屋で火床《ホド》・金床・作業穴・湯船を設置している間に、曲輪屋が集めた大工衆は鍛冶場の建屋の柱や梁《はり》などの細工を仕上げ、母屋の改築に向けた解体も終わらせていた。

「さて、驍廣さ。儂は鍛冶場の建屋建設と母屋の改築の指揮を執《と》らにゃいかんのだぎゃ、まだ設置してにゃ～鞴《ふいご》はどうするつもりだぎゃ？　何か当てはあるんきゃ」

「そうでした！　津田殿が以前言っていた、踏鞴式でも蛇腹式でもない鞴《ふいご》とは一体どういったものなのでしょうか？　炉は獣王国で使われているものとは基礎を念入りに行う以外、大きな違いはこれと言って見当たらないようが気がします。そうなると、やはり鞴《ふいご》が気になるのですが……」

曲輪屋と天都に、鞴《ふいご》について訊《たず》ねられた。

「鞴《ふいご》は、以前スミス爺さんの紹介で世話になった、トルンクスさんに相談しようと思っていたんだ」

そう俺が告げると、天都は小首を傾《かし》げたが、曲輪屋は大きく頷《うなず》いた。

「そうきゃ、トルンクスきゃ。なるほど……既に当てがあるのなら、儂がとやかく言うことではな～ぎゃ。それじゃ、鞴《ふいご》のことは任せるでねえ」

そして、軽く手を振り、大工衆たちのもとへ向かった。彼を見送った俺もまた、鞴《ふいご》を製作するために鍛冶場を後にし、天都は俺の後を当たり前のようについて来るのだった。

◇

「ごめんくださいー、どなたかいませんか？」

トルンクスの材木屋に着き、大きな声で呼びかけると、建物の奥から毛むくじゃらのフェノゼリー氏族――材木屋の主であるトルンクルスがヌボ～ッと姿を現した。

「あんれぇ～。誰かと思ったら、スミス爺様のとこの驍廣さぁでねえか。どしただぁ？　また何か要り用になっただか」

姿を見せたトルンクスは、俺を見るなり懐《なつ》かしそうに話しかけてくれた。

トルンクスは以前、麗華の五鈷杵型突撃槍《ヴァジュラランス》を鍛える際、彼女にこれまで使っていた武器と形状が大幅に異なる突撃槍の扱いに慣れてもらおうと、木製の突撃槍《プールドナス》を製作してもらったことがあった。

スミス爺さんの古くからの職人仲間で、翼竜街で流通している全ての材木を取り扱っており、用途に応じてどの材木が良いかを選び、用意してくれると定評のある男だ。その腕の確かさは、翼竜街に住む職人仲間からも一目置かれている。拵《こしら》え師の曽呂利傑利や、鎧翼堂の主アルム・アルマドゥラなども、材木が必要なときには必ずトルンクスに調達と加工を任せるほどだった。

俺も木製突撃槍を頼んだときは、材木の選定から加工まで全てを託したが、見事その信頼に応《こた》えてくれた。

今回、新しく建てる鍛冶場に設置する鞴《ふいご》は、これまでスミス爺さんのもとで使っていた蛇腹式の鞴《ふいご》ではなく、現世で俺が親父の鍛冶場で使っていた鞴《ふいご》を再現しようとしている。それには、トルンクスの助力が不可欠と考えていた。

スミス爺さんたちが使う蛇腹式の鞴《ふいご》は、鞴《ふいご》の胴体部にある蛇腹を伸ばしたり縮めたりすることで、炉の中へ空気を送り込む構造になっている。そのため、蛇腹を縮めて空気を送り出すと、再び空気を出すのに、一旦蛇腹を伸ばし、蛇腹内に空気を取り入れなければならない。結果、絶え間なく空気を送り込んで炭を熾《おこ》し、炉の温度を細かに調整するのが難しい。

スミス爺さんたちが使う密閉型の炉なら、温度が下がることは少なく、蛇腹式の鞴《ふいご》でも支障をきたすことはない。だが、俺が曲輪屋に設置を求めた開放型の炉・火床《ホド》では、金属鋼に急速に熱を入れたいときに一気に炭を熾《おこ》すためには、間断なく風を送り込むことが求められる。また、じっくりと熱を入れるときにも同じ風量で絶え間なく送り込む必要がある。それには、現世の日本の刀鍛冶で使われていた鞴《ふいご》が必須だった。

「トルンクスさん、お久しぶりです」

「ほんに久しぶりだなあ。スミス爺様からは、甲竜街に出かけたと聞いとったが、帰ってきたんかあ。そういえば、前に作った木製槍はその後どうだな？　ちったぁ役に立っとるかねえ」

懐《なつ》かしそうに話すトルンクスに、俺は笑顔で答えた。

「麗華の木製突撃槍ですね。あのときには無理を言って急ぎで作ってくださり、ありがとうございました。おかげで麗華は、俺が鍛えた武具の扱いにも慣れることができて、この街を襲った魔獣騒動に続き、甲竜街と天樹国の間で起こった戦《いくさ》でも大いに活躍しましたよ」

「そうかい、そうかい。役に立ったんならよかっただよ。ところで、今日は見慣れないお連れと一緒に一体何の用だね。また何か面白いものをこさえてくれと言いに来たんだか？」

麗華の活躍に、トルンクスは嬉しそうに顔を綻《ほころ》ばせたが、すぐに俺の後ろで控える天都の姿を見つけると、悪戯《いたずら》小僧のような笑みを浮かべ、俺の顔を覗《のぞ》き込んできた。

それに対し、俺は苦笑して頭を掻《か》く。

「は〜、やっぱりすぐに分かっちまうかあ。そうなんだよ、また一つ厄介《やっかい》なお願いを聞いてもらえないかと思って訪ねたんだ。多分、トルンクスさんじゃないと……いやトルンクスさんにならできると思っているんだ。一つ頼まれちゃくれないか？」

そう口調を戻してお伺《うかが》いを立てると、トルンクスは満更《まんざら》でもないようで、

「言うようになったなあ、若いの。オラァでなけりゃできない代物なんて言われちゃ、断るに断れねじゃねえか。なんだい、そのオラァでなけりゃできないって代物ってのは！」

と、乗り気になってくれた。そこで、俺は緩《ゆる》めていた顔を引き締《し》めて、依頼の話を始めた。

「実は、翼竜街に戻ってくる際に、甲竜街の鍛冶師ダッハート殿の工房にいた鍛冶師二人を、俺の下で修業させてほしいと押しつけられてしまってね。それで、スミス爺さんの鍛冶場では手狭になっていたんで、翼竜街に他に鍛冶仕事のできるところはないかとギルドに相談したら、翼竜街にはないと言われてしまってね」

「なんと、そっただことになっておったのか!?　大変じゃのぉ、そんで、打開策はあったんか？」

俺の置かれた境遇に、心配そうに顔を顰《しか》めるトルンクス。そんな心優しき職人仲間に、俺は今一

度顔を引き締《し》めて告げた。

「そこで、スミス爺さんの鍛冶場に併設する形で、俺自身の鍛冶場を建てることになったんだよ！」

俺の言葉に驚いたのか、身を硬直させたトルンクスだったが、すぐに再起動したかと思うと、俺の両肩をバンバン叩《たた》き、少し興奮気味に声を上げた。

「おめでとう！　その若さで自分の鍛冶場を持つかあ。そりゃ、大したもんだ。だども、ホンに大変なのは、鍛冶場ができてからだ。オラァもこの材木屋を立ち上げたときには、なかなかお客が来んで苦労したが、周りの職人仲間に支えられて今までやって来た。驍廣さぁも、鍛冶場を持ったと浮かれておらんように、しっかり励むだぞ。そんで、その新しく建てる鍛冶場に必要な何かを、オラァに用立ててほしいと相談に来たんか。そいつは一体何なんだやぁ？」

快く協力を明言してくれたトルンクスに、俺はホッとした。

「それじゃさっそくで悪いんだが、トルンクスさんには、鍛冶場で使う鞴《ふいご》の製作をお願いしたいんだ。それで……」

俺が実際に作ってもらいたい鞴《ふいご》について説明を、と思っていると、トルンクスは俺が言い終わらないうちに、少し落胆したのか肩を落とした。

「鞴《ふいご》だか？　そりゃ来る場所を間違えとるだ。鞴《ふいご》だったら、本体は革で作るのだろ。だったらオラァのところでなく、革職人のもとに向かうとええ。今だったら、魔獣騒動の際に討伐された魔獣の皮も大量に入ってきておるだで、鞴《ふいご》に見合う良い革が手に入るだでなあ」

そう言って店へと踵《きびす》を返すトルンクスを、俺は慌《あわ》てて呼び止めた。

「待て！　待ってくれ、トルンクスさん。まずは俺の話を聞いてくれ！　今、トルンクスさんが言った鞴《ふいご》は、スミス爺さんのところでも使っている蛇腹式の鞴《ふいご》だろう。俺がトルンクスさんにお願いしたいのは、鞴《ふいご》は鞴《ふいご》でも全くの別物なんだ」

俺の声で、怪訝《けげん》な表情を浮かべて振り返ったトルンクス。

「革の蛇腹で空気を押し出す鞴《ふいご》ではないんか？　では一体どんな鞴《ふいご》が欲しいというだ？」

ここで、すかさず俺は作務衣《さむえ》の懐《ふところ》から折り畳《たた》んだ紙を取り出し、トルンクスの目の前に広げた。

「素人が描いたもので恥ずかしいんだが、これがトルンクスさんに作ってほしいと考えている、俺の求める鞴《ふいご》の見取り図だ！」

目の前に広げられた見取り図をじっと見つめるトルンクス。

「見ての通り、箱型の中の仕切り板を、取手のついた棒で前後に動かすことで、箱の中へ空気を取り入れ、炉にと押し出す構造になっている鞴《ふいご》だ。鞴《ふいご》の上部両端に設けた空気の取り入れ口から、空気を鞴《ふいご》本体に取り込み、下部両端側面に設けた送風口から炉へ送り出す物だ」

見取り図の各部分を指し示しながら説明する俺に、頷《うなず》きつつ食い入るように見つめるトルンクスは一通り見取り図に目を通すと、顔を覆う毛の奥から覗《のぞ》く目を輝かせた。

「驍廣さぁ。おめぇ、面白れぇものを思いつきやがったなあ。なるほど、確かにこの鞴《ふいご》は革職人の手には負えねえ代物だ。分かった！　ほんじゃ、いっちょ気張るかなあ!!」

そう言うと、俺から見取り図を奪い取り、ズンズンと足音を響かせて材木屋の奥へ歩きはじめた。

そんなトルンクスについて行けず固まっている俺と天都に、彼は振り返り手招きして、俺たちを材木屋の奥にある作業場に招き入れた。

「さて、驍廣さぁ。一等初めに確認しておかにゃならんことだが、この見取り図に描かれた代物は『鞴《ふいご》』と言うからには、燃え盛る火の近くで使うものなんだべなあ？」

作業場で見取り図を広げたトルンクスは、見取り図を睨《にら》みつけたまま訊《たず》ねてきた。

「確かに、火の近くで使うことにはなるんだが、一応は鞴《ふいご》と火を隔てる防火壁を設置してある。ただ、鞴《ふいご》から送り出された空気は、防火壁の側面に開けた空気穴から送風管を通って炉へ噴き出すことになる。だから、絶対に鞴《ふいご》が火に晒《さら》されないという保証はないだろうな」

俺は、既に曲輪屋とともに製作した火床《ホド》のことを思い出しながら答えると、トルンクスは厳しい表情を浮かべた。

「なるほど、一応の防火対策は取っておるが、鞴《ふいご》と炉を繋ぐ送風管と空気穴を通って火が入り込まない可能性は皆無ではないということだな。したら、使う木材は『樫《かし》』が良いだべなあ」

「樫？　樫って確か、木剣などに使っている、あの樫か？」

『樫』という言葉に思わず反応すると、それまで見取り図と睨《にら》めっこ状態だったトルンクスは、視線を見取り図から俺に移し、ニヤリと笑った。

「そうだ、その樫だあ。樫は窒素《ちっそ》含有量が多い木材なもんだから、火に強く燃えにくいって特性があんだ。火の気の近くで使うものなら樫を使った方が良いと思うんだが、どうだ？」

「なるほど……そういうことなら樫材で作ってもらった方が良いだろうな。トルンクスさん、鞴《ふいご》の材料は樫でよろしくお願いします。それから、この部分なんだが……」

トルンクスの説明に納得して頷《うなず》いた後、俺は見取り図に描かれている鞴《ふいご》内部に設けた仕切り板部分を指差して、注意点を口にする。

「あまり鞴《ふいご》本体の壁との間を隙間《すきま》なく造ると、動きが悪くなり、反対に隙間《すきま》を空けすぎると、空気が漏れて効率よく空気を炉に送り込めないんだ。それで、俺が知っているものは、仕切り板自体と本体の壁との間に隙間《すきま》を設けて、板の表面に狸の冬毛の毛皮を張りつけて空気の漏れが少なくなるように造っていたんだ。似た工夫が必要になると思う」

そう話すと、トルンクスは腕を組んで少し考え込んだ後、何か思いついたのか声を上げた。

「狸の冬毛かあ……そんなら焼狸《シャオリ》の毛皮を使ってみるべ」

「焼狸《シャオリ》？　なんだ、そりゃ狸に似た獣か？」

唐突に告げられた獣らしき名に、俺は思わず問い返していた。すると、トルンクスは俺が問い返したことが意外だったのか、少し驚きながらも説明してくれた。

「なんだ？　驍廣さぁは焼狸《シャオリ》を知らねえだか。焼狸《シャオリ》ってのは、魔獣の一種でな、狸が魔気に侵されて怒りの炎を身に宿したやつだ。まあ、魔獣ちゅうても、新人討伐者でも相手にできる程度の力の弱い魔獣なんだ。ただ、身に宿した怒りの炎から漏れ出した火を、背中から燃え上がらせているもんだから、新人討伐者は気圧《けお》されてしまうだ。能力的にはその程度しかない魔獣なんだが、これが群れで現れると厄介《やっかい》でなあ。先の魔獣騒動の折には、焼狸《シャオリ》が群れで現れて、腕利きの討伐者たちが対応に当たったんだども、背中の火で使っておった鋳造製の武具が焼かれて使い物にならなくなり、危うく命を失いかけたそうだ。もっとも、焼狸《シャオリ》の皮は耐火性を持つことから、防具の素材としては重宝されるようじゃからなあ、討伐した焼狸《シャオリ》の皮を元手に、使えなくなった鋳造武具に代わる鍛造武具を手に入れられたらしいから、討伐者たちにとって結果的にはよかったのかもしれんのお。防具にも使われるくらいだ、鞴《ふいご》の仕切り板に貼るなら、焼狸《シャオリ》の毛皮がええだろう。件《くだん》の討伐者たちは、焼狸《シャオリ》の皮をギルドに卸《おろ》したはずだ。相当な数だったと聞くし、ギルドに行けば、まだ防具職人のもとに卸《おろ》さずに保管されとるものがあるかもしれんぞ。驍廣さぁ、悪いがひとっ走りギルドに話をしてきてくれんか」

そう言うと、トルンクスは再び見取り図へと視線を戻してしまった。この対応に、天都は少し機嫌を悪くして文句を言いたそうだった。そんな天都を制止して、俺はギルドへと向かうことにした。

「津田殿、なぜ止めるのです。津田殿をまるで小間使いのようにして！　あのフェノゼリー氏族の、津田殿に対する態度は無礼ではないですか!!」

材木屋を出てすぐに、天都は怒りを露わにした。が、俺はその態度がおかしくて仕方なかった。

「そう怒るな、天都。天都はじかに俺の業《わざ》を見ているから、一目置いてくれているのかもしれないが、俺がこの街に来てまだ一年も経っていないし、鍛えた武具も数えるほどなんだ。まださほど名も売れていないし、スミス爺さんほどの実績があるわけでもない。小僧扱いされたって何もおかしくはないんだよ。そんなことよりも、今は焼狸《シャオリ》の毛皮の確保の方が先決だ。ところで、お前はどうする？　一緒にギルドに来るか」

文句タラタラの天都を宥《なだ》めて聞くと、彼女はバツが悪そうな顔で、作業をはじめるトルンクスへと視線を飛ばしていた。俺は苦笑し、

「気になるのなら、トルンクスさんの作業を見させてもらうと良い。もしかしたら、獣王国に戻った際に、天都の役に立つかもしれないからな。それじゃ行ってくる！」

と告げて、天都を残し、ギルドへと急いだ。


ギルドはいつもと変わらぬ喧騒《けんそう》が渦巻き、各窓口には各々の目的のために訪れる者たちで行列ができていた。そんな中、俺も他の者と同じように生産者窓口の前に並び、順番を待った。

「はあ～い！　次の方～ぁ。あ～ら、驍廣さんじゃない。新しい鍛冶場の建設は順調に進んでる？」

長い列に並び、俺の順番はいつになるのかと待っていると、意外にも待ち人の列はどんどんと進み、いくらも待たされないで順番が回ってきた。

他の窓口の列はいまだ長く伸びている中、生産者窓口だけは順調に進んだことに、窓口業務をしているギルド職員の力量に感心し、誰かと見てみると、そこにいたのはフェレースだった。いつも見ていた、リリスやアルディリアと姦《かしま》しく騒いでいる姿とは一変、次から次へと窓口に並んでいた者の要望や依頼を聞いて捌《さば》いていく様子は、いかにも『できる女』の雰囲気《ふんいき》を醸《かも》し出している。口調はこれまでと変わらずのんびりしたものだったが、それが逆に周囲の時間の流れをゆったりさせ、今まで待たされたことを感じさせない効果を与えていた。

「ああ、鍛冶場内部の諸々を設置し終えて、曲輪屋殿も建屋の建設の指揮に戻り、大工衆に発破をかけていたから、思いのほか早く進んでるんじゃないかと思う。もっとも、そう感じるのは、俺から見たらの話で、フェレースから見たらどう思うのか分からないがな」

俺がそう答えると、フェレースはそれまでせわしなく動かしていた手を一瞬止めて、顎先《あごさき》に指を当てて考える素振りを見せてから、にっこり笑う。

「そうねえ～。曲輪屋さんの差配による仕事としては少し手間取っているような気もするけれど～、驍廣さんが普通の鍛冶場で使っているものとは違うものを依頼したって聞いているからしかたないのかな。曲輪屋さんを手こずらせる依頼を出すなんて、驍廣さんもやるわねえ～。それでぇ～、そんな驍廣さんが、今日はギルドに何の用なのかな？　私たちで対応できることなら良いんだけど～」

どうやら、俺が無理を言って今までと違う鍛冶場の内装にしたことを知っていたようで、そのことを少し揶揄《やゆ》しつつ、同じような厄介《やっかい》なことをギルドに依頼するのかと牽制《けんせい》するフェレース。俺は苦笑しながら、ギルドを訪れた目的を口にした。

「そんなに警戒しなくても大丈夫だと思うが……実は、新築する鍛冶場で使う鞴《ふいご》も今までとは違う形状のものを設置する予定で、今トルンクスさんに作成をお願いしたんだ。それで、その作成のために手に入れたいものがあって、ギルドで用意できないかと思ってね。まあ、アリアに話をして用意してもらってもよかったんだが、それほどの量が要るわけでもないし、ちょうど手が空いていたから、わざわざ忙しく動いてくれている彼女の手を煩《わずら》わせることもないかと思ってね」

「そこはアルディリアに話した方が良いと思うわよ～。その方が彼女は喜んだと思うのだけど……。は～、まあ良いわ。それで用意してほしいものって一体何なの？」

俺の返答に、なぜか困ったものだとでも言うようにジト目を向けるフェレースだったが、溜息《ためいき》を吐《つ》くと、必要としているものは何かを訊《たず》ねてきた。

「焼狸《シャオリ》という魔獣の毛皮が欲しいんだ。先の魔獣騒動の折に、何体も焼狸《シャオリ》が討伐されたということだから、まだギルドの在庫が残っているんじゃないかと、トルンクスさんが言っていたんだが」

「焼狸《シャオリ》の毛皮ね〜。ちょっと待っていて、今在庫があるか確認するから〜」

フェレースは後方に控えていた一人のギルド職員に振り返った。俺もフェレースの動きにつられて視線を向けると、そこにはどこかで見たことがある一人のヴィーゼライゼン氏族がいた。

「あれ？　お前は……」

思わず声に出した一言に、そのヴィーゼライゼン氏族は笑みを浮かべ、深々と頭を下げてきた。

「いつぞやは大変なご迷惑をおかけしました」

「やっぱり、お前か！　俺が鍛えた兜割り《八咫》を掠《かす》め取ろうとした女盗……人？」

平然と挨拶《あいさつ》を口にするヴィーゼライゼン氏族に対して声を荒《あら》らげかけたものの、何か違和感を覚え、つい不躾《ぶしつけ》な視線を向けてしまう。そんな俺に、フェレースが視線を遮《さえぎ》るように体を割り込ませてきたが、当のヴィーゼライゼン氏族が彼女を止めた。

「フェレース様、良いのです。私はそれだけの罪を犯したのですから……」

殊勝《しゅしょう》な言葉を口にするヴィーゼライゼン氏族に、俺はまだ疑いの眼差《まなざ》しを向け……と、彼女の片足が異常に細いことに気が付いた。

「ああ、これですか？　これはあなたから命宿る武具《精獣》を盗もうとして捕らえられ、ギルドの牢《ろう》に入れられたとき、私と同じように罪を犯して収監された妖精族の者が、夜中に突然狂ったように暴れたんです。その際に私も巻き込まれて、右足の膝から下を食い千切られたのです。咎人《とがびと》である私はそのまま打ち捨てられ、命を失ってもおかしくありませんでした。ですが、翼竜街ギルドは私を治療してくれたのです。しかも、収監中に足を失ったのだから、窃盗《せっとう》罪は十分に贖《あがな》ったと恩赦《おんしゃ》をくださり、私に天樹国にある生まれ故郷に帰ってもよいとお許しくださったのです。ですが、私たちには、ヴィーゼライゼン氏族は、草原を駆け巡る者。片足を失い、自由に駆けることができなくなった私には、ヴィーゼライゼン氏族として何の価値もありません。郷に帰っても厄介者《やっかいもの》扱いをされるだけ……そんな私の窮状《きゅうじょう》を見兼ねて、翼竜街に留まることを許すだけでなく、ギルドでの職まで与えてくれて……あっ、申し遅れました。私はマルコットと申します、以後よろしくお願いいたします」

マルコットは、自身に降りかかった翼竜街での出来事を話した。さすがにこの話を聞いてなお、彼女に余計なことを言おうものなら、フェレースをはじめ、翼竜街ギルドの者たちに総スカンを食らうことは必定。『君子危うきに近寄らず』と、一言「そうだったのか」と返答する他なかった。

俺の一言に、マルコットは笑みを見せると、ギルドの在庫を調べるためにその場を離れた。そんな彼女の後ろ姿には悲壮感などはなく、新たな居場所を見つけ精一杯に生きる力強さが感じられた。

「ところで～、焼狸《シャオリ》の毛皮なんて一体何に使うつもりなの？　防具などには使われるものだけど、武具の鍛造に必要なんて聞いたことがないわ～。しかも、焼狸《シャオリ》のことを驍廣さんに教えたのはトルンクスさんだって言ってたけど、トルンクスさんて材木屋のトルンクスさんでしょ、ますます分からない。よかったら後学のために、何に使うつもりか教えてもらえないかしら～」

フェレースは、俺の方に向き直るなり、笑みを浮かべて訊《たず》ねてきたが、その瞳は全く笑っておらず、事情聴取をする警察官のような剣呑《けんのん》な輝きが宿っていた。俺の背中をゾクゾクッと悪寒が走り、下手な誤魔化《ごまか》しや沈黙は許されないと、本能が訴えかけてきた。

「そ、そんな大したことじゃないんだ。フェレースさんも知ってる通り、新しく鍛冶場を建てるに際して、設置する鞴《ふいご》をこれまでスミス爺さんの鍛冶場で使っていたものとは違う形状にしようと考えたんだ。今、トルンクスさんの材木屋で作成してもらっているんだけど、その鞴《ふいご》の肝となる部分に、焼狸《シャオリ》の毛皮を使おうという話になったんだよ」

俺は本能に従い、ありのままをフェレースに話すと、彼女は黙って考えはじめてしまい、この場を沈黙が支配した。

「あ、あの……フェレース様。ひぃ！」

黙考に入ってしまったフェレースと、そんな彼女に圧倒されてしまい沈黙する俺。その息苦しくなるような空気を破ったのは、焼狸《シャオリ》の在庫を調べに行っていたマルコットの呼びかけだった。

一瞬、フェレースは黙考を邪魔したマルコットを鋭い眼光で睨《にら》みつける。それに思わず悲鳴を上げる彼女だったが、その反応にフェレースは慌《あわ》てることなく、

「あら！　在庫を調べてきてくれたのね～、ありがと～う」

と、にっこり笑って礼を述べた。しかし、マルコットの顔は恐怖に引き攣《つ》ったまま、少し早口で報告する。

「い、いえ。とんでもありません！　焼狸《シャオリ》の毛皮の在庫ですが、残念ながらギルドには一枚も残っていませんでした。今朝、鎧翼堂のデルゥ・アルマドゥラ嬢が、残っていた焼狸《シャオリ》の毛皮を全て持っていかれました」

「なんですってぇ！　あの娘はいつも、いつも、使用する予定もないのに、ギルドから資材を持ち出して、ほんとにも～!!　驍廣さん、これから鎧翼堂に取り立てに行くから、あなたも付き合ってね～。それじゃ、窓口業務をお願いねぇ～」

マルコットにそう言い残すと、フェレースは俺の腕を掴み、鎧翼堂へと走り出し、俺はなすすべなく同道することとなった。そんな俺の姿を、窓口業務を任されたギルド職員たちは、哀れな子牛でも見るような目で見送っていた。

「デルゥさん！　デルゥさんはいらっしゃいますか～!!」

鎧翼堂に着くと、フェレースは店の扉を勢いよく開けるなり、大きな声で目的の人物の名を呼んだ。この剣幕に、ちょうど鎧翼堂を訪れていた討伐者らしき屈強な男たちも驚かせたようで、皆顔を引き攣《つ》らせて、フェレースを凝視《ぎょうし》した。

「誰じゃ、扉を開けるなり大きな声を上げおって。フェレースか、何の用じゃ、そのような剣幕で」

店の奥にいたアルムが顔を出し、フェレースを窘《たしな》めつつ、理由を訊《たず》ねる。

「アルム翁！　デルゥさんはどこにいます？　ギルドに保管していた焼狸《シャオリ》の毛皮を全て持っていってしまって……いつもお願いしていますよねぇ。特殊な資材は数が限られているから、抱え込まないで必要な分を申請してから持っていくようにって。それを、あるだけ全部持っていかれたら、他の方が必要になったときに困るじゃないですか!!」

いつものの んびりした口調が鳴りを潜め、舌鋒《ぜっぽう》鋭く問い詰めるフェレースの姿を、俺は唖然《あぜん》としながら見つめていた。しかし、アルムは特に驚いた様子もなくいつものこととでも言うように落ち着いた調子で返してきた。

「またかぁ、それは済まぬことをした。儂もあやつには言い聞かせておるのじゃが、なかなか聞き分けが悪くてのぉ。あやつが言うには、必要となる材料を予《あらかじ》め仕入れて置かぬと、急な注文が入ったときに間に合わなくなると言って聞かぬのだ。どうやら甲竜街で、材料がなく注文された防具の製作が遅れたときにつらい目に遭《あ》ったようでなぁ」

そう渋《しぶ》い表情を浮かべた。そんなアルムに、フェレースも怒りを鎮《しず》めたものの、困り顔になった。

「甲竜街での修業時代に何があったかは私には分かりませんが、ここは翼竜街です。もし仮に必要な材料が職人の手元にない場合は、ギルドにある程度の在庫を保管してありますし、なかったとしても職人と依頼主の間にギルドが入り、職人に一方的な皺《しわ》寄せが来ないように努めています。翼竜街のギルドはそれだけの権限を持っています。そのことをデルゥさんに言い聞かせ、それでもご理解いただけないときには、ギルドでもお話しさせていただきますから」

と告げるフェレースに、アルムは小さく頷《うなず》く。

「そうじゃのぉ。他の職人に迷惑をかけていることもまた事実なのじゃから、もう一度儂の方から言い聞かせ、それでもごちゃごちゃと言うようなら、フェレースに頼ることとするかのぉ。それでデルゥじゃが、裏の工房におる。焼狸《シャオリ》の毛皮もそこにあるじゃろう」

そう言うと、店先から裏の工房へと繋がる通路の扉を開いた。俺とフェレースはアルムに促されるままに、通路を通り工房へ向かうと、そこでは何人もの職人たちとともにデルゥが作業を進めていた。

「お仕事中に失礼します。デルゥさん、ギルドから持ち出した焼狸《シャオリ》の毛皮はどこにありますか？」

一言断りを入れているものの、仕事場に乗り込み一方的に用件を告げるフェレースの態度に、俺はデルゥが怒り出さないか内心ひやひやしていたが……

「ああ、フェレースか。焼狸《シャオリ》の毛皮だったらそこにあるよ、とりあえずは用が足りたから必要な分だけ持っていって」

まるでいつものやり取りだとでもいうように返事をしてきた。このやり取りに俺は呆《あき》れてしまったが、フェレースは小刻みにブルブルと震え、大きな声を上げた。

「デルゥ！　いつも言ってるでしょう。ギルドに保管されている資材は、他の方が必要になることがあるから、必要となる分だけを持っていくようにと！　それなのにあなたは……いいですか、あまり勝手をするようなら、鎧翼堂に対してはギルドから資材を持ち出す際に許可制を取りますからね。いいですね、これが最後の忠告ですよ!!」

よほどデルゥに対してうっぷんが溜《た》まっていたのか、吐《は》き出すように告げる。すると、フェレースの剣幕に、デルゥをはじめその場にいた職人たちの手が止まった。

「そ、そんな面倒なこと……」

「面倒が何ですか！　あなたの勝手な行動で迷惑を被る方々が何人も出ているのです。長らく翼竜街の衛兵をはじめ、討伐者や冒険者の方々の防具を仕立ててきてくれた鎧翼堂でも、これ以上勝手を許し、優遇することはできません。いいですね！」

言い訳でも口にしようとしたデルゥの言葉を遮《さえぎ》るフェレース。デルゥもさすがに不味《まず》いと思ったのか、口を閉ざしてカクカクと首を何度も縦に振ることとなった。

その反応に、フェレースは気持ちを切り替えるように大きく息を吐《は》き出した。そして、工房の端に無造作に置かれている焼狸《シャオリ》の毛皮を両手に抱えると、残りも全て運ぶよう俺に指示して、使われなかった焼狸《シャオリ》の毛皮を根こそぎギルドへと持ち帰った。

「よかったのか？　根こそぎ持ってきちまって」

ギルドへの帰路、容赦《ようしゃ》ない対応に俺が問い質《ただ》すと、フェレースは苦笑した。

「私もこんなことはしたくないんだけど、デルゥさんはこれまでも同じようなことを繰り返していましたから……。どうも彼女にはギルドを下に見ている傾向がありましたので、『一罰百戒《いちばつひゃっかい》』という言葉もありますし、今回の対応を見て少しは気をつけてくれるといいんですけどね。は〜」

溜息《ためいき》とともにそんなふうに吐露《とろ》した。まあ、先に鎧翼堂の主であるアルムに断りを入れてからの行動だから、デルゥが不満に思ってもアルムが教育するだろう。

しかし、今回は俺が自分で資材の調達に動いたが、いつもはアルディリアが金属鋼をはじめ様々な資材の調達に動き、俺の手を煩《わずら》わせないようにしてくれている。今回の出来事を通して、改めて彼女の働きに感謝しなければと思った。もっとも、アルディリアは『ワタシは驍の専属職員なのだから当たり前のことをしているだけだ！』と言うだろう。だからと言って、感謝を伝えないという選択肢はない。

ギルドに戻ると、フェレースとともに両手で抱えている焼狸《シャオリ》の毛皮を片付けるため保管庫へ向かった。

保管庫はギルドの建物の裏手にある。中には、討伐者や冒険者たちが斃《たお》して持ち帰った魔獣の毛皮や牙・骨などの有用な部位から、甲竜街から送られてきた各種金属鋼、海竜街《かいりゅうがい》経由で羅漢獣王国から運ばれてきた絹や木綿などの織物に、米などの食料品までもが一時保管されていた。

保管庫の入出時には、職員による厳重な検査が行われ、保管物を盗み出そうと考える不埒者《ふらちもの》は即座に捕縛《ほばく》される体制が整えられていた。

保管庫の管理体制を一目見れば、窃盗《せっとう》などの犯罪行為は諦《あきら》めるだろうが、もし仮にギルドの保管庫に盗みに入った場合、理由の如何《いかん》にかかわらず百叩《たた》きと翼竜街からの追放処分が待っている。

そんなところに、回収した品を返すためとはいえ、職員ではない俺が足を踏み入れても良いのかと躊躇《ちゅうちょ》した。俺の様子を見たフェレースは、入出時の確認は行われるものの、職員が同行すれば誰が入っても問題にならない、と笑いながら話してくれた。

保管庫にデルゥから回収した焼狸《シャオリ》の毛皮を戻した後、改めて俺が必要だと言った二枚の焼狸《シャオリ》の毛皮が引き渡された。

焼狸《シャオリ》は、魔獣とはいえ火を纏《まと》っているだけで、通常の狸と大きさが変わることはなく、鞴《ふいご》内部に設ける仕切り板の両面を覆うには二枚ほどいるだろうと、トルンクスから言われていたからだ。

無事、目的の品を入手し、ホッと一息ついて、俺はそのまま材木屋へ戻ろうと、踵《きびす》を返しかけた。

「焼狸《シャオリ》の毛皮を二枚、確かに。世話になった、それじゃ！」

「ちょっと待ってください、驍廣さん！」

俺を呼び止めるフェレースに、嫌な予感が……

「曲輪屋さんからも聞いているのですが、新築する驍廣さんの鍛冶場で使われる設備は、これまで翼竜街で使われているものとは異なるということですが、今お渡しした焼狸《シャオリ》の毛皮も新たに作られる鞴《ふいご》に使われるとか。よかったら、その製作の様子を見させてはいただけませんか？　もちろん、トルンクスさんの許可は私どもの方で取らせていただき、驍廣さんにお手を煩《わずら》わせるようなことはいたしませんので」

と案の定、鞴《ふいご》の製作を見たいと言ってきた。俺としては別に隠すようなことでもないし、実際に作業をしているのはトルンクスだから、フェレースが自分で彼に許可を取るというのなら拒否する話でもないと、同道を認めた。

焼狸《シャオリ》の皮を手にトルンクスの材木屋へ戻ると、大まかな形が組み上げられた鞴《ふいご》が作業場の真ん中に鎮座し、その傍《かたわ》らで立ち作業をしていたトルンクスが、俺の帰りを今か今かと待ち受けていた。

「焼狸《シャオリ》の皮は手に入っただな。オラァも作業を進めてみただが、大体こんな感じで良いだべか？」

俺は歩を早めてトルンクスのもとに近寄ると、持っていた焼狸《シャオリ》の毛皮を、トルンクスの傍《かたわ》らに控えていた天都へ渡し、鞴《ふいご》に視線を向けた。

「ギルドに保管されていた焼狸《シャオリ》の毛皮二枚をもらってきた。トルンクスさんの見立て通り、これだけあれば、鞴《ふいご》の仕切り板に張りつけるには十分だろう。それより、もうここまで作業が進んでいたんだな、さすがはトルンクスさんだ」

そう感心しつつ、俺の目は組み上がった鞴《ふいご》に注がれていた。

鞴《ふいご》は、幅四尺（百二十センチ）・奥行一尺強（三十五センチ）・高さ二尺五寸（七十五センチ）の長方形の箱型。内部に空気を取り入れるための扉が、手前と奥の側面上部に開けられ、その取り入れ口には内側に蝶番《ちょうつがい》によって取りつけられた開閉式の蓋がある。これは、空気を取り入れる際には入ってくる空気の力によって蓋が開き、逆に空気を送り出すときにはその空気の力で蓋が押さえつけられる——といったように、火床《ホド》へ効率的に空気を送り込むための仕掛けだ。

さらに、火床《ホド》への空気の送風口は、鞴《ふいご》の側面下部の手前と奥の二か所に設けられていた。送風口に設けられた蓋の作りは取り入れ口と同じだが、送風口は鞴《ふいご》の外側に蓋がつけられていて、空気が逆流しないようにしてあった。

鞴《ふいご》の内部には一枚の仕切り板があり、仕切り板を動かすための柄《え》もちゃんとつけられてた。

「……良い感じだ、大まかには大丈夫だと思う。後は、送風口から出た空気を集めて火床《ホド》に通じる送風管へ送るための空気溜《だ》めを取りつけ、仕切り板に焼狸《シャオリ》の毛皮を張り、柄《え》を動かすことで仕切り板が滑《なめ》らかに動けば完成だな。鍛冶場に持ち込んで、火床《ホド》と繋がる送風管を取りつけて、送風管が燃えないように耐火粘土で口を補強すれば、設置も完了だ！」

「おお、そうか。では、早速皮を張って希望通りに動くか確かめてみねばなんねえだな」

俺の言葉にトルンクスは嬉しそうに笑い、鞴《ふいご》を仕上げるために作業に戻っていった。そんなトルンクスに、フェレースが作業見学の許可を求めると——

「そっただことわざわざ言っとらんでも、見たければ勝手に見るがええだあ！」

怒鳴《どな》られたフェレースは驚いたような顔をしていたが、俺と目が合うと苦笑して、トルンクスの仕事振りに集中した。

そして、トルンクスは俺たちが見守る中、俺の注文通りの鞴《ふいご》を完成させてくれたのだった。

◇

翌日、トルンクスが仕上げた鞴《ふいご》を持って鍛冶場に向かうと、曲輪屋が率いる大工衆の働きで新しい鍛冶場には屋根が完成し、母屋も二階建ての骨組みができ上がっていた。

それを感心しながら眺めていると、スミス爺さんと曲輪屋が連れ立って鍛冶場に出勤してきた。

「驍廣、どうじゃ随分と形ができ上がってきたじゃろう。この調子で進めば、あと半季もせずに鍛冶場も母屋もでき上がるじゃろう。今から楽しみなことじゃ！」

鍛冶場を見つめる俺を視認するなり、声をかけてくるスミス爺さん。そんな爺さんの言葉に曲輪屋も笑顔で頷《うなず》き、

「そうだみゃ。大工衆も張り切っておるだでえ、スミス翁の言う通り、あと半季もあれば落成式を催《もよお》すことができるだでぇ。驍廣さ、その準備もしっかりとしといてちょぉよ」

と、告げた。鍛冶場ができ上ったら落成式とやらをしないといけないのかと、やはり一国一城の主になるには色々あるんだなあと改めて襟《えり》を正す思いだったが、曲輪屋の言い回しに引っかかった。

『その準備もしっかりとしといてちょぉよ』？　その準備もということは、他にも準備することがあるということなのか？　そんな疑問が浮かんできた。すると、そんな俺の表情を見て、曲輪屋は俺に問い質《ただ》してきた。

「驍廣さ、まさかとは思うが、鍛冶仕事に使う道具などの製作依頼などは済ませておりゃぁすな。今までスミス翁の下で使ってきた鍛冶の道具とは別に、驍廣殿の鍛冶場で使うものを用意しておかにゃいかんでよ」

俺は曲輪屋からの指摘に、恥ずかしさのあまり顔が赤く染まり、次の瞬間には焦《あせ》りから顔を青く変えていた。曲輪屋とスミス爺さんは、顔を見合わせて苦笑した。

「どうやら鍛冶場のことで頭が一杯になって、仕事に使う道具のことまで考えが及んでいなかったようじゃのぉ、仕方のないやつじゃ。まあ、鍛冶場完成まではまだ半季ある。今から急いで依頼を出せば、鍛冶仕事に必要な道具は間に合うじゃろう」

「な〜に、驍廣さにはアルディリアがついとりゃ〜すで、心配はいらんわな。手に持っておるのは鍛冶場に設置する鞴《ふいご》だぎゃ？　それは儂が預かっておくで、ギルドに行ってアルディリアにことの次第を話しゃええだわ。はい、急いで行きゃ〜せ！」

俺は二人に尻を叩《たた》かれて、持っていた鞴《ふいご》を曲輪屋に渡すと、大急ぎでアルディリアがいるであろうギルドへと走った。

相変わらずの盛況ぶりを見せるギルドの扉を潜る。すると、なぜかギルドの窓口に並んでいる職人や商人、果ては強面《こわもて》の討伐者たちからチラチラと視線が降り注がれ、またあちこちからヒソヒソと囁《ささや》き合う声が聞こえてきた。

しかし、その囁《ささや》きや視線の主の方へ顔を向けると、誰もが視線を外し、中にはベタに鳴りもしない口笛を吹く真似《まね》をして誤魔化《ごまか》そうとしたりして、なんとも居心地が悪い。

とはいえ、居心地が悪いからと首根っこを掴んで問い質《ただ》すわけにもいかず、俺はいつも通り生産者窓口に並ぶ列の最後尾についた。

窓口に辿《たど》り着くまでの間も、周りの視線と囁《ささや》きは一向に収まることがなく、居心地の悪さは増すばかり。その状況に困惑しながら、俺の順番が回ってくるのを待っていると、ようやく、

「次の者！」

と、以前耳にしたことのある、硬質でドスの利いた声が響いた。慌《あわ》てて窓口へと進み出た俺を待っていたのは、眼鏡の奥に鋭い眼光を光らせるギルド職員の姿だった。

「ア、アリア。今日はギルドでの窓口業務だったんだなあ……」

「用件を言え！　それとも世間話に来たのか？　であればよそを当たれ」

窓口に立つアルディリアは、初めて会ったときのように表情を消し、関わり合いを拒絶するような態度で接してきた。そんな彼女に、俺は驚いて絶句してしまった。すると、窓口の奥から助け舟が出された。

「アルディリア、臍《へそ》を曲げてないでちゃんと応対しなさ〜い。突然のことに驍廣さんも驚いて目を白黒させてるわよ〜。ねえ、驍廣さん」

「だが、驍のやつは専属職員であるワタシを蔑《ないがし》ろにして、重要な資材の調達をしたのだぞ！　少し

くらい腹を立ててもバチは当たらないと思わないか、フェレース‼」

アルディリアは悔し涙を浮かべて、フェレースに同意を求めた。フェレースはアルディリアに近づくと軽く背中を擦《さす》った。

「あなたの言うことは同じギルド職員としては理解できるわよ～。でも、それを朴念仁《ぼくねんじん》の驍廣さんに要求しても無理というものじゃないかしら」

そう慰めた後、俺を咎《とが》める視線を向けてきた。

「昨日、焼狸《シャオリ》の毛皮の調達に来たときに、『アルディリアに話した方が良いと思うわよ～。その方が彼女は喜んだと思うのだけど』と言ったわよねえ。あれは、アルディリアに資材の調達をしたことを伝えておいてと話したつもりだったのだけど、朴念仁《ぼくねんじん》の驍廣さんには通じなかったようね～。専属職員っていうのは、際立って能力のある職人や討伐者などのギルド利用者に代わり、雑務の一切を請け負う職員なの。そんな専属職員が就《つ》いている鍛冶師の驍廣さんがギルドに資材の調達に来るってことは、就《つ》けられた専属職員が怠慢《たいまん》か、もしくは信用されていないということになるのよ～」

フェレースの説明で、ギルドに入るなりジロジロと見られたり囁《ささや》きの対象になっているのも、アルディリアの機嫌が悪い理由も全て理解した。

昨日の、良かれと思って行《おこな》った俺の行動（焼狸《シャオリ》の毛皮の調達）は、専属職員であるアルディリアを蔑《ないがし》ろにした行為だった。俺は即座に深々と頭を下げた。

「すまない、アリア。俺の軽率な行動でそんな風にギルドで見られることになるとは夢にも思わなかった！」

「「えっ⁉　専属職員をつけられるような職人が、あっさりと自分の非を認めて謝罪した……」」

あまりにあっさりと謝罪の言葉とともに頭を下げる俺に、周囲にいた者からは驚いている気配が伝わってきた。そんな周囲を代表するように、窓口の奥から俺たちのやり取りを覗《のぞ》いていたマルコットたち職員が溢《こぼ》した。

専属職員をつけられる職人や討伐者は、長年の実績を挙げてきた者なので、最終的には非を認めたとしても、矜持《きょうじ》が邪魔をして今の俺みたく即座に謝ることはあまりないようだ。

もっとも、俺には長年にわたる実績というものがない。そもそもアルディリアが就《つ》いているのも、翼竜街に来て早々衛兵団の修練場の場長である蛮偉《バンイ》や麗華に喧嘩《けんか》を売り、己の技量で捻《ね》じ伏せたという、俺の無茶苦茶な行動を抑制するためという理由もあった。だから、他の者と違い、間違ったことをしたのなら、謝罪するのに躊躇《ちゅうちょ》がないだけで、驚かれるようなことでもない。が、その認識はどうやら俺だけらしい。

「は～。驍廣さんらしいと言えばそれまでのことなんだけど……仕方ないわねえ～。アルディリア、翼竜街の常識を知らない驍廣さんに専属職員のことを詳しく伝えていなかったようだから、この辺で許してあげなさいね～」

少し呆《あき》れながらも、フェレースはいまだに俺を睨《にら》みつけているアルディリアを諭し、しぶしぶながらアルディリアも矛を収めてくれた。その様子にホッとする。だが俺は音も立てずに近づいてきたフェレースに、小声で、

「驍廣さん、アルディリアはギルド職員の中でも、翼竜街の職人や商人の方々から熱烈な支持を得

ている職員なんです。そんな職員を蔑《ないがし》ろにしていると噂になれば、是非彼女を自分の専属職員にしてほしいと手を挙げてくる方が出てくるかもしれない。そのことを忘れないでください。アルディリア自身は驍廣さんから離れることを拒否するかもしれませんが、周囲からの声が大きくなれば、ギルドとして放置するわけにはいかなくなりますからね。いいですね、警告しましたよ！」

と、釘《くぎ》を刺された。俺が頷《うなず》き返すと、彼女はようやく表情を緩《ゆる》めて窓口の奥へと戻っていった。

「それで、今日は何の用なのだ？」

フェレースの言葉を噛《か》み締《し》めながら、彼女が窓口の奥へと消える姿を見送っていると、これまでと変わらない硬質な言葉が投げかけられ、慌《あわ》てて声の主へ視線を動かす。すると、先程とは違い、心のうちを晒《さら》け出し、頬《ほお》を膨らませて拗《す》ねるアルディリアが、俺を睨《にら》みつけていた。

「ああ、実は曲輪屋殿から鍛冶場の完成にあと半季もかからないと言われたから、鍛冶場で使う様々な道具の調達に動き出そうと思って、アリアに相談しに来たんだ」

俺からギルドに顔を出した理由を聞いた途端、仏頂面《ぶっちょうづら》が一瞬にして笑顔に変わった。

「そういうことだったのか。そうだな、鍛冶場の完成時期の目途《めど》が立ったのなら、仕事に使う道具を用意しないとだな！　すまない！　窓口業務を代わってくれ。ワタシは驍の専属職員として本来の業務に戻る」

アルディリアは窓口の奥で仕事をしているギルド職員に声をかけると、軽やかな足取りで窓口を出て、俺の手を取り、ギルドを後にした。そんな俺たちの姿を見て、職員も含め、ギルドに居合わせた多くの者たちからは舌打ちや歯ぎしりし、妬《ねた》みの声が漏れていた。

俺は笑顔で手を握るアルディリアに連れられて、鍛冶仕事で使う道具を手に入れるために翼竜街中を駆けずり回ることになった。

多くの道具は翼竜街の店舗や自由市場の露店で見つけることができたが、中には職人が使う道具を製造している工房で直接注文しなければならないものもあった。しかし、必要な道具は全て無事に調達することができた。

翼竜街を手を繋いで仕事道具を求めて歩き回る俺とアルディリアの姿は、多くの人の目に留まり、一夜で広まった『俺がアルディリアを蔑《ないがし》ろにした』という噂は一瞬にして払拭《ふっしょく》された。

しかしながら、いつもは人を寄せつけない硬い表情のアルディリアが、笑みを浮かべて俺の手を握り、街中《まちなか》を連れ回す姿は、噂を耳にしてあわよくばと思いを滾《たぎ》らせていた若い商人や職人の希望を打ち砕くことになる。そして、俺に対する嫉妬《しっと》の炎を燃え上がらせることとなった。


その後のことは曲輪屋に委ね、俺はスミス爺さんの手伝いをしたり、手が空いているときには鍛冶場建設の手伝いを買って出た。また、月乃輪亭のオルソさんにお願いして大工衆へ昼食の差し入れをしたりして、あっという間に時は過ぎ……。曲輪屋の予測通り、俺がアルディリアと道具の調達に動いてから半季で、鍛冶場の建設とスミス爺さんの母屋の改築が終了した。

完成した鍛冶場は、上空から見ると改築された二階建て母屋を挟んで二棟の鍛冶場が連なっていて、まるで鳥が翼を広げたような姿となっていた。

中央に位置する母屋の一階は、両側の鍛冶場を繋ぐ通路と、注文に訪れた者を迎える客間、それから炭や金属鋼などを保管する倉庫に区切られている。二階にはスミス爺さんの寝室や食堂といった居住空間があり、テルミーズの寝室も用意されていた。

新しく建てられた鍛冶場は俺が注文した通りに仕立てられ、これまで使ってきたスミス爺さんの鍛冶場も、新しく建てた鍛冶場や母屋と並んで遜色《そんしょく》ないように外壁が塗り直されていた。

建物が完成すると、スミス爺さんは月乃輪亭から引っ越しをした。俺は紫慧とともに新しく建てた鍛冶場の繁栄と鍛冶場を使う鍛冶師たちの無病息災を願い、鍛冶場の奥の壁に神棚を設けた。神棚には、文殊菩薩を表す真言とともに津田家の鍛冶場でお祀《まつ》りしていた鍛冶の神様（天目一箇神《あめのまひとつのかみ》）と火の神様（火之迦具土大神《ひのかぐつちのおおかみ》）の御名をしたためた板を御札代わりにしてお祀《まつ》りした。

「驍廣さ、スミス翁。無事に母屋の改築と鍛冶場の新築は終了だで。前にも言ったんだけんど、建物を新築したときにゃ落成式を行うのがしきたりなんだわ。落成式には鍛冶場の関係者に建設に関係した者たちはもちろん、これまでお世話になった人たちも呼ぶのが決まりになっとるでねぇ」

鍛冶場の完成に喜んでいるところに、以前から予告されていた落成式についての指示が曲輪屋から出されて、俺たちは準備に走り回ることとなった。

とはいえ、落成式の主たる準備は曲輪屋が済ませてくれていたので、俺たちがするのは落成式に出席してもらいたい人たちへの声掛けと、落成式の後に開く祝宴の準備だけだった。

酒はアルディリアが率先して用意し、紫慧とテルミーズが月乃輪亭のオルソさんに料理の手配をお願いし、俺とスミス爺さんで今までお世話になった人たちに落成式への参加をお願いして回った。

落成式当日。朝から鍛冶場の周りに、俺やスミス爺さんたち鍛冶場の関係者。曽呂利一家やトルンクスなど知り合いの職人たち。ギルドからは翔延李とフェレース。月乃輪亭からオルソ・ウルス夫妻にルナールさん。さらに、耀安劉とバトレル翁まで集まり、そのときを待っていた。

そんな中、襟元《えりもと》に独得の刺繍《ししゅう》を施した『道袍《どうほう》』と呼ばれる衣装を身に纏《まと》った曲輪屋と大工衆が姿を現した。

曲輪屋は荷物を持った大工衆とともに新しく建てた鍛冶場に入ると、中央の火床《ホド》の前に運んできた台を置き、その横に盛砂を置く。さらに、台の上に様々な落成式に必要な道具を並べて、台の両側に二本の蝋燭《ろうそく》を立て、アルディリアが用意した酒を台の中央に置いた盃に並々と注いだ。

「それでは、施主・津田驍廣殿の鍛冶場と、施主・スミス・シュミート翁の母屋完成を祝う落成式を執《と》り行う」

しめやかに告げられた言葉に従い、俺たちも集まってくれた者たちとともに鍛冶場の中に入り整列する。

「火と水と風と土を司《つかさど》りし玄尊精君様。ここに新たなる鍛冶の場と営みの館を建てた、津田驍廣とスミス・シュミートのもとに多き幸を賜《たまわ》らんことを切に願い奉《たてまつ》る」

曲輪屋はまるで祝詞《のりと》のようなものを声高らかに唱えると、台の上から一尺ほどもある大きな線香を手に取って、俺とスミス爺さん、それから紫慧とアルディリアの四人に手渡す。突然渡された線香に戸惑う俺と紫慧をよそに、スミス爺さんとアルディリアは台の上に灯る蝋燭《ろうそく》で線香に火をつけた。俺と紫慧も爺さんたちに倣《なら》い火をつけると、台の横に置かれた盛砂にさした。

「それではご参列の皆様もお願いいたします」

曲輪屋の言葉に従い、控えていた者たちも順番に台の上に用意された線香を手に取り、次々と盛砂へさしていった。全員が線香をさし終わると、次に大工衆が俺たちに盃を手渡し、曲輪屋が酒を注いでいった。

全員に酒を注ぎ終えた曲輪屋は、台の上に置かれていた盃を手に取り指を酒に浸すと、鍛冶場中を指についた酒を弾いて回った。

「それでは、皆様もご一緒に、火と水と風と土の玄尊精君様に酒を捧げ、後に盃の酒を干してくだされ。もちろん、苦手な方は無理をせず、干す真似《まね》をした後で、盛砂に注いでくだされ」

曲輪屋に従い、スミス爺さんやアルディリア、延李たちは、彼と同じように盃の酒を指先につけて四方に弾いた後で一息に盃を干す。俺や紫慧、幹利といった酒の苦手な面々は、指で弾いた後に線香をさした盛砂に盃を空けた。

「火と水と風と土の玄尊精君様への願いは聞き届けられたことでしょう。おめでとうございます！以上をもちまして、津田驍廣殿の鍛冶場とスミス・シュミート翁の母屋の落成式を終わりにさせていただきます。ご参列いただいた皆様、ありがとうございました」

「本日は儂らのために落成式に集まってもらってすまんかったのぉ。隣の改築した母屋に、ささやかではあるが祝宴の用意ができておるので、そちらに移動をしてくだされ」

落成式に参加した者たちが盃を干したのを確認してから、曲輪屋が厳《おごそ》かに落成式の終了を告げると、スミス爺さんが声を上げ、祝宴へと誘導した。

新たに整えられた母屋の客間には、月乃輪亭から長机や椅子が運び込まれ、長机の上にはオルソさんが作ってくれた料理が所狭しと並べられていた。

その光景に目を奪われながら、落成式に参加してくれた面々は各々好きな席につく。曲輪屋と大工衆も、式で着ていた道袍《どうほう》を脱ぎ普段着に着替えてから空いている席に座ると、スミス爺さんが俺に祝宴の挨拶《あいさつ》をするよう目で訴えてきた。

俺はてっきりスミス爺さんがやってくれるものと思い込んでいたために、挙動不審になっていた。だが、隣にいて苦笑した紫慧とアルディリアから促されるように背中に平手打ちを貰《もら》い、その痛みに顔を顰《しか》めながら立ち上がった。

「ええ～……本日は鍛冶場の新たな門出にお立会いいただきまして、ありがとうございます。翼竜街に来てより、お集まりの方々のお力添えとスミス爺さんのご指導のお陰で、新しい鍛冶場を持つ身となり、これまでのご厚情に感謝を申し上げます。先程、曲輪屋殿と大工衆による落成式も滞《とどこお》りなく済み、新たな第一歩を踏み出すことができました。落成式を取り仕切っていただいた曲輪屋殿には、鍛冶場を建てる当初から色々とお願いをし、ご苦労をおかけしたかと思います。改めてこの場にて感謝を申し上げます。ご列席の皆様お一人お一人にも、日頃の感謝を申し上げなければいけないところではございますが、月乃輪亭のオルソさんが用意してくださった料理が冷《さ》めてはいけませんので、祝宴を始めさせていただきたいと思います。乾杯の音頭をギルドの総支配人、翔延李殿にお願いをいたしたいと思います」

鍛冶場を代表しての挨拶《あいさつ》の言葉とともに、祝宴の開始を告げる乾杯の音頭を延李に振ると、少し驚いた顔で、隣に座る安劉を見た。

安劉は笑みを浮かべて軽く頷《うなず》くと、延李は目礼を返して目の前の杯を手に立ち上がる。

「それでは、ご指名をいただいたので僭越《せんえつ》ではあるが……新たな鍛冶場とスミス翁のますますの弥栄《いやさか》を祈念して、乾杯!!」

「「「「乾杯!!」」」」

延李の音頭に合わせて一斉に杯が掲《かか》げられ、祝宴が始まった。

スミス爺さんと曲輪屋、それに禁酒を解かれたアルディリアを中心に次々と酒樽が空になっていき、長机に並べられた料理の数々も紫慧や斡利などの酒を飲まない者たちの胃袋の中に消えていった。俺は、そんな和気藹々《あいあい》と楽しげに騒ぐ様子を、料理を摘《つ》まみながらニコニコと眺めていた。

「驍廣殿、この度は実にめでたいことじゃな。儂も翼竜街の領主として、新たな鍛冶場が増えることを嬉しく思っておるぞ」

酒の入った杯を片手にそう話しかけてきたのは安劉。そして彼の後ろには、執事のバトレルさんと延李にフェレースがいた。

「安劉殿、ご領主様にこのような鍛冶場の落成式に参列いただいて恐悦《きょうえつ》至極《しごく》。延李殿にフェレースさんも、鍛冶場の建設に力添えをいただき、感謝を申し上げます」

殊勝《しゅしょう》な物言いで四人に対する俺に、安劉たちは顔を見合わせると苦笑した。

「いつもの傲岸不遜《ごうがんふそん》な態度はどこに行ったのやら？　やはり一国一城の主ともなると違うのかのぉ。だが、そのような態度は驍廣殿らしくないぞ。何やら背中がこそばゆくなるわ」

そう揶揄《からか》う延李に、俺は『確かにその通りだ』と苦笑するしかなかった。

「まあ、何にしても驍廣殿が翼竜街に根を下ろしてくれたこと、まことに喜ばしきことじゃ。もっとも、驍廣殿が鍛えた武具の噂を聞きつけて、お主を招聘《しょうへい》しようとする者が現れるじゃろうなぁ……のぉ、バトレル」

「はい。安劉様の仰《おっしゃ》る通りかと。驍廣様にはご迷惑なことかとは思いますが、翼竜街のためによしなにお願いをいたします」

と、厄介事《やっかいごと》がまたぞろ降りかかるだろうと、嫌なことを言う安劉とバトレルさんに、『俺は腰を据えて鍛冶仕事がしたいだけなんだが』と返そうとしたのだが……

――ドンドンドン！

「すみません、こちらに津田驍廣という鍛冶師の方がおられると聞いたのですが、ご在宅でしょうか？」

母屋の外から、扉を叩《たた》く音とともに俺の名を呼ぶ声が聞こえてきた。

その呼びかけに俺は思わず安劉たちを睨《にら》みつけると、さすがに彼らも今自分たちが口にした言葉通りになったのかもしれないと思い、顔を引き攣《つ》らせた。

そんな俺たちのやり取りを知らない紫慧が応対するために扉を開けて、素《す》っ頓狂《とんきょう》な声を上げた。

「はい……ええ～！　お、伯父上。一体どうされたのですか!?」

「おお、紫慧紗。息災のようじゃな、結構、結構。それで、こちらに驍廣殿がおられると思うのじゃが、このお方がどうしても驍廣殿にお会いしたいと申されてなあ。取り次いでもらえるかな？」

紫慧の声に続き、先程扉の外から呼びかけた声とは違う、野太い男性の声が聞こえてきた。

紫慧と外の御仁とのやり取りに、母屋にいた者たちは静まり返る。扉と俺の顔を交互に見て、この後の展開に興味津々といった様子だった。

俺は大きく息を吐《は》いてから、安劉たちの前を辞し、紫慧のもとへと向かう。

開け放たれた扉の外には、紫慧と同じような角を生やし、漢服を着た壮年の男性と、女性と見間違えるような優しげな表情を湛《たた》え、水干《すいかん》と呼ばれる簡易な狩衣《かりぎぬ》を纏《まと》った獅子《しし》の妖獣人族の男性（？）が立っていた。

紫慧の言葉と、以前耳にした声から、漢服の男性は難陀龍王なのだと察しはついた。だが、龍王がわざわざ道案内を買って出る相手となると、文殊界では一人しか思いつかず、ついつい俺は額の真眼を使ってしまった。すると案の定――

名前：（偽名）曼殊室利《マンジュシュリ》（真名：文殊菩薩《マンジュシュリー》）
種族：妖獣人族・獅子《しし》（菩薩）
智を司《つかさど》る仏。文殊界を、如来より任され『智』をもって治めようと努めている。

と、視《み》えてしまった。

文殊界を治める文殊菩薩が、獅子《しし》の妖獣人族に姿を変えて俺に会い来るって、何の冗談だよ……

とゲンナリしつつ、そんな俺を面白そうに見ている難陀龍王に文句を言おうとしたら、先に文殊菩薩が口を開いた。

「お初にお目にかかります。わたくしは曼殊室利と申す者にございます。ここにおられる阿難陀《アナンダ》殿から驍廣様が鍛えた武具についてお話を聞き、是非ともわたくしにも一振り鍛えていただきたいと思いまして、図々しくも罷《まか》り越しました」

穏やかな口調ながらも、一言一言に込められた圧から、自分や難陀龍王のことを暴露して騒ぎを起こさないでほしいという意思をヒシヒシと感じ、背筋に冷たい汗が流れた。

隣にいた紫慧も同じことを感じたようで、背筋をピンと伸ばして体を硬直させるとともに、顔が強張《こわば》っている。

「そ、そうですか。それは遠路遥々《はるばる》よくお出でくださいました。ですが、今は少々取り込んでおりまして……」

そう言ってこの場をやりすごそうとしたものの、一連のやり取りを見ていたスミス爺さんが、赤ら顔で横槍を入れてきた。

「なんじゃ驍廣。わざわざ武具の依頼をしてくれる御仁を門前払いにするつもりか？　儂はそのような薄情なことをする者を弟子にしたつもりはないぞ！　旅の御仁、今日は驍廣が新たな鍛冶場の主となったハレの日じゃ。遠慮は要らぬ！　中に入ってともに祝いつつ、武具の依頼をするがよかろう!!」

そう言うと、俺や紫慧が止めるのも聞かずに、曼殊室利と阿難陀を母屋の中へと引っ張り込むと、いきなり杯を渡してなみなみと酒を注いだ。曼殊室利はそんなスミス爺さんに少し困ったように苦

笑を浮かべていたが、阿難陀は満面の笑みを浮かべ、

「これはかたじけない。招かれざる客の儂らもご相伴《しょうばん》にあずかれるとは、なんとありがたいことか。では、遠慮なく」

と、一息で杯の酒を飲み干した。その見事な飲みっぷりに、スミス爺さんはご満悦になり、

「おおお！　これは良い飲みっぷりじゃ。ささ、もう一杯♪」

と、酒を次々と杯に注ぐ。

そして、祝宴は酔っ払いどもの酒乱の宴へと様相を変え、いつものごとく酔死体の山が築かれることになった。

◇

落成式の翌日。俺は前日の乱痴気《らんちき》騒ぎから避難することに成功した。だが、アルディリアは酔っ払いどもに捕まり（?）、料理などの後片付けを終えて月乃輪亭に帰宅したウルスさんに担《かつ》がれてのご帰還となった。

ウルスさん曰《いわ》く、スミス爺さんは安劉様や延李様と一緒に、途中から祝宴に参加した厳《いか》ついおっさん相手に轟沈。アルディリアも最後まで付き合っていたらしいが、見事に返り討ちに遭《あ》ったとのことだから、難陀龍王の蟒蛇《うわばみ》っぷりは尋常《じんじょう》ではなかったようだ。

そんな話を食堂でウルスさんから聞きながら、いつもと同じく朝食を取っていると、意外な人物

が月乃輪亭の食堂に入ってきた。

「おはようございます、驍廣様、紫慧紗さん。こちらに相席をお願いしてもよろしいでしょうか？」

その人物は、食堂に入り周囲を見回して俺たちを見つけると、にっこりと笑みを浮かべてまっすぐに俺たちが座る卓に近づく。さらに、挨拶《あいさつ》と相席の許可を求めながらも、俺たちが返事をする前に席についてしまった。強引極まりない所業に対し、俺は苦笑しながら、

「相席の伺《うかが》いを口にするなら、せめて俺たちが答えるまでは待つのが一般的だと思いますよ、曼殊室利殿」

と告げる。だが、曼殊室利は笑みを崩さず、

「わたくしとしたことが失礼をいたしました。ですが、驍廣様なら否とは申されないと確信しておりましたので、ひと手間省かせていただきました」

と、平然と返してきた。そんな曼殊室利に呆《あき》れるやら関心するやら……もっともそんなことを感じているのは俺だけらしい。一緒に朝食を取っていた紫慧は、曼殊室利の姿を目にした途端、体を硬直させ、曼殊室利の言葉を肯定するように、カクカクと首を縦に振っていた。

「まあ、いいでしょう。それで、わざわざ朝からこちらにいらしたわけは？　まさか本気で俺に武具を鍛えてほしいと言うのですか、文殊様」

「驍廣様、自己紹介をさせていただいた通り、わたくしの名は曼殊室利と申します。それに、昨日申し上げた武具作成の依頼は、本当にお願いしたいことですよ。多くの皆様の前で申し上げたことですのに、お信じいただけないのは悲しきことにございます」

曼殊室利は真名を口にした俺に釘《くぎ》を刺しつつ、武具の依頼は本気なのだと告げた。

「……曼殊室利に武具を鍛えるかぁ……鍛冶場を構えたばかりの俺には荷が重い依頼ではあるが、謹《つつし》んでお引き受けするとしよう。どのような武具をご所望か、話は鍛冶場の方で聞かせてもらえるとありがたい。が、今日はこれから鍛冶場に行き、鍛冶場開きの火入れ式を行う予定なんだ、その後でゆっくり、な」

それから俺は、いまだ硬直から解けない紫慧を揺すって正気にさせ、早々に朝食を済ませると、曼殊室利に軽く挨拶《あいさつ》をして食堂を後にした。

食堂から部屋に戻ったところで、紫慧は舞い上がってしまった。

「た、驍廣！　文殊様がわざわざ驍廣に武具の依頼だって、どうしようぉぉぉ!!」

「紫慧、何を舞い上がってんだ？　文殊じゃない。曼殊室利だ、間違えるな！　それに依頼主が誰であろうが、俺はいつもと変わらず鎚を揮《ふる》うだけだ。それが駆け出しの冒険者や討伐者だろうが、街や国の領主だろうが、閻魔王だろうが変わらない。紫慧、お前も俺の相鎚を務めるのなら、妙な考えを巡らして鎚打ちをするなよ。もし、下《くだ》らん色気を出すようなら相鎚はさせないからな！」

舞い上がる紫慧をギロリと睨《にら》みつけて厳しい言葉を口にすると、紫慧は一気に頭が冷えたのか、ようやく落ち着きを取り戻した。

「わ、分かった。一心に向き合って相鎚を務めるよ。だからそんなに睨《にら》まないでよ。そうでなくても驍廣の眼光は鋭いんだから、怖いよぉ」

しょげかえり下を向く紫慧。俺は彼女の頭にポンポンと元気付けるように軽く手を置いて、鍛冶場に向かおうと、部屋の扉に手をかけた。

そんな俺に、何かを思い出したのか、紫慧が呼び止めてきた。

「ちょっと待って！　驍廣、さっき曼殊室利に今日は鍛冶場開きの火入れ式をするって話してたでしょ。それでボク、驍廣が鍛冶場の建設に動いている間にこんなものを用意したんだけど……」

そう言って、部屋の作りつけの納戸から、何かを取り出した。

「これ、前に穢獣《アイジュウ》との戦いの際に穴だらけになっていた驍廣の鍛冶衣装を参考に、新しく仕立ててみたんだ。今度新しく建てた鍛冶場に初めて火入れをして武具を鍛えるときに着てもらえたらと思って……どうかなあ？」

そう言いながら広げて見せてくれたのは、俺が現世で死んだときに家族が死出の衣として着させてくれた、刀鍛冶の正式な衣装・白正装刀匠着だった。直垂《ひたたれ》の一種で、その名の通り白い衣だ。腕の裾につけられている紐《ひも》を使って裾を窄《すぼ》ませて肩口までたくし上げ、その紐《ひも》を背中で縛《しば》ることで、鍛冶仕事をする際にも仕事の邪魔にならないように作られた刀鍛冶の正式な装束だった。その刀匠着を、紫慧は俺が鍛冶場の建設に動いている間に縫《ぬ》ってくれたという。そのことに感極まり、言葉に詰まってジッと紫慧が持つ刀匠着を見つめていた。

「……ボク、余計なことしちゃったかなあ？」

何も言わずに刀匠着を見つめるだけの俺に、紫慧は心配になったのか、力なく呟《つぶや》くと、広げていた刀匠着を畳《たた》んで納戸の中へ戻そうとした。俺は慌《あわ》てて――

「い、いや。凄《すご》く嬉しくて言葉が見つからなかったんだ。紫慧、ありがとう。穢獣に穴だらけにされた鍛冶衣装は、特別なときにしか着ないハレの日の衣装だったんだ。翼竜街では売られていないし、今着ている作務衣《さむえ》だって紫慧が縫《ぬ》ってくれたものだったから、作務衣《さむえ》に比べたら手間のかかる刀匠着なんて二度と手に入れることはできないと思っていたんだ。ありがとう、大変だっただろう。ありがたく新しい鍛冶場への火入れ式と初打ちで着させてもらうよ」

そう感謝を伝えると、紫慧はホッと安堵《あんど》の表情を浮かべた。

「ところで、俺だけじゃなくて紫慧の分もあるだろうな？　相鎚を打つ紫慧にも俺と同じ衣装を着てもらわないと格好がつかないからなあ」

俺と同じ服装で一緒に鍛冶場の火入れ式と初打ちを務めてほしいと伝えると、満面の笑みを浮かべ、大きく頷《うなず》いてくれた。

「ううう……おはようございまず、うっぷ」

「天都どん、無理せんと休んでおられたらどうでごわす？」

鍛冶場に向かうと、母屋から這《は》い出るようにして姿を現した天都と、彼女を心配そうな顔で介抱《かいほう》するタウロと、なぜか阿難陀が待っていて、俺たちの背後にいる曼殊室利に笑みを向けた。

天都は、昨日の落成式後の祝宴の空気に呑《の》まれて酒を飲みすぎて二日酔いになったらしく、込み上げてくるものを必死に堪《こら》えているようだった。一方のタウロは、あまり酒を口にしていなかったのか二日酔いになっている様子はない。二日酔いに苦しむ天都の背中を擦《さす》るタウロの言葉に、天都は力なく睨《にら》みつけ声を上げた。

「何を言う！　うっ、翼竜街に来て以来、津田殿が本格的に鍛冶仕事を始めるというときに休んでなんていられるわけないだろ。あたしはこのために翼竜街に来たんだからね」

二人のやり取りを見て、俺は苦笑するしかなかった。

「天都、無理をするのは勝手だが、くれぐれも鍛冶場を汚すことのないようにな。落成式をしたばかりだってのに酸《す》っぱい臭いが立ち込める中で仕事をしたくないからな。タウロ、悪いが、天都の世話をよろしく頼むぞ。危ないと思ったら、お前の判断で鍛冶場の外に連れ出してくれ」

そう注意をして、惨状《さんじょう》が目に入ってこないように顔を背けつつ母屋を通りすぎ、新しく建てた鍛冶場に入った。

新築の鍛冶場は、母屋へと繋がる扉が固く閉ざされていて、母屋に残っている酒気が漏れてくることはなく、昨日行《おこな》った落成式の際の厳《おごそ》かな空気がそのまま残っていた。

俺は月乃輪亭から持参した酒と塩、それから鉄の細い棒を神棚に上げ、鍛冶場の四隅に盛り塩をして柏手《かしわで》を打つ。それから、紫慧と二人揃って神棚の前に並び、神棚に上げた文殊菩薩・鍛冶の神様・火の神様に深々と一礼した。

「新しき鍛冶場にお祀《まつ》りした文殊菩薩様、鍛冶の神様、火の神様。どうか我らが良き武具を鍛えられますよう、お見守りください」

本当なら祝詞《のりと》の一つも唱えれば格好がつくところだが、いい加減な祝詞《のりと》を上げるよりも、自分の言葉で真摯《しんし》にお願いする方が良いだろうと考えた。そこで、文殊菩薩様には合掌を、鍛冶の神様と火の神様には二拝二拍手一拝をそれぞれ行《おこな》った後、一旦神棚に上げた鉄の棒を手に取ると、火床《ホド》の前へ移動した。

「では、これより新しい鍛冶場での火入れ式を行う。皆、心静かに見守っていてくれ」

そう告げてから、俺は用意していた松に似て油分を多く含む木の木片を火床《ホド》の中に積み上げる。

そして、乾燥し火がつきやすくなっている麦藁《むぎわら》を金床の近くに用意して、左手で鉄の細い棒を持ち金床の上に置いて、戦鎚《ピウスボース》を右手に握り、鉄の棒に勢いよく振り下ろした。

鉄の棒を細かく動かしながら戦鎚《ピウスボース》を素早く打ち下ろす。しばらく打ち下ろし続けていると、次第に鉄の棒は熱を持ちはじめる。

鉄の棒が十分に熱を帯びたのを見極めて、傍《かたわ》らに置いていた麦藁《むぎわら》に近づけると、帯びた熱により発火。麦藁《むぎわら》の火が消えない内に、急いで火床《ホド》に積み上げた木片の中に入れ、火を大きく育てていく。

火が木片に燃え移り十分に大きくなったところで、鍛冶に使う切り炭を火にくべて、木片から炭に火を移す。その際に、鞴《ふいご》をゆっくりと動かして火床《ホド》の中に空気を送り込むと、炭から火の粉が舞い上がった。

紫慧をはじめ、火入れの様子を固唾《かたず》を呑《の》んで見守っていた者たちも、鞴《ふいご》で空気が送り込まれて炭から火の粉が舞い上がる光景を目にして「お～お～」と興奮とも感嘆とも取れる声を上げた。

そんな声を耳にしながら、しばらくそのまま鞴《ふいご》を動かしつつ切り炭を追加し、火が熾《おこ》って赤々と燃え上がり、鍛冶仕事ができるようになったのを確認して、手を止めた。

「ふ～。よっし！　これにて火入れ式を終了する」

安堵《あんど》とともに大きく一息つくと、周囲からは一斉に拍手が沸《わ》き起こり、鍛冶場に笑顔の花が咲いた。

それまでの張り詰めた空気が一転、集まった者たちの笑顔とともに穏やかな空気へと変わる。俺は紫慧にお願いして、母屋にある来客用に用意したお茶を淹《い》れてもらい、火入れ式に参加してくれた面々に出して、しばし歓談の時間を設けた。

紫慧から湯呑みを受け取った者たちはお茶で一服しながら、顔見知り同士で話に花を咲かせていたが、二日酔いの青い顔で火入れ式を見守っていた天都が真剣な顔で話しかけてきた。

「津田殿、お教えいただけますか？　先程行われた火入れ式もそうでしたが、この新しく建てられた鍛冶場に造られた炉など、あたしの母国、羅漢獣王国の鍛冶場で見られるものに似通っている点が多いことに驚いているのです。それで、鍛冶場を建設している間にスミス翁にお訊《たず》ねしたところ、津田殿はスミス翁の弟子ということにはなっているようですが、鍛冶の業《わざ》の基本はスミス翁が教えるまでもなく習得していたとお聞きしました。津田殿は一体、どちらで鍛冶の業《わざ》を習得されたのですか？」

天都の質問にそれまで顔見知り同士で話をしていた者たちも一斉に口を噤《つぐ》み、俺が天都の問いに何と答えるのか、興味津々といった様子だった。

そんな周りの態度に俺は苦笑するしかなかった。さすがに、『文殊界とは違う世界で父親から鍛冶の業《わざ》を見よう見まねで取得した』と言ったところで、信じてもらえないだろうし、だとすれば何と答えたらいいのかと途方に暮れた。すると――

「天都とやら、驍廣殿はその父親のもとで鍛冶の業《わざ》を習得したのだが、その所在を話すことは固く禁じられておるのだ。儂と紫慧は、驍廣殿の在所の近くに居を構えておった繫がりで知っておるのだが、話すことを禁じられている驍廣殿を差し置いて暴露するわけにもいかんのだ」

と、阿難陀が俺に代わって誤魔化《ごまか》してくれた。阿難陀の言葉に、天都は残念そうな表情を浮かべながらも、

「そうでしたか。師匠であるお父上から禁じられて……お父上はさぞかし名のある鍛冶師なのでしょう。仕方ありません、あたしの好奇心を満たすためにご迷惑をおかけするわけには参りません。失礼しました」

と、言って、タロスのそばへ移動した。俺は彼女の後ろ姿を見送ると小さく息を吐《は》き、助け舟を出してくれた阿難陀に黙礼をした。俺の黙礼に阿難陀は笑みを返すと、曼殊室利のもとへと戻り、一言二言語りかける。すると曼殊室利は軽く頷《うなず》き、

「無事に火入れ式も終わり一息ついたことですし、わたくしの依頼について話をさせていただいてもよろしいでしょうか？」

と、切り出した。

「武具を鍛えてほしいとのことですが、一体どのような武具をご所望で？」

俺は手に持っていた湯呑みを傍《かたわ》らに置き、曼殊室利を正面から見据える。それに対して曼殊室利はその微笑《ほほえ》みを崩さず、懐《ふところ》に手を入れると——

「武具の形状は驍廣殿にお任せいたします。わたくしに相応《ふさわ》しいと思う武具を鍛えていただきたいのです。ただし、こちらの金属鋼を使って」

そう言って懐《ふところ》から、翼竜街に辿《たど》り着いてからこれまで見たことがない金属鋼を取り出し、俺の前

に置いた。

その金属鋼は、銅色《あかがねいろ》の、一見すると銅鉱物に見える金属鋼だった。それを俺と紫慧が困惑気味に眺めていると、今まで二日酔いで一言も発しなかったアルディリアが、驚きの表情を浮かべた。そして、この銅色《あかがねいろ》の金属鋼に駆け寄り、注意深く観察すると、大きく目を見開き、アワアワと言葉にならない声を上げて、腰を抜かしたかのようにその場に座り込んでしまった。

「おい、どうしたんだ、アリア。この金属鋼がどうかしたのか？」

座り込んだアルディリアに声をかけると、口をパクパク動かすものの、なかなか声にならない。紫慧がお茶を入れた湯呑みを持って近づくと、アルディリアはその湯呑みを紫慧から奪い取るように受け取り、一気に飲み干して、喉を湿らせてから大きな声を上げた。

「驍、皇鋼《オリハルコン》だ！　この金属鋼は皇鋼《オリハルコン》に間違いない!!」

アルディリアの声に、天都とタウロは驚きの表情を浮かべ、母屋の方から人が右往左往する気配がしたかと思うと、母屋と鍛冶場を繋ぐ扉が勢いよく開けられ——スミス爺さんをはじめ、母屋で酔死体となっていた安劉や延李たちが雪崩《なだ》れ込んできて、一斉に声を上げた。

「「皇鋼《オリハルコン》!?　だとぉぉぉ!!」」

「本当なのか、アルディリア！　間違いではあるまいなあ!?」

銅色《あかがねいろ》の金属鋼の前に座り込むアルディリアに向かって、鍛冶場の土間を這《は》うように近づいてくるスミス爺さんたち。その異様な光景に、俺と紫慧は一体何が起きているんだと困惑していたら……

「津田殿、紫慧紗殿、何をそのように平然とされておられるのでごわす？　皇鋼《オリハルコン》でごわすよ！

皇鋼《オリハルコン》!!　おいも実物を見るのは初めてでごわす。まさか、翼竜街に来て皇鋼《オリハルコン》を目にすることができるとは……感無量でごわす」

今にも感涙を流しそうなタウロに詰め寄られて、困惑はより一層深くなり、『だから皇鋼《オリハルコン》って何ぃ⁉』と叫《さけ》びたいのを堪《こら》えて、興奮するタウロやスミス爺さんたちを刺激しないように、やんわりと訊《たず》ねた。

「すまない。何やら随分と興奮しているようだが、皇鋼《オリハルコン》って一体なんだ？　確かスミス爺さんから白銀鋼《ミスリル》や黒剛鋼《アダマンタイト》を教えてもらうときに、その名を一度だけ聞いたような気がするんだが……」

「なっ！　津田殿は皇鋼《オリハルコン》を知らぬのでごわすか？　皇鋼《オリハルコン》と言えば、おいたち鍛冶師のあこがれの金属鋼。白銀鋼《ミスリル》や黒剛鋼《アダマンタイト》などと同じ特殊な力を持った金属鋼で、羅漢獣王国で産出する日緋色金《ヒヒイロカネ》と並び称される金属鋼ながら、産出量が極端に少なく、幻とされている金属鋼でごわす」

タウロが驚きつつもザックリ皇鋼《オリハルコン》について語ると、それを引き継ぐように、スミス爺さんがそれまで苦しんでいた二日酔いなど吹き飛んでしまったのか、興奮気味に皇鋼《オリハルコン》について語りはじめた。

「儂もまさかこの目で実物を見ることができるとは思いもせなんだ。皇鋼《オリハルコン》は白銀鋼《ミスリル》と同じく精霊を宿らせることができ、その硬度は黒剛鋼《アダマンタイト》を圧倒するのみならず、靭鋼《ダマスカス》の靭性までも兼ね備えた奇跡の金属鋼なのじゃ。これまで、皇鋼《オリハルコン》を用いて鍛えられた武具や防具は数えるほどしかなく、その全てが伝説の武具・防具とされておる。残念ながら、詳細は全て時の彼方に失われておるのじゃ」

そう語るスミス爺さん。しかし、白銀鋼《ミスリル》の精霊との親和性に、黒剛鋼《アダマンタイト》の剛性と靭鋼《ダマスカス》の靭性……それって、俺がこれまで鍛えてきた武具で実現してきたものじゃ？　と思わなくもなかった。だが、単体の金属鋼で実現できるのなら、その方が面倒はないのかと納得した。

「へ～、幻想金属鋼の良いとこ取りってことかあ」

などとお気楽に皇鋼《オリハルコン》について感想を呟《つぶや》くと、それまで皇鋼《オリハルコン》に向けられていた視線が、一斉に俺に向けられ、

「驍廣！　お主、いくら知らぬこととはいえ、そのような気の抜けた物言いは何じゃ!!」

「そうですぞ！　いくら驍廣殿でも、皇鋼《オリハルコン》に対してそういったふざけた感想を口にするなど、お控えいただきたい!!」

「スミス翁と延李総支配人の仰《おっしゃ》る通り。津田殿、今の言葉はあまりにも不遜《ふそん》すぎるでごわす!!」

非難の言葉が次々と浴びせかけられることとなった。俺は肩をすくめて隣にいた紫慧に視線を向けると、彼女も少し困った顔をしていたため、ここは忍の一字と、非難の嵐が過ぎ去るのを待つことにした……のだが、救いの手はすぐに差し出された。

「お待ちなさい！　わたくしがこの金属鋼を使って依頼をお願いした驍廣様を、そのように責めるのは不愉快です。失礼ですが、この場からご退出ください。退出されないというのであれば……」

曼殊室利は一度は出した皇鋼《オリハルコン》を拾い上げると、懐《ふところ》へと仕舞い込んでしまった。その対応に、スミス爺さんたちは悲鳴にも似た落胆の声を漏らし、皇鋼《オリハルコン》が仕舞い込まれた懐《ふところ》と曼殊室利の顔を行ったり来たりと視線を動かしていた。だが、そんな視線を無視するように、曼殊室利は顔を背けた。

「曼殊室利殿、そのくらいで機嫌を直していただけませんか？　そもそもが俺の無知が発端なのですから。それに、スミス爺さんも延李総支配人も悪気があってのことではないのは、二人をよく知

る俺には分かります。俺に皇鋼《オリハルコン》を鍛え武具をと依頼されるのなら、ここは穏便《おんびん》に済ませてはいただけませんか」

これ以上拗《こじ》れるのはまずいと宥《なだ》めにかかると、曼殊室利は苦笑しつつも頷《うなず》き、懐《ふところ》から再び皇鋼《オリハルコン》を取り出した。

「分かりました。驍廣様がそう仰《おっしゃ》られるのであれば……ということは、わたくしの依頼を受けていただけるということですね。では、よろしくお願いをいたします」

と、曼殊室利は俺に皇鋼《オリハルコン》を手渡した。手渡された皇鋼《オリハルコン》はずっしりと重く、硬いような柔《やわ》らかいような、何とも表現しづらい手触りだった。

「――お、お待ちください！」

皇鋼《オリハルコン》の不思議な感触に戸惑いつつも、どうこの皇鋼《オリハルコン》に対峙するかと心が躍《おど》り、四方八方から眺めていると、紫慧の焦《あせ》って呼び止める声が耳に飛び込んできた。見ると、鍛冶場の扉を開き、今にも出ていこうとしている曼殊室利と、それを見送る阿難陀に待ったをかけ、鍛冶場に留めようとしている紫慧の姿があった。

「紫慧紗さん、何ですか？　驍廣様への依頼と皇鋼《オリハルコン》の譲渡は済ませたので、わたくしはお暇《いとま》をさせていただこうと思うのですが……そうそう、注文した武具は拵《こしら》えを整えてくださいましたら、改めて取りに伺《うかが》います。後のことは万事、阿難陀殿に任せますので」

そう言うと、曼殊室利はニコリと笑い、さっさと鍛冶場から出ていってしまった。そんな彼を、阿難陀は予定通りの行動だとでもいうように、軽く手を上げて見送る。俺が慌《あわ》てて追いかけ、鍛冶場を飛び出すと、既に曼殊室利の姿は煙のように消えていて、影も形もなかった。

「えっ、嘘……」

俺の後を追いかけて飛び出してきた紫慧も、忽然《こつぜん》と消えた曼殊室利に一言呟《つぶや》くのが精一杯で、鍛冶場から職人街へと続く通りを呆然と見つめた。

まるで狐につままれたような気分の俺と紫慧だったが、俺の手に収まっているずしりと重い皇鋼《オリハルコン》が、これまでのことが白昼夢ではなかったのだと主張していた。

「おお、曼殊室利はお帰りになったか。まあ、どうしてもというときには、儂が知らせるゆえ、問題はなかろう。それで、驍廣殿はその皇鋼《オリハルコン》をいかにして鍛え、いかなる武具へと変貌させるつもりかのぉ」

鍛冶場に戻った俺と紫慧を出迎えたのは、なんともお気楽な調子で投げかけられた阿難陀からの言葉とニヤニヤとした笑顔だった。

俺はそんな阿難陀の態度に苛立《いらだ》ちを覚えたものの、さすがに当たるのは大人気ないと堪《こら》えたのだが、紫慧は身内の無責任極まりない発言に黙っていられなかった。

「伯父上！　驍廣が皆に認められて建てた鍛冶場の落成式にいきなりやって来て、スミスお爺さんや安劉様たちを酔い潰《つぶ》したかと思ったら、今度は鍛冶場の門出となる初打ちを狙って武具の注文をし、早々に姿を消すなんて、いくら伯父上の知り合いでも失礼が過ぎませんか⁉」

俺たちと曼殊室利の一連のやり取りを傍観し、面白がっていた阿難陀に食ってかかる紫慧。そんな彼女に、阿難陀も形勢不利だと思ったのか、苦笑し、

「確かにお前の言うことにも一理ある。曼殊室利には後で一言釘《くぎ》をさしておくから、そう興奮するでない。まったく、驍廣殿のことになると、お前は怖いもの知らずじゃのぉ」

と、諫《いさ》めたものの、最後に余計に一言を付け足したばかりに、紫慧に「伯父上!!」と声を荒《あら》らげられていた。冥府でもそうだったが、どうも阿難陀《難陀龍王》は紫慧を揶揄《からか》って楽しむ悪癖《あくへき》があるようだ。俺は仕方なく二人の間に割って入り、興奮する紫慧を宥《なだ》めると、諸々の確認を取ることにした。

「阿難陀殿でよろしいか？　阿難陀殿、先程のことは曼殊室利様からの正式な依頼と受け取っていいんだな」

「うむ、もちろんじゃ。その証拠が、今お主が手にしておる皇鋼《オリハルコン》になる。その皇鋼《オリハルコン》を使い、お主が曼殊室利に相応《ふさわ》しいと思う武具を、一振り鍛えてほしいのじゃ。方法はお主に全て一任する。皇鋼《オリハルコン》を使用しさえすれば、どのような手法で鍛えても構わぬ。お主の勝手じゃ。儂はその一部始終を、曼殊室利に代わり見届けるつもりでおる。よろしく頼むぞ！」

そう告げると、阿難陀は真剣な目で俺を見つめ、肩に手を置き力を込めた。

どうやら、これは文殊菩薩からの、鍛冶場を持った俺へのはなむけであると同時に、試練でもあるらしい。難陀龍王を伴ったのは、『わざわざ境界を越えてまで手がけようとした鍛冶の業《わざ》がいかなるものか、新しい鍛冶場を持った今、改めて示してみせよ！』ということなのだろう。この試練、臆《おく》することは許されないようだ。そう感じ、俺は手にしていた皇鋼《オリハルコン》を懐《ふところ》に入れて、両の手で両頬《りょうほほ》をパンパンと叩《たた》き、気合を入れ直した。

そんな俺の様子に阿難陀は満足そうに頷《うなず》き、紫慧も両の手を握り締《し》めて、鼻息荒《あら》く気合を入れ直した。

◇

曼殊室利は鍛冶場を去った。まるで嵐のように周囲に波紋を残していったが、俺にとっては新しく構えた鍛冶場での初打ちに相応《ふさわ》しい依頼を残していってくれたのだから、上々の吉というものだろう。唯一、厄介者《やっかいもの》を押しつけていったのは余計だったが。

曼殊室利という嵐が消えると、皇鋼《オリハルコン》を見物するために母屋から這《は》い出てきた二日酔いどもは、再び頭を抱えて、重たい足取りで各々の居場所へと帰っていった。

鍛冶場に残ったのは、俺と紫慧、アルディリア、天都に阿難陀、それから母屋に戻らず頭を抱えながらも、俺の動向を監視しようと目を光らせるスミス爺さんと延李にタウロとテルミーズ。

「さて、驍廣。その皇鋼《オリハルコン》、一体どうするつもりじゃ？　皇鋼《オリハルコン》の鍛え方など失伝して久しい。見たところ、武具として鍛えるには一振りがせいぜいといった量でしかなく、白銀鋼《ミスリル》を鍛えたときのように何度も試してというわけにはいかぬと思うが」

二日酔いに苦しみつつも、俺を心配するスミス爺さん。そんな爺さんの言葉に、天都をはじめとした鍛冶師たちは、同意見だと言いたげに頭を縦に振っていた。そんなスミス爺さんたちの反応に、紫慧も不安になったのか、心配そうな表情を浮かべる。しかし、なぜかアルディリアと阿難陀だけは、何かを期待するように顔を綻《ほころ》ばせていた。

「――ふん！　スミスらが心配するのも分かる。が、白銀鋼《ミスリル》のときはまだコヤツが真眼の力に気付かずに己が経験だけを頼りに鎚を揮《ふる》っていたからであろうが。真眼の力に気付いてからは、あの竜《りゅう》玉《ぎょく》でさえ鍛え、武具に仕立ててみせたではないか。忘れたか？」

昨日の落成式からこれまで、一言も発することなく大人しくしていたフウが突然、俺の頭の上から、紫慧やスミス爺さんたちに向けて挑発するように問いかけた。そんなフウを咎《とが》めようと声を発しようとしたら、俺に先んじて炎《エン》が口を開いた。

「その通りにございます。スミス翁や他の皆様は主様と離れていたこともございますから、仕方がないのかもしれませぬ。ですが紫慧様！　紫慧様は常に主様とともにおられたではありませんか。これまでの主様の素行をつぶさに目にされてきたはず。ですのに、主様の御業に不安をお感じになられるとは……妾《わらわ》は悲しゅうございます」

そう言うと、炎は片方の翼で顔を隠して、泣き真似《まね》をしてみせた。炎に乗っかって、牙流武《ガルム》も口を開いた。

「それに比べ、アルディリア殿の主に対する揺ぎなき信頼はどうであろう。さすがとしか言いようがないわ」

なぜかドヤ顔を決め、紫慧ではなく、隣に立つ阿難陀に視線を向けていた。

フウの問いかけを皮切りに次々に騒ぎ出し、にわかに鍛冶場に妙な空気が漂いはじめる。そうした中を、今まで見たことがない妙なモノが姿を現し、ふわ～っと漂っていたので、一瞬にして皆の視線を集めた。そしてそれは、

「皇鋼《オリハルコン》ですか？　そんなものは、六精霊が宿る精霊石と鋼《はがね》・白銀鋼《ミスリル》・黒剛鋼《アダマンタイト》・靭鋼《ダマスカス》の金属鋼を鍛え合わせれば良いだけのことではありませんか」

と、とんでもないことを口走った。鍛冶場に集まった者たちはお互いに顔を見合わせ、今耳に飛び込んできた言葉を確認し合うと、突然の闖入者《ちんにゅうしゃ》に先程とは異なる視線を向ける。皆の視線を独占しているにもかかわらず、それに気が付かないのか、いまだ暢気《のんき》に鍛冶場を漂うモノに、炎と牙流武は天を仰ぎ、

「樹光《シュグアン》、お主というヤツは……少しは空気を読まんかあ」

と、フウの落胆の言葉を呟《つぶや》くのだった。

「……フウ。今、その宙にフワフワと漂っている妙なヤツが言ったことは本当なのか？　六精霊の精霊石と、鋼《はがね》をはじめ翼竜街で扱われている全ての金属鋼を一緒に鍛え合わせることが、皇鋼《オリハルコン》の鍛錬方法だというのは？」

フウの呟《つぶや》きで言葉を失っていた鍛冶場にいる者たちは、俺の問いかけに対してフウが何と答えるのか、固唾《かたず》を呑《の》んで見守っていた。フウは妙なヤツを――樹光蛇竜をひと睨《にら》みした後、大きな溜息《ためいき》を一つ吐《つ》いてから、ゆっくり首を縦に動かした。

「そうじゃ、ソヤツが言ったことは、まぎれもなく皇鋼《オリハルコン》を鍛える方法じゃ。金属鋼については、これまで翼竜街・豊樹の郷・響鎚の郷・甲竜街で扱ってきておるから問題はなかろう。六精霊とは火・土・水・風・光・闇の六精霊のことじゃ。それらの宿る精霊石を用いることで、皇鋼《オリハルコン》は全ての金属鋼の特徴を兼ね備え、主たる精霊の力を宿すこととなるのじゃ」

「な、なんと。そのような方法をもって皇鋼《オリハルコン》は皇鋼《オリハルコン》としての力を発揮させることができるようになるのか。しかし、各金属鋼と各精霊の宿る精霊石を一つに纏《まと》め上げるとなると、まさに至難の業《わざ》じゃぞ。大丈夫か、驍廣？」

フウの答えに、スミス爺さんは驚きとともにその難しさに思いを馳《は》せ、俺を気遣ってくれた。だが、そんなスミス爺さんの心配を、フウは鼻で笑った。

「スミス翁、確かに余人には至難の業《わざ》と称すべきじゃろうが、驍廣の真眼は全ての精霊をつぶさに観察できる力を持っておる。驍廣にとって、皇鋼《オリハルコン》の鍛錬など造作もないわ」

あまりにも傲岸不遜《ごうがんふそん》な物言いに、鍛冶場に集う者たちの視線は、一旦はフウに集まったが、すぐに俺へと向けられることとなった。

俺はフウのあんまりな物言いと、皆の視線の圧に押されてしまい、

「が、頑張《がんば》ります」

という言葉しか出てこなかった。

——パン！　パン！

「では、急ぎ必要となるものを調達する。延李様、ともにギルドに急ぎましょう！」

皆の視線が俺に集中し、鍛冶場内の空気を重苦しく感じる中、唐突に柏手《かしわで》が二回響き、一瞬にして場の空気が変わった。柏手《かしわで》を打ったアルディリアは、いまだ二日酔いに苦しむ延李の腕を掴み、ギルドに向けて鍛冶場を後にした。そのさっそうとした後ろ姿は、見送る者の感嘆を誘った。

「さすがじゃのぉ。ほれ、紫慧紗。驍廣殿の尻を叩《たた》いて、仕事の準備に取りかからんか！」

皆がアルディリアに見惚れる中、阿難陀は称賛しつつ、紫慧に発破をかけた。彼の声を合図に、鍛冶場に残った者たちも一斉に動き出した。

本格的な鍛錬は、アルディリアが皇鋼《オリハルコン》を鍛えるために必要な各種金属鋼と六精霊の精霊石を調達してきてからになる。だが、それまで何もしないのは奔走《ほんそう》するアルディリアに申し訳ないと、俺は紫慧とともに、皇鋼《オリハルコン》に火を入れ少し打ってみることにした。

火入れ式で火をつけた火床《ホド》に切り炭を加え、鞴《ふいご》を動かして炭を熾《おこ》す。鞴《ふいご》の中に仕込まれた仕切り板を動かすことで、途切れることなく空気を送り込み、炭は瞬《また》く間に赤々と燃え炎が立ち上る。

火床《ホド》に十分な熱が熾《おこ》きたことを確認した俺は、皇鋼《オリハルコン》を平箸で掴み、火床《ホド》の中へ投入した。

火床《ホド》で生み出された熱により、皇鋼《オリハルコン》が徐々に熱せられていく様子を、俺は烏帽子《えぼし》を少しだけ摺《ず》り上げて額の真眼で視《み》つめた。

真眼が捉えた皇鋼《オリハルコン》の精霊は、なぜか幼児《おさなご》で、安劉などが身に着けているような漢服を纏《まと》っていた。真眼で覗《のぞ》き込む俺の視線に気が付いたのか、顔を上げたが、その表情には他の精霊とは異なり、好意や興味といった感情はない。どちらかと言えば、視《み》おろす形となっている俺に対し、反発と怯《おび》えのようなものが見えかくれしている。生まれながらに『皇』と定められつつも、まだ幼い自分をこの者（俺）はどう考えているのか、といった幼皇の苦悩が見て取れた。

本来、多くの者には視《み》ることのできない金属鋼の精霊を視《み》て、こんなことを考えている自分はおかしい奴だと苦笑する。だがこれまでも、金属鋼の精霊を視《み》て抱いた直感を信じて鍛錬することで、満足のいく武具を打ってきたことを踏まえ、真眼で捉えた皇鋼《オリハルコン》の精霊にも対峙しようと腹を括《くく》った。

「驍廣殿。どうやら、皇鋼《オリハルコン》をどう鍛えるか、すじ道を決めたようじゃのぉ」

俺の様子を見てか、阿難陀がさも面白いとでもいうように声をかけてきた。そんな阿難陀に、俺はニヤリと笑みを返すと、再び皇鋼《オリハルコン》へと視線を戻した。火床《ホド》から熱した皇鋼《オリハルコン》を取り出して、軽く数回戦鎚《ピウスポース》で打つと、込められた『氣』が皇鋼《オリハルコン》の幼児精霊へと流れ込んだ。

戦鎚《ピウスポース》を通して流れ込む氣に、訝《いぶか》しげな表情を浮かべた皇鋼《オリハルコン》の精霊だったが、直後に起こった体の成長と纏《まと》う漢服（装飾）の変化に、驚きと喜びが入り混じった表情に変わり、俺を見上げた。

そんな皇鋼《オリハルコン》の精霊に、俺は真眼を通して視線を重ねることで応《こた》えると、それまで俺に対して向けていた反発や怯《おび》えは薄れていった。

しかし、これまで鍛えてきた金属鋼の精霊に比べて、皇鋼《オリハルコン》の精霊は随分と意志をはっきりと示し、表情が豊かなようだ。

これだけ明確な思考を持った精霊となると、一筋縄ではいかないぞ！　と確認することができ、この日の鍛錬はここまでで留めることにした。

「なんじゃ、もう仕舞い支度か？　随分と早いのぉ」

鍛錬をやめ、火床《ホド》で熱を入れてすぐに湯船（水槽）に投入したのを見て、スミス爺さんは少し不機嫌そうな口振りで問いかけてきた。俺は、仕事道具を片付けながら答える。

「ああ。これ以上鍛錬しても、皇鋼《オリハルコン》に必要な六精霊の精霊石と金属鋼がなければ無意味だからな。後はアルディリアが必要なものを用意してからだな。まあ、金属鋼は後でもいいが、六精霊の精霊石がないことには始まらないよ」

するとスミス爺さんはあご髭《ひげ》を撫《な》でながら、

「そうか……そうじゃなあ。必要なものが揃っていないのでは、落ち着いて鍛錬もできんからな。まあ、延李も引っ張っていったことじゃし、明日か遅くとも明後日には準備は整うじゃろう。それまでの我慢じゃな」

と、少し肩を落としつつも納得していた。俺は苦笑しつつ片付けを続けていると、所在なさげに気落ちした様子で佇《たたず》む紫慧の姿が目に入った。

どうやら、フウたちから言われた言葉に意気消沈してしまったようだ。そんな彼女の様子に気付いた俺を、阿難陀は黙ったままジッと窺《うかが》っている。

「紫慧！」

「ひゃ、ひゃい⁉」

俺の呼びかけに驚いたのか、紫慧の声が裏返る。

「紫慧、今日の鍛冶仕事はこれで終わりにする。それで、頼みがあるんだ。紫慧が用意してくれたこの鍛冶衣装を、もう一着ずつ用意してもらえないか？」

「えっ？　鍛冶衣装をもう一着？　それはできるけど……」

俺の依頼に戸惑う紫慧。それに対して俺が笑みを浮かべて、

「ああ、俺と紫慧の分をもう一着頼む。新しく鍛冶場を構えて初めての注文だからな。この依頼を達成する間は、この鍛冶衣装を着て仕事に打ち込みたいんだ。やっぱり初打ちの間は厳粛《げんしゅく》な気持ち

で仕事をしたいからな」

と続けると、今まで沈んでいた表情が一気に明るくなった。

「うん♪　大丈夫、すぐに用意するよ。一度縫《ぬ》い上げた衣装だもん、簡単だよ！」

そう言って、元気に鍛冶場を飛び出していった。阿難陀はそれを見て呆気《あっけ》にとられたようだった。

だが気を取り直して、彼女を追いかけようと扉に駆け寄る。そして、俺を一瞥《いちべつ》して『やるじゃないか』とでも言いたげにニヤリと笑ってから出ていった。

「まったく、いつまでも姪《めい》っ子離れができぬやつじゃぁ」

阿難陀を見送った俺の耳に、フウの嫌味が飛び込んできた。俺はフウの首根っこを掴んで目の前まで持ち上げると、鼻先にデコピンをお見舞いした。

「フギャァ。何をするのじゃ、驍廣！」

「『何をするのじゃ』じゃねえ、いい加減、紫慧を虐《いじ》めるのはやめろ！　本気で怒るぞ」

吊り下げたまま睨《にら》みつけると、フウはさすがに不味《まず》いと思ったのか、体を小さく丸め、耳を伏せた。

「い、いや別に紫慧を虐《いじ》めておるつもりはないんじゃ。しかし、あの伯父上とやらがこっちに来るとなると、何かと力の均衡が……炎！　牙流武！　お主たちも何か言わんかぁ!!」

フウは、言い訳を口にしても一向に俺の態度が変わらないことに焦《あせ》りを覚えたのか、炎と牙流武に助けを求めた。それにつられて、俺が先程フウと一緒になって紫慧を責めていた二匹の方をジロリと睨《にら》みつけると、二匹はその視線に恐れをなしたのか、体を硬直させ震え上がる。

「わ、妾も紫慧様を虐《いじ》めてなど……」

「吾も炎と同じく他意はなく……」

非常に歯切れの悪い弁明を口にしようとしたが、俺には通じないと察したのか、尻すぼみになり、フウと同じくシュンとして、下を向いてしまった。

そんな三匹を相手に怒りを持続させることなどできず、溜息《ためいき》を吐《つ》いてからフウを放した。

「はあ～。別に阿難陀が近くにいるからと言って、何だっていうんだ？　関係ないだろうがまったく。それよりも、宙を漂っているアイツは何なんだ？　皇鋼《オリハルコン》の鍛え方を教えてくれて、とてもありがたかったが。お前たちの仲間なんだろ？」

話を変えるために、周囲の雰囲気《ふんいき》などお構いなしに、今も暢気《のんき》に宙を漂う妙なヤツを指さしながら訊《たず》ねた。すると、三匹はホッと表情を緩《ゆる》めたものの、お互いの顔を見合い、誰が話すのかお互いの出方を探り合った。が、三匹が口を開く前に、当の本人が自己紹介を始めた。

「わたくしのことですか？　ご推察の通り、フウと名乗る黒虎や、炎と名乗る紅熊鷹《べにくまたか》、牙流武と名乗る山犬のお仲間さんです。実を言いますと、己が蒔いた種で、これまで住んでいた場所を失い、宿なしになってしまいまして。しばらくの間、お仲間と行動をともにしようと思っております。先程の助言は、迷惑料の先払いだと思っていただければ幸いです。ああ、別に何かをしてほしいなどと思っているわけではありませんよ。ただ、こうして宙を漂っておりますと、目障りだと思われる方もおられますので」

俺は少し呆《あき》れながらも、清々《すがすが》しいまでの不遜《ふそん》な態度に笑ってしまった。

「ふっ、はっはっはっは。なかなか面白いやつじゃないか。よかったら名前を教えてくれ、名なしの権兵衛《ごんべえ》というわけでもないだろ？」

「……別に『名なしの権兵衛《ごんべえ》』でも構わないんですが、さすがにそれではあなた様を馬鹿にしているとフウたちに怒られてしまいますね……では、『樹光』とお呼びください」

「『樹光』か、樹木の陰から差す木漏れ日を連想させる名前だな」

俺が何げなく返した一言に、妙なヤツは少し驚いたような、キョトンとした表情を見せた後、改めて俺の顔をまじまじと見つめて、クスリと笑った。

「ふっふっ、フウたちがあなた様を慕《した》う理由が分かった気がします。では、しばらくの間、よしなにお願いいたします」

◇

翌日（初打ち一日目）、紫慧が新たに縫《ぬ》い上げた真新しい鍛冶衣装を身に着け、鍛冶場に向かった。するると、既にアルディリアが調達してくれた六精霊の精霊石と、白銀鋼《ミスリル》をはじめとした各種金属鋼が運び込まれていた。

「おお!?　もう必要とされる資材を揃えてくれたのか？　アリア、無理したんじゃないのか」

徹夜で準備を整えてくれたらしく、アルディリアの顔には少し疲れの色が出ていたため、心配になり声をかけたのだが、当の本人に気負った様子はなく、

「職人が仕事に必要とするものを揃えるのは、ギルド生産者窓口に所属する職員ならば当たり前の

こと。しかも、ワタシは驍の専属職員。この程度のことができないのでは、専属職員の名折れだ。もっとも、今回はギルドの保管庫の奥に眠っていた水晶《クォーツ》や黒曜石《オブシディアン》を引っ張り出すために、何人かの職員にも手を貸してもらったがな」

と、良い笑顔を見せてくれた。俺も彼女に笑顔を返して労をねぎらうと、早速仕事に取りかかる。
そんな俺と紫慧の動きを、アルディリアはいつもと同じく鍛冶場の壁際へ移動し、見守るようだった。彼女の動きに導かれて、鍛冶場にいたスミス爺さんや天都たちも壁際に移動し、それまで紫慧の近くにいた阿難陀も、発破をかけるように軽く彼女の背中を叩《たた》いてから、壁際に移動した。

阿難陀に背中を叩《たた》かれた紫慧は、周囲の行動を見てから、改めて自分自身に気合を入れようと『パン！　パン！　パン！』と両の手で自分の頬《ほお》を張り、愛用の大金鎚を握った。

「よっし！　それじゃ紫慧、始めるか。タウロと天都は、アルディリアが調達してくれた精霊石を粉々に砕いておいてくれ。その時が来たら、すぐに使えるようにしておいてほしい、頼むぞ」

そう言ってから、俺は火床《ホド》に火入れ式で火をつけた炭を戻し、切り炭を足して鞴《ふいご》を動かし、火を熾《おこ》して皇鋼《オリハルコン》の鍛錬を始めた。

はじめは、昨日と同じく、熱を入れて鎚で打ち、皇鋼《オリハルコン》の純度を上げていく。何度も折り返し鍛錬を行《おこな》っていくうちに、皇鋼《オリハルコン》の精霊は幼児から徐々に成長し、少年、さらには青年へと成長していった。

「そろそろかな。精霊石を。まずは紅玉《ルビー》と翠玉《エメラルド》から！」

「は、はい！」

俺の呼びかけに、それまで精霊石をゴリゴリと潰《つぶ》して粉状にしていたタウロと天都が、飛び上がるように紅玉《ルビー》と翠玉《エメラルド》を持って駆け寄ってきた。俺は二人から精霊石粉を受け取ると、火床《ホド》で熱した皇鋼《オリハルコン》の表面に満遍《まんべん》なく紅玉《ルビー》と翠玉《エメラルド》の精霊石粉を塗して再び火床《ホド》で熱し、頃合いを見計って、紫慧とともに、戦鎚《ピウスボース》と大金鎚で皇鋼《オリハルコン》を打ち鍛えていく。

すると、精霊石が加わるのに合わせ、皇鋼《オリハルコン》の精霊が身に着けている服が変わっていった。紅玉《ルビー》、翠玉《エメラルド》では、衣の施される刺繍《ししゅう》が精緻《せいち》なものになり、蒼玉では色が鮮やかに、黄玉《トパーズ》では重厚さが付加された。そして、最後に黒曜石《オブシディアン》と水晶《クォーツ》を加えると、まさに皇と呼ばれる者が纏《まと》う衣に相応《ふさわ》しい荘厳が輝きを放つ『袞衣《こんい》』（天子御礼服）へと変容する。皇鋼《オリハルコン》の精霊自身も、まだ青年ながらも威厳を兼ね備えていった。

「ふ～。とりあえず精霊石はこの辺でいいかな……おっと、もう日が沈んでいたか」

精霊石粉を付与し終えて額の汗をぬぐい、一息入れて周りを見ると、随分と時間が経っていたらしく、鍛冶場の外は日が沈み真っ暗になっていた。

「ええ！　あれ、本当だあ。は～道理で疲れたわけだ」

俺の声で紫慧も外の様子に気が付いたのか、驚きの声を上げつつ息を吐《は》いた。そんな紫慧と、二人とも時の流れも忘れて鍛冶仕事に没頭していたんだなあと苦笑し合う。ふと壁際に視線を移すと、疲労の色を一層濃くしながらも、立ったまま笑みを浮かべて俺たちを見つめるアルディリアと、なぜか疲労困憊《こんぱい》といった様子で、その場に崩れ落ちるように座り込む面々の姿が飛び込んできた。

「相変わらず体力があるのぉ。お主ら二人の気迫に呑《の》まれて、見ておっただけの儂らは疲労困憊《こんぱい》じゃというに、汗をかいておっても平気と顔をしておるとは」

「驍廣殿は随分と見ないうちに一段と腕を上げられたようだ。それにもまして驚いたのは、紫慧紗、お前が驍廣殿の相鎚を平然と務めておるとは……」

座り込んだ者たちを代表するかのごとく、スミス爺さんが呆《あき》れたように愚痴《ぐち》を溢《こぼ》すと、阿難陀も頷《うなず》き、俺と紫慧を称賛した。

そんな周りからの視線に、俺は紫慧と顔を見合わせ、一人いつもと変わらない様子で俺たちに視線を向けるアルディリアとともに苦笑した。

日も暮れ、仕事も一段落したということで、この日の鍛冶仕事はやめて、鍛冶場を片付けてから公衆浴場に直行する。徹夜で精霊石や金属鋼の調達に奔走《ほんそう》したアルディリアが、湯船で居眠りをして危うく溺《おぼ》れかけるなどの騒ぎは起こったものの、汗とともに仕事の疲れを洗い流した。それから、月乃輪亭でオルソさんの美味《うま》い夕食に舌鼓《したつづみ》を打って、翌日に備えて早々に眠りについた。

初打ち二日目と三日目は、アルディリアが調達してくれた各種金属鋼の鍛錬を行う。これまでの経験を総動員し、各種金属鋼に鎚を通して氣を叩《たた》き込み、それぞれの金属鋼の精霊を成長させた。

そして四日目の朝。皇鋼《オリハルコン》と金属鋼を一緒に鍛錬する段になって、俺はどうすればいいのか悩んだ。

これまで、複数の金属鋼を用いて武具を打つ際には、武具の形状特性に合わせて『造り込み』の段階で、それぞれの金属鋼を配置し、鍛えていった。

例えば麗華の五鈷杵型突撃槍《ヴァジュラランス》の場合は、中心の芯金に白銀鋼《ミスリル》を使い、黒剛鋼《アダマンタイト》を刃金・棟金として配置し、鍛えていった。

しかし、皇鋼《オリハルコン》を用いて武具を鍛える際、鋼《はがね》・白銀鋼《ミスリル》・黒剛鋼《アダマンタイト》・靭鋼《ダマスカス》を一緒に鍛えるということは、各金属鋼の特性を考慮して、武具の形状に合わせて配置することではない気がしていた。

もしかしたら、皇鋼《オリハルコン》と混ぜ合わせるということなのだろうか？

一振り分の皇鋼《オリハルコン》しかない状況でやり直しはきかない。果たして俺の考えで合っているのか。

そう思い悩んでいると、

「随分と慎重に事を進めていくのですね。各金属鋼を十分に鍛錬してから皇鋼《オリハルコン》と合わせるとは実に丁寧な仕事。ですが、確かにこの方が、皇鋼《オリハルコン》と一緒に鍛錬をしていくよりも、それぞれの金属鋼の力を皇鋼《オリハルコン》の下に結集できますすね」

と、感心したような樹光の呟《つぶや》きが耳に飛び込んできた。俺は思わず宙を漂う樹光に視線を向けると、これまでとは違い、興味津々といった様子で俺が鍛えた皇鋼《オリハルコン》と各種金属鋼を見つめていた。

「おっ、そうか？　俺のやり方の方がいいか。これでいいのかと半信半疑で進めてきたが、そう評価してもらえると嬉しいなあ」

「ええ、古《いにしえ》では皇鋼《オリハルコン》と金属鋼をはじめに合わせて鍛錬を繰り返していたようですが、驍廣様の手法の方が金属鋼の力をより一層引き出すことができそうです。しかも、皇鋼《オリハルコン》と精霊石を合わせて鍛錬したことにより、皇鋼《オリハルコン》の力も十分に引き出されている様子。実に理に適《かな》っておられるとお見受けいたしました」

樹光の答えは、俺にとって値千金《あたいせんきん》の言葉だった。

「よっし！　それじゃ、皇鋼《オリハルコン》とそれぞれの金属鋼を合わせて鍛えていくぞ、紫慧！」

樹光の言葉に意を固め、皇鋼《オリハルコン》と金属鋼を合わせることにした。鋼《はがね》からはじめ靭鋼《ダマスカス》、黒剛鋼《アダマンタイト》、そして白銀鋼《ミスリル》と一つずつ折り返し鍛錬をして合わせていく。その中でそれぞれ金属鋼の精霊は、皇鋼《オリハルコン》の精霊の前へ進み出ると、臣下の礼をとっていった。

もっとも、全ての金属鋼の精霊がすんなりと臣下の礼をとったわけではない。鋼《はがね》と鞆鋼《ダマスカス》の精霊は比較的素直に従ったが、黒剛鋼《アダマンタイト》と白銀鋼《ミスリル》の精霊はなかなか従おうとはせず、金属鋼の精霊全てが皇鋼《オリハルコン》の精霊に従うまで、四日間も鍛錬を繰り返すこととなった。

俺は真眼でこの様子を視《み》ていたが、壁際で様子を見守る者たちの目は、別の変化を感じ取っていただろう。

皇鋼《オリハルコン》の精霊に金属鋼の精霊が臣下の礼をとる度に、皇鋼《オリハルコン》の色が銅色《あかがねいろ》から徐々に艶《つや》と深みを増し、黄金色へと変わっていった。そして、白銀鋼《ミスリル》が臣下の礼をとって全ての金属鋼が皇鋼《オリハルコン》に従ったとき、皇鋼《オリハルコン》は太陽の色をその身に宿し、光り輝いた。

「おお！　皇鋼《オリハルコン》が輝きを宿したぞ」

誰からともなく感嘆の声が漏れ、スミス爺さんは言葉を発することなく目に涙を溜《た》めて、感極まったように何度も頷《うなず》いていた。

「おいおい、ようやく鍛錬が終わっただけで、武具へと打ち出すのはこれからじゃないか」

目に涙を溜《た》めるスミス爺さんに驚き、つい突っ込んでしまったのだが、彼はそんな俺の言葉に声を荒《あら》らげた。

「何を言っておる！　皇鋼《オリハルコン》の鍛錬法が失われ、もう二度と皇鋼《オリハルコン》を用いて武具や防具を鍛えることはできないと諦《あきら》めておった儂らに、お主は光明を与えたのじゃぞ!!　今日までの鍛錬によって、皇鋼《オリハルコン》を鍛える鍛錬法は復活した。これを喜ばんでどうするというのじゃ」

その剣幕に押されて、俺は思わず腰が引けてしまったが、鍛冶師が注文を受けて、その過程でのことを喜ばれても何の意味もないと思い直した。

「いやいや、何を言ってるんだ。鍛冶師が武具作成の注文を受けたんだから、過程に意味があろうと、武具を打ち上げなければ、何の意味もないだろう。皇鋼《オリハルコン》の鍛錬法がどうだこうだという話は、内輪のこと。鍛冶師ならば、きちんと武具にまで仕上げてなんぼじゃないのか？」

「いや、そう言われればそうなのじゃが……失伝した皇鋼《オリハルコン》の鍛錬法を復活させたのじゃぞ。もうちょっと、感動なり達成感なりがあってもよいのではないのか？」

「そんなことは武具を仕上げる前では何の意味もないだろう。鍛冶師は武具や防具をきっちり仕上げて、ようやく仕事をしたことになるんだ。そうだろ？　それじゃ……」

と、仕事の続きに取りかかろうとしたのだが、そこにアルディリアから『待った！』がかかった。

「待て、驍の気概は、今の言葉でこの場に集う者たちに伝わったとは思うが、外を見てみろ。既に陽は傾き、じきに夜の帳《とばり》が下りる。今日の仕事はここまでとし、続きは明日に改めてはどうだ」

アルディリアの言葉に促されて鍛冶場の外に視線を向ければ、陽は傾き、あたりは赤く染まって夕闇が迫ってきていた。俺は羞恥《しゅうち》から顔が赤面しているのを自覚しながら、烏帽子《えぼし》を取ると、顔から首にかけて流れる汗を拭《ふ》き、その場を取り繕《つくろ》う。

「また時が経つのを忘れてしまっていたようだな。そう言えば腹も減ってきたし、今日はやめて武具への成形は明日のお楽しみとするか」

そう告げて片付けを始めたのだが、そんな俺をスミス爺さんたちがニヤニヤしながら見守っていた。

その日の夜、月乃輪亭ではスミス爺さんたちによる『皇鋼《オリハルコン》の鍛錬法復活を祝う会』という名の乱《らん》痴《ち》気《き》騒ぎが勃発《ぼっぱつ》した。だが、俺と紫慧とアルディリアの三人は、食事を済ませると早々に部屋へと逃げ込み、盛り上がる爺さんたちの声を子守唄に布団をかぶって眠りについた。

爺さんたちの乱痴気《らんちき》騒ぎは夜遅くまで続いたが、深夜を過ぎたあたりでいつまでも騒ぎをやめない彼らに業《わざ》を煮やしたウルスさんが、月乃輪亭から全員を叩《たた》き出して終息を迎えたらしい。

布団をかぶり早々に寝てしまった俺たちは、そんな迷惑をかけていたと知らなかった。翌朝、朝食を取りに行った食堂でウルスさんに愚痴《ぐち》られて初めて知ることとなり、俺たちは平謝りすることしかできなかった。

早朝からの謝罪に、少しだけ気分を害したものの、スミス爺さんたちの乱痴気《らんちき》騒ぎの原因は、昨日の俺の仕事にあると分かっていたため、事を荒立てようとは考えていなかった。それに――

「あ～。やっぱりそうじゃないかと思ってたんだよ。大丈夫か、スミス爺さん？」

鍛冶場に着くと、案の定乱痴気《らんちき》騒ぎの酒による二日酔いで、スミス爺さんは頭を抱えて唸《うな》っていた。もっとも、目を覚まし着替えて鍛冶場に姿を現しているだけ大したものだろう。何しろ、一緒になって騒いでいたテルミーズは母屋から出てくることができず、タウロと天都もまだ鍛冶場に顔を出していなかったのだから。

二日酔いに苦しむスミス爺さんの世話は紫慧とアルディリアに任せて、俺は仕事の準備に取りかかった。

いつものように火床《ホド》に残り火を戻し、新しく切り炭を加えて鞴《ふいご》で空気を送って、火を熾《おこ》した。俺が仕事の準備を整えた頃には、スミス爺さんは二日酔いでふらつきながらも、壁際にドッカリと腰を下ろし、アルディリアとともに俺と紫慧が鍛冶仕事を始めるのを待っていた。そんなスミス爺さんの様子を見てから、紫慧とアルディリアの三人でクスリと苦笑していると、鍛冶場の扉がゆっくりと開き、頭を抱えたタウロと天都が足を引き摺《ず》るように鍛冶場に入ってきた。

「「おはようございもず（ます）」」

二人は蚊の鳴くような声で挨拶《あいさつ》をすると、スミス爺さんのもとに移動するのがやっとだったらしく、崩れ落ちるように座り込んだものの、視線だけは俺たちの方へ向けていた。

そんな二日酔いどもに見守られながら、俺と紫慧は皇鋼《オリハルコン》を武具へと成形していった。

曼殊室利（文殊菩薩）といえば、右手に持つのは英知の利剣。だから、何でもいいと言われても、刀剣以外の選択は難しい。そこで、皇鋼《オリハルコン》を細長く打ち延ばして刀剣になるように成形していくと、その途中からにょきりにょきりと枝刃が飛び出してきた。

どうやら今回鍛えている皇鋼《オリハルコン》も、麗華の五鈷杵型突撃槍《ヴァジュラランス》や安劉の天竜偃月刀《てんりゅうえんげつとう》などを打ったときと同じく、なりたい武具の形があるらしい。その証拠というわけではないが、皇鋼《オリハルコン》に集う精霊たちが皇鋼《オリハルコン》精霊を中心に繭《まゆ》を作り、精霊から精獣へとなろうとしている様子を真眼で視《み》ることができた。

俺はそのまま紫慧とともに、あえて皇鋼《オリハルコン》の意に反する修正を避けて、武具への成形を続けていく。すると、皇鋼《オリハルコン》は徐々に剣ではなく、刀あるいは太刀に近い片刃の反りを持った刀身へと形を変えながら、刀身の棟と刃に四対八本の枝刃を伸ばしていた。

この形状はどこか七支刀《しちしとう》に似ていた。ただ、七支刀《しちしとう》は直刀に三対六本の枝刃が先端から柄元《つかもと》にかけて均等に並んでいる。それに対し、目の前で成形している武具は、中頃から刃先は通常の太刀姿であるものの、中頃から柄元《つかもと》の間に四対八本の枝刃が密集している。こうなると、七支刀《しちしとう》ならぬ九《く》支刀《しとう》または九支ノ太刀《ここのつさやのたち》と呼ぶのが似つかわしい。

「ふ～。よっし、あとは焼き入れをして整形だな。それじゃアリ……」

「驍廣殿、しばしお待ちくだされ！」

成形を終えて、俺は大きく息を吐《は》きながら周りを見ると、日は沈み、あたりはすっかり暗くなっていた。だが今日は、軽く休憩《きゅうけい》と飲食を取り、焼き入れまでしてしまおうかと思い、アルディリアに食料の買い出しを頼もうとしたとき、阿難陀から待ったがかかった。

俺がジロリと睨《にら》むと、阿難陀は生つばを飲み込んだのか喉を鳴らし、額から一筋の汗を垂らしつつも理由を口にした。

「申し訳ないのだが、武具の焼き入れは、曼殊室利の目の前で行《おこな》ってもらいたいのだ。今夜のうちに曼殊室利と連絡を取り、明日の朝一番に鍛冶場に来るように伝える。だから、焼き入れを行うのは、明日の朝にしてはもらえぬだろうか。頼むこの通りだ！」

阿難陀は腰を二つ折りにするように、深々と頭を下げた。それを見た紫慧は、驚きの表情を浮かべたあと、どうしたらいいのか分からなくなったのか、心配そうな顔で俺を見つめてきた。

俺は苦笑しながら肩を竦《すく》める。

「頭を上げてくれ、阿難陀。曼殊室利に、焼き入れの際には立ち会いたいと言われているんだろ。注文主のたっての希望とあれば、否やはない。別に他に注文が入っているわけでもないし、急ぐ必要はないんだ。曼殊室利が来る明日に、焼き入れは延期するとしよう。ただし、すぐに焼き入れが始められるように、今日のうちに焼き刃土を盛っておきたい。それくらいなら問題ないだろう？」

そう答えると、俺の言葉に顔を上げていた阿難陀は、

「驍廣殿、かたじけない」

と、再び深々と頭を下げた。

「驍廣様、この度は我儘《わがまま》を聞いてくださり、感謝申し上げます」

翌朝、いつものように鍛冶場に向かった俺たちを鍛冶場の前で待っていた曼殊室利は、俺たちが鍛冶場に続く通りの角を曲がり姿を見せた途端、頭を下げたままの姿勢を維持した。さらに、足早に近づいた俺たちが声をかける前に、謝罪の言葉を口にした。

「いやいや、そんな大したことじゃないさ。むしろ注文主である曼殊室利に焼き入れを立ち会ってもらえた方が武具が喜ぶだろう。さあ、姿勢を戻して鍛冶場に入ってくれ」

俺は曼殊室利に頭を上げてもらい、鍛冶場へ入るよう促した。そして中に入ると、紫慧とともに仕事の準備にかかり、曼殊室利は阿難陀と一緒にアルディリアに案内されて壁際へ向かった。

火床《ホド》で炭を熾《おこ》し、十分に熱が上がった頃、スミス爺さんたちも鍛冶場に入ってきて、先にいた曼殊室利と阿難陀に軽く挨拶《あいさつ》を交わしてから、壁際のいつもの位置に陣取った。

その様子を盗み見ながら、俺は昨夜焼き刃土を盛っておいた九支刀《くしとう》の状態を確認した後、赤々と熾《おこ》る火床《ホド》の炭の中へ入れて、鞴《ふいご》をゆっくりと動かし、温度を上げていった。

初めはゆっくり、徐々に早く鞴《ふいご》の取手を動かして、火床《ホド》に送り込む空気の量と勢いを調節する。

火床《ホド》の温度が上がるに従い、九支刀《くしとう》に集った精霊たちが作る繭《まゆ》も段々と発光の度合いを増していった。そのうちに火床《ホド》内の火の色が、他の金属鋼で打った武具なら十分に熱が入ったと判断する色になっても、九支刀《くしとう》の精霊繭《まゆ》は光の明滅を続けていた。

「だ、大丈夫か驍廣？　それ以上熱を入れては、せっかく整えた武具の形が変形してしまいはせぬか」

いつまでも鞴《ふいご》を動かし、空気を送って火床《ホド》内の温度を上げ続ける俺に、スミス爺さんは心配になったのか声をかけてきたが、俺は九支刀《くしとう》の精霊繭《まゆ》から片時も目を離すことができず――

「スミスお爺さん、お静かに！　今大事なところだから」

俺の代わりに紫慧が爺さんに対応し、この言葉に鍛冶場内の空気は張り詰めていった。

やがて、炭から青白い火炎がチラチラと見えるほどの高温になったとき、精霊繭《まゆ》から一際強い光が発せられた。その瞬間、俺は火床《ホド》から九支刀《くしとう》を取り出し、一気に湯船（水槽）に差し入れる。

湯船からは激しい音とともに水蒸気が立ち上り、鍛冶場内を白一色で満たした。

そんな中、俺の真眼は、湯船の中の九支刀《くしとう》に、精霊繭《まゆ》を破って現れた九頭の獅子《しし》の姿を捉えていたが、新たに生まれた精獣の姿に気付いたのは、俺だけではなかった。

「お、おお！　九頭の獅子《しし》とは……まさに、わたくしの武具に相応《ふさわ》しき精獣が……」

曼殊室利が感嘆の言葉を呟《つぶや》き、傍《かたわ》らの阿難陀もまた何度も首を縦に振って納得の表情を浮かべていた。

しばし湯船で温度が下がるのを待ち、それから整形を施し軽く研ぎを行うと、皇鋼《オリハルコン》の持つ光り輝く白黄金色の地色が露わとなり、その場に集った者の口から溜息《ためいき》が漏れた。

仕上げに、九支刀《くしとう》の茎《なかご》にいつものように文殊菩薩の梵字《ぼんじ》を刻み、裏側に翼竜街住人、津田驍廣作と刻んだ。

「ふ〜。後は拵《こしら》えを整えれば引き渡しとなる。拵《こしら》えも、俺がいつも頼りにしている拵《こしら》え師に頼むつもりだが、構わないな」

整形と荒砥を終えた九支刀《くしとう》に目を奪われている曼殊室利に話しかけると、曼殊室利は驚いた表情を見せたがすぐに取り繕《つくろ》い、

「もちろん、驍廣様の良きようにお願いいたします。それで、引き渡しはいつ頃に……」

と、一刻も早く手に取りたいという欲を抑えつつ訊《たず》ねてくる。

「そうだなあ、仕事が立て込んでいなければ、二日か三日後には拵《こしら》えも仕上げてくれると思うが、そこは斡利と相談だな」

そう返すと、曼殊室利は俺を急《せ》かして九支刀《くしとう》を斡利の工房へ持ち込み、工房主の傑利を口説《くど》き落として、最優先で拵《こしら》えを仕上げる話をつけた。そんな彼の姿に、阿難陀は苦虫を噛《か》み潰《つぶ》したような渋《しぶ》い顔をし、俺と紫慧は苦笑を浮かべつつ、一仕事仕上げて心地よい疲れと満足感に満たされた。

第三章　俺の鍛冶場は珍客万来ですが何か！

「津田殿、今日も注文はないのですね」

鍛冶場の初打ちとして、曼殊室利が持ち込んだ皇鋼《オリハルコン》を九支刀《くしとう》へ打ち上げてから、俺の鍛冶場には閑古鳥が鳴き、手持ち無沙汰《ぶさた》の天都の口からも愚痴《ぐち》が零《こぼ》れ落ちた。

新しく鍛冶場を構えたと言っても、安劉や延李などの一部の例外を除き、世間一般の評価はスミス爺さんの鍛冶場を建て直す原動力となった若い鍛冶師、といった程度のものだ。魔獣騒動の際に再びその名声を高めたスミス爺さんが、テルミーズを相鎚にして元気に鎚を振るっていれば、俺ではなくスミス爺さんに武具を依頼するのは当然の成り行きだった。

タウロは忙しいスミス爺さんの手伝いに出向いていたが、テルミーズと折り合いの悪い天都は、閑古鳥が鳴く鍛冶場で無聊《ぶりょう》を託《かこ》っていた。

既に曼殊室利への九支刀《くしとう》の引き渡しも無事に済ませ、それから数日が経過する中、天都が愚痴《ぐち》を口にするのも分からないではない。ただ、注文がないのは俺の認知度が低いからで、だからと言って宣伝しに出歩くわけにもいかなかった。

すると、俺の内心の葛藤《かっとう》に気が付いたのか、天都が、

「津田殿。津田殿はこれまでどのようにして鍛冶の腕を磨いてこられたのですか？」

と、訊《たず》ねてきた。その言葉に、鍛冶場で俺たちが着ている作務衣《さむえ》を縫《ぬ》っていた紫慧も、興味があるのか聞き耳を立てた。

「鍛冶の腕をどうやって磨いたか？　そうだなあ……以前は、山刀や鉈《なた》などの日用品を鍛えることで腕を磨いていたんだが……このまま日がな一日ボ～ッとしてちゃ腕が鈍《なま》るだけだし、昔みたいにこの暇を利用して、腕を少しでも磨くとするか」

俺がそう言うと、天都はそれまで暗い表情だったのが明るい表情へと変わり、何度も頷《うなず》いていた。

そんな彼女に苦笑しながら、俺は鍛冶場の隣にある母屋から鋼《はがね》の金属鋼を持ってきて、火床《ホド》の火が熾《おこ》る炭の中へ入れた。

「さて、何を打つかなあ。こんなとき、親父なら笄《こうがい》を打っていたが、さすがにこの世界で笄《こうがい》を打ったところで使い道がないだろうし、山刀や鉈《なた》でもいいんだが……」

準備をしつつそんなことを呟《つぶや》いて視線を上げると、縫物《ぬいもの》を続けていた紫慧が、懐《ふところ》から布を取り出して額に浮かんだ汗を拭《ふ》く姿が目に入った。

そう言えば、文殊界に来てから随分と時が過ぎ、甲竜街に出立する前に比べると徐々に暖かくなりはじめ、汗が滲《にじ》んでくる日も多くなってきた。これからは気温も上がり、暑い季節に向かっていくことだろう。こんなとき、文殊界の者はどうしてるんだろうか？　今まで見かけることはなかったが、この世界にも団扇《うちわ》や扇子《せんす》といった涼を取るための道具があるんだろうか？

そんなことを漠然と考えていると、母屋の方から隣の鍛冶場で働いていたスミス爺さんとタロスとテルミーズが、休憩《きゅうけい》がてら俺たちの様子を覗《のぞ》きに来た。そのテルミーズが胸元を開き、風を送って涼を取るために動かす手に、今まさに俺が考えていたものを持っていた。

「おい、テルミーズ！　手に持っているものは何だ？」

突然の詰問《きつもん》じみた俺の問いかけに驚いたのか、テルミーズは動きを止めた。

「な、何ですか、驍廣さん‼　これは扇子《せんす》ですよ。もしかして初めて見たんですか？　まあ仕方ないかもしれませんね、天竜賜国では団扇《トゥアンシャン》の方が一般的ですからね。この扇子《せんす》という道具は、天都の母国、羅漢獣王国でよく使われている道具なんですが、こうやって折り畳《たた》めて携帯にも便利なので、最近では海竜街から伝わり甲竜街でも職人の間で使われるようになってきているんですよ」

テルミーズは、ニコニコしながら扇子《せんす》を広げたり閉じたりして実演したあと、俺に手渡してきた。

受け取った俺は、教えられた通りに広げたり閉じたりした。テルミーズが手渡してきた扇子《せんす》は俺がよく知る扇子《せんす》と全く同じ形状で、俺自身も現世では夏の必需品として愛用していたことを思い出していると、今度は天都が口を開いた。

「獣王国では扇子《せんす》はごく一般的な日用品ですが、海竜街では竜人族の方々の趣向に合わせて、色々な扇子《せんす》が作られはじめているようです。中には、扇子《せんす》の一番外側にある太目に作られている骨（親骨）を鉄で作ったものまであります。最近は、海竜街に居を構える魔獣討伐者や冒険者、さらには海竜街と獣王国の間を繋ぐ海路を守る海兵たちの間でも、鉄で作った扇子《せんす》を持つことが流行《はや》っているようです」

テルミーズの説明を補足するように語ってくれていたのだが、当の俺は天都の『鉄で作った扇子《せんす》』という言葉が、頭の中をグルグルと回りはじめていた。

『鉄扇』！　鉄扇かあ……鍛造鉄扇。いい！　いいぞ‼　親骨はもちろんだが、他の三十四本の中骨全てを鍛造で作った鉄扇。さすがに扇面《せんめん》の製作は俺ではどうにもならないが、海竜街で鉄扇が流行《はや》っているのなら、扇面を張る職人がいるはずだ。そう言えば、波奴真安《はぬまあん》は翼竜街に来る際、海竜街を経由してきたと言っていた。アルディリア経由で真安に頼めば、海竜街の職人に依頼ができるに違いない！

「よし！　鉄扇を作るぞ‼」

唐突に宣言する俺に、紫慧だけでなくその場にいた者は皆、呆気《あっけ》にとられていた。そんなことなどお構いなしに、俺は火床《ホド》に入れた鋼《はがね》に目を向けた。

紫慧はそれまで手に持っていた縫《ぬ》いかけの作務衣《さむえ》を片付け、大金鎚に手を伸ばした。

「ああ、紫慧は縫物《ぬいもの》をしていてもらって構わないぞ」

紫慧の動きにそう声をかけると、紫慧は硬直したように動きを止めたかと思うと、震える声で問いかけてきた。

「た、驍廣。それはもう、ボクの相鎚は必要ないってことなの……」

紫慧の意外な問いかけとただならぬ気配に、火床《ホド》の中の鋼《はがね》を見つめていた視線を彼女へと動かした。すると、血色を失ったような青白い顔色で、大きな瞳に今にも零《こぼ》れ落ちそうなほど涙を溜《た》めた紫慧が、俺をジッと見ていた。

俺は、自分が発した不用意な発言で、紫慧が何を考えたのかを察して慌《あわ》てた。

「ちょ、ちょっと待て、違うぞ！　紫慧の相鎚が不要になるなんてあるわけないじゃないか。これからも武具の注文が入ったときには紫慧に相鎚をお願いするから。だから勘違いするなよ」

「ほんと？」

急いで弁解したが、紫慧が不安そうな顔で再度訊《たず》ねてきたため、俺は大きく頷《うなず》きながらさらに言葉を尽くすことにした。

「もちろんだとも。ちゃんとした武具を鍛えるときには、紫慧の相鎚は欠かせない。これから先も俺の相鎚を務めてくれるのは紫慧だけだと思っているから……」

「でも、これから鉄扇を鍛えようとしたときには、相鎚をしなくてもいいって……」

いまだに不安を抱いている紫慧に、俺は許しを請《こ》うように頭を下げつつ、言い訳を続ける。

「本当に言葉足らずで済まなかった。鉄扇は、俺が鍛冶師の腕を鈍《なま》らせないために打とうと思いついたことで、戯《たわむ》れのようなものなんだ。そんなことに紫慧の手を煩《わずら》わせることはないと思って。今縫《ぬ》っている作務衣《さむえ》を縫《ぬ》い上げてもらえればと考えて言ったことなんだ」

言い訳に言い訳を連ねることで、ようやく紫慧は安堵《あんど》したらしく、笑顔を浮かべて、

「ホント？　ボクの相鎚が要らないってわけじゃないんだね。そっか。よかった……」

と呟《つぶや》いた。だがその拍子に、今まで瞳に溜《た》まっていた涙が一筋零《こぼ》れ落ち、その涙を手の甲で慌《あわ》てて拭《ふ》き取る。それを見て、彼女を不安にさせてしまった自分の愚かさに胸が痛んだ。

心の中で軽率な言葉遣いに自己嫌悪になりつつも、そんな素振りはおくびにも出さず、火床《ホド》で熱する鋼《はがね》に視線を戻す俺を見て、紫慧もまた縫物《ぬいもの》を再開させた。俺は横目で彼女を確認し、周りには

分からないようにそっと溜息《ためいき》を吐《つ》く。

「驍廣、お主もまだまだじゃのう。もう少し女子への気遣いを勉強せねばならんな」

「フウ様の言う通りですわ。紫慧様をあのように悲しませて、困ったお方ですこと」

「まったくだ。フウと同じ思いを抱くというのは忸怩《じくじ》たるものがあるが、もう少し乙女心への機微《きび》というものを察していただかねば」

溜息《ためいき》とともに気を抜いた俺に、すかさずフウたち三匹から忠言が飛んできた。その言葉は俺の心に深く突き刺さり、反論の言葉もなくただただ黙って頷《うなず》くことしかできなかった。

◇

「ふ～ぅ。よっし、まずはこんなところか！」

鍛冶師としての腕を鈍《なま》らせないために鉄扇を鍛えることにした俺は、いつものように『水減し』『小割り』『積み重ね』『積み沸《わ》かし』『鍛錬』と、数日をかけてじっくりと鋼《はがね》を鍛え上げた。

その間、紫慧は鍛冶場の壁際で椅子に座り、俺やスミス爺さんがこれからの暑い季節にも着られる作務衣《さむえ》を縫《ぬ》いながら俺の仕事を見守る。アルディリアと天都もまた、紫慧の近くで鉄扇を鍛える工程に目を光らせていた。

また、スミス爺さんや爺さんのもとで鍛冶仕事を手伝っているタウロとテルミーズも、昼食や休《きゅう》憩《けい》の時間には顔を出して、鋼《はがね》を鍛える俺の様子を見ていた。

そんな中で作業を続けてきた俺は、鋼《はがね》の鍛錬を終えて額から流れ落ちる汗を作務衣《さむえ》の袖で拭《ぬぐ》いながら一息つく。すると、それまで壁際にいたアルディリアが近づいてきて、

「驍、お疲れ。まずは喉を潤《うるお》すといい」

手に持っていた水筒を投げてよこした。俺は片手で水筒を受け取ると栓《せん》を抜き、礼を言う間も惜《お》しんで、水筒の中身を口の中へと流し込んだ。

「くぅ～！　生き返るぅ～」

思わず発した言葉に、アルディリアはニコリと微笑《ほほえ》む。

「そうだろう。以前、驍と紫慧が助けた、果実水売りの兎人族《とじんぞく》の少女の露店で売り出したものなんだが、仕事で汗をかいたときに最適だと今職人たちの間で評判になっている。なんでも、蜂蜜《はちみつ》に酸味の強い柑橘《かんきつ》と生姜《しょうが》の搾《しぼ》り汁、あと少量の塩を混ぜ合わせたものだと言っていた。ちなみに、評判を聞きつけて他の露店や店でも真似《まね》をして売り出しても、同じものにはならないらしい」

「へ～、あの娘っ子が。うっぐ……っぷはあ～、いやあ五臓六腑《ごぞうろっぷ》に染み渡るってのはこのことだな」

感心しながら、再び水筒の中身を口の中に流し込む俺を見て、アルディリアは満足そうだった。

「あのぉ、少しお訊《たず》ねしてもよろしいでしょうか？」

天都が申し訳なさそうに声をかけてきた。俺は果汁水の入った水筒を傾けつつ、

「うん？　何か聞きたいことがあるのか？　あるなら遠慮せずに聞いてくれ。一応俺はダッハートさんから、天都とタウロの身柄を預かっている身だ。鎚を振っている最中に声をかけられると困るが、休憩《きゅうけい》中だったら遠慮はいらないぞ」

と気軽に返すと、天都は一瞬ホッとした表情を浮かべるも、すぐに真剣な表情に変わった。

「ありがとうございます。では、お言葉に甘えてお訊《たず》ねします。先程からの驍廣殿の鍛練は実に見事でした。余人には片手で扱うことが難しい巨大な鎚をいとも容易《たやす》く扱い、見る見るうちに鋼《はがね》を打ち鍛えたその手並み、感服したしました。ですが、そこまで鋼《はがね》に鍛練が必要だったのですか？」

問いかけの意味が分からず、俺は首を傾《かし》げるしかなかった。

「うん？　何を言ってるんだ。ちゃんと鋼《はがね》を鍛錬しなければ、いざというときに役に立たないじゃないか」

「えっ？　いざというときに役に立たない？　驍廣殿は鉄扇の骨に使うために鋼《はがね》を鍛えていたのではないのですか？」

「そうだが？　何かおかしいか」

「鉄扇ですよねえ？」

話しているうちに、どうも俺と天都の間に、鉄扇について齟齬《そご》があると感じた。

「俺が知っている鉄扇は、平時は涼を取るため扇子《せんす》として使用し、不審者がいきなり襲いかかってきたとき、不審者の武具を受け止めるか打ち払うかして身を守るために使うものなんだが……。あ～その顔はやっぱり、天都が知っている鉄扇は用途が違うんだな」

俺がそう話した途端、天都は驚きの表情を浮かべたあと、言いにくそうにしながらも口を開く。

「驍廣殿、よくお考えいただきたいのですが、両端の親骨を鍛えた鋼《はがね》で作った鉄扇だとしても、その他の中骨は木材や竹です。その表面に紙や布を張っただけのたかだか二～三十センチほどしかない短棒で、襲いかかってきた不審者の武具を防ぎきれると本気でお思いですか？」

この言葉で、俺が作成しようとしている鉄扇と天都が知るものは強度などに違いがあることと、さらに使用目的の状況が違っていることが分かった。その辺の誤解を解くためには、話す必要があるのかと理解した。

「天都、お前が懸念していることを俺なりに理解した上であえて聞くが、不審者が剣や斧などを振りかざして襲いかかってくることを想定して話してないか？」

「はい。不審者が襲いかかってきたらと言っておられたのでそう考えましたが。違うのですか？」

「あ〜、俺の言い方が誤解を招いたか。さすがに俺も、剣や斧を振りかざした襲撃者相手なら、鉄扇で対応しようなんて考えないさ。大体、剣や斧を振りかざして襲ってくる相手になら、武具を抜いて対応する余裕はあるだろう。俺が言った不審者の襲撃ってのは、もっと突発的に事が起こるときのことを指すんだ」

「突発的な出来事ですか？」

「ああ、例えば食事を取っている最中に、ちょっとした諍《いさか》いに巻き込まれたときや、貴人と会っている最中にその貴人を狙った襲撃者が襲いかかってきたときなど。武具を抜く暇がなく、それでもその場を切り抜けなければならないときのことを想定しているんだよ。鉄扇なら、貴人に会う場合にも武具としては見られないだろうし、食事の場に持ち込んでもおかしくないだろう。襲撃者だって、そんな場合には剣や斧を用いるよりも短剣や暗器を用いることの方が多いんじゃないのか？　それだったら、鍛錬を重ねて鍛えた鋼《はがね》で作った鉄扇でも、一時しのぎくらいはできるさ。それに、天都は鋼《はがね》を鉄扇の親骨にしか使わないと思っているようだが、俺は中骨も鋼《はがね》で作るつもりだ。だから、強度的に天都の知る鉄扇よりも格段に上がるだろうし、折り畳《たた》んでしまえば鋼《はがね》の短棒と変わらない強度が生み出せると考えている。そんな鉄扇なら、短剣や暗器に十分対応できるだろ」

そう説明してニヤリと笑み浮かべる俺に、天都は目を真ん丸にしてポカンと口を開けていたが……

「そ、そんな。親骨の成形だってなかなか大変なことなのに、あの細い中骨まで鋼《はがね》を打ち鍛えて成形する⁉　こうしちゃいられない、タウロも呼んでこないと、後で大変なことになる！」

そう言い残して、慌《あわ》てて隣の母屋を抜けて、スミス爺さんの手伝いをしているタウロを呼びに走っていった。それを見て、俺と紫慧とアルディリアは、お互いに顔を見合わせて苦笑する。

そうこうしている間に、天都はタウロを連れてきたのだが、なぜかスミス爺さんとテルミーズまで一緒に押しかけてきた。

「驍廣、何やらまた面白いことをしておるそうじゃのぉ♪」

ご機嫌な様子で鍛冶場に入ってくるスミス爺さんに対し、タウロとテルミーズの表情はどこか引き攣《つ》っていた。

「驍廣殿、天都さぁから聞いたんでごわすが、鉄扇を形作る骨の全てを鋼《はがね》で作るとは、本当の話でごわすか？」

「天都がでたらめを言ってるんでしょ。いくら驍廣さんでも、扇の骨のような細く薄い物を鎚一本で成形なんて、ねぇ？」

天都から聞いた鉄扇を鋼《はがね》で作るという話を、タウロは半信半疑、テルミーズは信じていないようだった。そこで俺は休憩《きゅうけい》を切り上げ、再び火床《ホド》の前に立ち、鍛えていた鋼《はがね》を再び熱しつつ答えた。

「天都に話したことは本当のことだぞ。鉄扇の親骨はもちろんだが、中骨も鋼《はがね》で作り、護身用の道具として使えるものにしようと思っているからな」

それを聞いて、タウロは大きく頷《うなず》いて天都の隣に移動して俺の手もとを凝視《ぎょうし》しはじめる。テルミーズは驚いて目を大きく見開き硬直していたところを、スミス爺さんに襟首《えりくび》を掴まれて、強制的に壁際へと移動させられた。

その様子を横目でチラリと確認した後、俺は鍛冶仕事に集中した。

先程まで鍛えていた鋼《はがね》を中骨と親骨にするために切り分け、一つ一つを『やっとこ鋏《平箸》』で摘《つ》まみ、火床《ホド》に入れて熱し戦鎚《ピウスボース》を使って成形していく。

元々、俺は現世で親父の下で刀鍛冶の修業をする中、刀や太刀に差す小刀や笄《こうがい》などを、鎚を使って目的の形に成形する修練を繰り返してきた。

おかげで、当時副業にしていたナイフなどの製作販売でも、鎚を使って成形することはお手のものとなり、お客からの珍妙な形にしてほしいなどの変わった注文にも対応することができていた。

まあ、その経験があったおかげで、文殊界に来てからも刀だけにこだわることなく、紫慧の鴛鴦《えんおう》鉞《えつ》やアルディリアの投小剣《トゥルス》をはじめとした種々雑多な武具を鍛えることを、なんの躊躇《ちゅうちょ》もなくできた。もし、現世で刀だけしか鍛えてこなかったとしたら、様々な注文に対応することができずに、スミス爺さんにも相手にされず、今頃は行き倒れになるか、文殊界の者たちに反感を抱き不貞腐《ふてくさ》れていたかもしれない。

そんなことを頭の片隅で考えながら、鉄扇の骨を打ち鍛えていった。

もちろん、最初は細く薄い中骨の形状に悪戦苦闘し、納得のいかないものを作ってしまったが、幾度となく失敗を繰り返す中で徐々に要領を掴んできた。そして日が沈む頃には、納得のいく中骨を一本鍛え上げることに成功した。

この日はこの成功をもって仕事を切り上げて、俺は鍛冶場を片付けると月乃輪亭に戻り、いつものように共同浴場で汗を流して月乃輪亭の食堂に向かう。すると、月乃輪亭の食堂は宿の宿泊者はもちろんのこと、オルソさんの作る料理の味に魅了された職人や商人など多くの客が押し寄せて、いつものように混雑していた。

だが、宿泊者である俺たちの席は確保してくれており、周りに溢《あふ》れる楽しげな声を聞きながら、俺たちはオルソさんの美味《うま》い料理で腹を満たして、明日に備えて早々に床に就《つ》いた。

◇

「タウロ、津田殿が鍛えている『鉄扇』をどう見た？　率直な意見を聞かせてもらえないか」

鍛冶師の腕を鈍《なま》らせないためと言って驍廣が鋼《はがね》を鍛え、鉄扇の骨を成形しはじめた日の夜、天都はギルドが斡旋《あっせん》してくれた宿に帰ろうとするタウロを呼び止めて、食事に誘った。その席での唐突な問いに、タウロは食事の手を止めて天都に目を向けると、思い詰めたような険《けわ》しい表情を浮かべていた。

「そうでもすなあ。おいも甲竜街で長らく武具を鍛えてきもしたが、あんな大鎚を軽々と扱い、細かいものを鍛えられる技量を持った鍛冶師を目にしたのは、ダッハートお師匠以外見たことがありもはん。もしかしたら、津田殿が言われた通り、護身に使える防具としての鉄扇ができるのかもしれもはんなあ」

タウロの言葉に天都は同意するように小さく頷《うなず》く。そんな天都に、タウロは続けた。

「今日作成した中骨は一本だけに留まりもうした。が、おいの見たところ、あの一本を成形したことでコツを掴み、明日からはそれほど時をかけることなく、中骨の成形が進むかもしれもはん。しかし、津田殿の発想はどこから着想を得てるのでごわすか？　これまで鉄扇は、討伐者や冒険者たちの中で、腕自慢が手にする装飾品的要素が強いものでごわした。津田殿が言われたような、実際に他者からの攻撃を受け流したり、受け止めたりすることなど想定されておりもはん。それをあのように手間をかけて中骨まで鋼《はがね》で成形し、装飾品でなく実用に耐える武防具にまで昇華させようと考えるとは……」

「そうなのだ。一体その発想はどこから来るのか？　だが実際に津田殿が目指す鉄扇が成形できたとして、実用品たり得るのだろうか」

天都は、タウロの驍廣への評価に対して同意を示したものの、これまで装飾品的扱いであった鉄扇が、驍廣の言うように防具として実用に耐え得るのかは疑っていた。

「そうでごわすなあ、折り畳《たた》んだ状態であればという限定付きではごわすが、おいは実用に耐え得ると思うでごわす。実際、親骨を金属鋼で成形した鉄扇であっても、牽制《けんせい》程度には使えると聞くでごわす。それが、親骨だけでなく中骨もともなれば、折り畳《たた》んでしまえば、短鉄棍《たんてっこん》や獣王国にある十手などに近い能力を発揮できるのではと考えられるでごわす」

「……確かに、その通りかもしれないんだけど」

タウロの意見を聞いても、懐疑的な言葉を口にする天都。それに対し、タウロは苦笑し、

「なあに、実際にでき上がるまでは分からぬことも多い。でき上がるのを楽しみにしながら、津田殿の鍛冶師としての妙技を堪能《たんのう》するでごわすよ。ガッハッハッハッハ！」

と、笑い声を響かせつつ、その大きな掌《てのひら》で天都の背中をバンバン叩《たた》いて、彼女の顔を顰《しか》めさせるのだった。

◇

「さてと、ほんじゃま今日も一丁やりますか！」

鉄扇を作りはじめて既に数日が経ていたが、今日も武具の注文はなく、朝から俺は鉄扇の製作を進める。

そんな俺の一挙手一投足を見逃すまいと、目を皿のようにして凝視《ぎょうし》する天都とタウロ。さすがに武具の注文を抱えているスミス爺さんとその手伝いをするテルミーズは見学に来てはいなかった。

一方、早朝にギルドに赴《おもむ》き、『鉄扇の扇面を海竜街で張るために真安に依頼したいので、一度鍛冶

場を訪ねてほしい』と頼んだアルディリアは、定位置で紫慧とともに俺を見守る。

いつものように多くの観客が見ている中で、俺は鉄扇の中骨の成形を始める。

昨日、試行錯誤を続けて何とか納得のいく中骨の成形に成功したことで、既にコツは掴んでいた。だから、要領よく鋼《はがね》を打ち、形を整えることができるようになっていた。

通常、扇子《せんす》は親骨二本に中骨三十四本、合計三十六本の骨組で形作られていることが多い。しかし、鉄扇の場合は、中骨の強度の問題で畳《たた》んだときの幅が厚く太くなってしまったり、畳《たた》むときに中骨同士が擦《こす》れ合うのを嫌って、中骨の数を半分ほどに減らすことが少なくない。しかし、俺はあえて中骨の数を三十四本のままにして、通常の扇子《せんす》と同じ骨の数で作ることにした。

通常の扇子《せんす》と同じ中骨を三十四本にしても幅が厚くなりすぎないようにするためには、中骨をできる限り薄く、なおかつ強靭《きょうじん》にする必要がある。それを目指して、昨日は何度も試行錯誤を繰り返していたのだが、おかげでかなり薄く、しかも捻《ね》じれに強い強靭《きょうじん》な中骨を打つことができるようになった。

まあ、焼き入れをしていない状態だから、焼き入れをしたらどうなるかまだ分からない。もしかしたら、薄くしすぎたために、焼き入れのときに熱を入れすぎて燃えてしまったり、変形してしまう可能性もある。そのことも考慮に入れて、予備の中骨も打っておいた。ゆえに、要領を掴んだと言っても早々にでき上がるわけもなく、中骨の成形に数日をかけて都合五十本を打ち、親骨二本の成形にさらに一日を費やした。

そんな俺の姿を、天都とタウロは飽きることなくジッと見続けた。スミス爺さんも、注文された武具を鍛えている中、休憩《きゅうけい》の度に顔を出して、俺が戦鎚《ピウスボース》を振るう姿を見ては、満足そうにニコニコと笑みを浮かべていた。ただ、スミス爺さんと一緒に顔を出すテルミーズは、細く薄い中骨を戦鎚《ピウスボース》で鍛える俺を見て、呆《あき》れ顔を浮かべていた。

鉄扇を作りはじめて数日、新しく建てられてから連日響く鎚の音に誘われたのか、鍛冶場の中の様子を覗《のぞ》き込む者が現れるようになり、ちょっとした騒ぎになっていた。

鍛冶場の周囲から聞こえてくる雑音に、天都とタウロの二人は何かイライラしているようで、落ち着きがなくなっていた。俺と紫慧、それにアルディリアは、そんな二人の様子に苦笑いを浮かべながら、火床《ホド》の火を熾《おこ》して、昨日までに鍛えてきた鉄扇の骨に焼き入れをする準備を進めていた。

「おはようだニャ。先日はうちの工房に武具の拵《こしら》えを任せていただいてありがとうございましたニャ。連日良い鎚音を響かせていると、職人街の人たちの間でも噂になっていたニャ。そんな驍廣さんに陣中見舞いニャ！　親父様が持っていけと、お袋様お手製の逸品《いっぴん》ニャ。おいしいニャよ～」

鍛冶場に入ってきたのは、曽呂利工房の拵《こしら》え師、曽呂利幹利で、大きな籠《かご》を抱えていた。

「よお！　幹利も拵《こしら》え師として腕を揮《ふる》っているようだな。先日お願いした武具の拵《こしら》え、いつもながら良い出来だった。注文主も喜んでいたし、紹介した俺も鼻が高かったよ」

俺が幹利にそう返すと、彼は顔を綻《ほころ》ばせて少し照れていたのだが、何かを思い出したのか、

「そうだニャ！　驍廣さん、外で鍛冶場の中に入っていいのか分からないといった感じで、ウロウロしていた人がいたのニャ。入ってもらっていいかニャ？」

と、訊《たず》ねてきた。そんな斡利に俺は首を傾《かし》げながら、

「うん？　鍛冶場に用事でもあるのか？　武具の注文なら願ったり叶《かな》ったりだが……まあ良い、遠慮せずに入ってもらってくれ」

と返す。すると、斡利は大きく頷《うなず》き、手に抱えていた籠《かご》を紫慧に渡すと、鍛冶場の扉に駆け寄って、外にいる者に声をかけた。

「驍廣さんから『遠慮せずに入って』と許可いただきましたニャ」

「おお、それはありがたい。いや、随分とご無沙汰《ぶさた》しておって、新しく鍛冶場を構えられたと聞いたのが、昨日翼竜街に到着してからだったものだから、少し気兼ねしていたのだよ。曽呂利工房の斡利さんに間に入ってもらえてよかった」

「そうですね。驍廣さんは腕の立つ鍛冶師さんですから、いつかは自分の鍛冶場を持つとは思っていましたが、まさか翼竜街を離れている間に一国一城の主になられているとは。鍛冶の腕だけでなく、存在そのものが私たちの予測を軽く超えてしまわれますね」

そう言って、にこやかな笑顔で鍛冶場の扉を潜ってきたのは、先日アルディリアからギルド経由で依頼を出した羅漢獣王国の商人・波奴真安と、彼の姪《めい》っ子で小物細工師の金谷紗媛《かなやさひめ》だった。

「あ、アンタは、金谷んとこの跳《は》ねっ返り！」

紗媛の顔を見た途端、声を上げる天都。その声に、それまでにこやかな笑みを浮かべていた紗媛の顔が一転、鼻筋に皺《しわ》を寄せて、犬歯を剥《む》き出しにした威嚇《いかく》の表情へと変わる。さらに、コロコロと鈴の音のような声だったのが、ドスの利いた声で挑発した。

「あ！　なんだい、誰かと思えば目占のじゃじゃ馬じゃないか。あんた、甲竜街で鍛冶師の修業をやり直してたんじゃなかったのかい？」

それまで大人しい淑女のように振る舞っていた紗媛が、職人街を闊歩《かっぽ》している気の荒《あら》い頑固《がんこ》オヤジのような口調と雰囲気《ふんいき》を全開にした。それを見て、俺や紫慧は驚いて言葉を失っていたが、挑発された天都はこの姿を知っていたらしく怯《ひる》む様子など一切見せず、

「確かに甲竜街の名匠、ダッハート・ヴェヒター師匠のもとで修業していた。しかし、ダッハート師匠の招聘《しょうへい》で甲竜街を訪れた津田殿の業前《わざまえ》に感動し、同じくダッハート師匠のもとで修業していたタウロとともに、津田殿の弟子にしてもらったんだ。そういうアンタは何しに来たんだい！　津田殿が依頼を出したのは波奴真安殿で、アンタはお呼びじゃないよ!!」

と、言い返す。すると、紗媛は目を吊り上げ、顔を真っ赤にした。

「私はあんたみたいに人に頼ることなく、自分の腕で作った品を驍廣さんに認めてもらったんだ。見てみな、驍廣さんと紫慧さんの腕にある一対の龍の腕輪を。以前、翼竜街の自由市場に露店を開いたときに、驍廣さんたちに気に入ってもらった私の作品だよ！　それ以来仲良くさせてもらって、魂鋼《たまはがね》を差し上げて、鍛える様子を見させてもらったんだ。その腕を見込んで、獣王国においでいただけるようにと根回しに動いていた隙《すき》に……目占のじゃじゃ馬は泥棒鼠だったたんだねぇ」

「なにを～」

「なにさ～」

売り言葉に買い言葉で、天都と紗媛はお互いの襟元《えりもと》を掴み、まさに一触即発の状態で、顔をつけ

る勢いで睨《にら》み合いになった。

その様子を、俺たちは呆《あき》れながら見ていると、額に青筋を浮かべた真安が、彼女たちに近寄って問答無用で拳骨を落とした。

——ゴツン！　ゴツン！

「「痛っ！」」

重い音とともに振り下ろされた拳に、二人は呻《うめ》き声を上げながら頭を抱えて蹲《うずくま》ると、真安が俺に向き直り、頭を下げてきた。

「驍廣殿、獣王国の同胞がお見苦しき醜態《しゅうたい》を晒《さら》し、申し訳ございません。二人には後でよ〜く言い聞かせておきますので、この場はこの真安めに免じて、お目こぼしいただきとうございます」

真安のあまりにも畏《かしこ》まった態度に困って、俺は紫慧やアルディリアに視線を振ると、紫慧も同じように困惑の表情を浮かべていたが、アルディリアはそんな俺たちの様子に困り顔になっていた。

「驍、紫慧、いいか。驍は翼竜街で新しく鍛冶場を構えることをギルドに認められた鍛冶師であり、翼竜街領主の安劉様や甲竜街の代理領主である擁彗殿の武具を鍛えた鍛冶師として、知る人ぞ知る存在だ。そんな者の目の前で掴み合い、罵《のの》り合うなど、今後も良き関係を保ちたいと考える真安にしてみれば、迷惑千万。それだけ真安にとって驍の価値は高いということだ」

と、真安の謝罪の意味を教えてくれた。俺は慌《あわ》てて、いまだ頭を下げたままの姿勢でいる真安に近づく。

「真安、頭を上げてくれ。天都も紗媛も、俺のとっては親しき者たちだ。顔を合わせた途端の諍《いさか》いには驚いたが、どうやら二人は以前からの顔見知りらしいし、大仰に騒ぎ立てるつもりはない。まあ、仕事の邪魔をしなければ、だがな」

そう言ってニコリと笑みを浮かべると、天都と紗媛は顔を引き攣《つ》らせながら、必死に首を縦に振っていた。

「それでは気を取り直して。今朝ギルドに顔を出すと、何やら依頼したいことがあるとお伺《うかが》いしたのですが、一体何でしょうか？」

騒ぎが収まり場が落ち着いたところで、真安は改めて訊《たず》ねてきた。

「ああ、そのことなんだが、甲竜街から帰ってきて、天都やタウロを弟子にと預けられたために、スミス爺さんのところの鍛冶場だけでは手狭になったので、新しく鍛冶場を構えることになったんだ。しかし、鍛冶場を開いたはいいが、やはりそれほど名を知られていない俺に武具の注文をしに来てくれる者がそう簡単に現れるわけもない。仕方なく、鍛冶師の腕を鈍《なま》らせないようにと、鋼《はがね》で扇を作ろうと思って、このところ鎚を振っていたんだ」

「ほっほ～。鋼《はがね》の扇ということは鉄扇ですな。最近獣王国から渡ってきて、海竜街で流行の兆《きざ》しが見える装飾品ですが、そんな鉄扇を驍廣殿が手がけていると。それはまた面白いことをなされる」

何やら意味ありげに俺の顔と天都の方に視線を向ける真安。その視線から、俺が武具でなく装飾品を作っていることの違和感と、それを見守っている天都を咎《とが》めるような雰囲気《ふんいき》が漂ってきた。

「そうだな。海竜街では装飾品として持てはやされているようだな。だが俺が鍛えている鉄扇は、護身防具としての能力を持たせようと、扇を構成する親骨と中骨を全て鋼《はがね》を打ち鍛えて成形したものだ。別に宗旨替えしたわけじゃないぞ！」

そう告げると、真安は半信半疑というよりも、疑いの目で俺を見てきた。この反応に、天都とタウロが声を上げた。

「真安様、津田殿の申されたことは本当のことです」

「その通りでごわす。おいと天都は、津田殿が鉄扇を構成する二本の親骨と五十近い中骨を鋼《はがね》で鍛えるさまをこの目で見ておりもす」

立て続けに真安への抗議とも取れる言葉を口にする二人に、それまで静かにしていた紗媛が、鋭い目つきで天都を睨《にら》みつけた。真安は片手を上げることで彼女を制しつつ、目は声を上げた天都とタウロを見据えた。

「なるほど、二人は驍廣殿が護身防具として鉄扇を鍛えるところを見ていたというのだな。それで、どう感じた？　実際に驍廣殿が申されるような力を持ったものになると思うたのか？」

二人を試すような真安からの問いかけに対し、天都をタウロも口を真一文字に閉じ、逡巡《しゅんじゅん》していた。その態度に再び紗媛が口を開きそうになった瞬間、天都が口を開いた。

「真安様の申された通り、はじめはあたしも津田殿は一体何を言っているのだろうと、正気を疑いました。鍛冶場を開いたものの、武具の注文を依頼する者は最初に一人現れただけ。せっかく甲竜街から修業のためにと赴《おもむ》いたのに、注文が入らなければ津田殿の鍛冶の業《わざ》を見ることも叶《かな》わないと落胆したのも事実です。ですが、津田殿は注文が入らない間を活かし、さらに鍛冶の腕を磨くために鉄扇の成形を始められたのです。最初はあたしも、装飾品の鉄扇を護身防具になど無理だと思いました。しかし、津田殿は鋼《はがね》を丹念に鍛錬し、あたしたちの見守る中、親骨だけでなく、細く薄い中骨をあの大きな鎚を振るって成形を行《おこな》ったのです」

「津田殿が鍛えし鉄扇の親骨は堅牢《けんろう》そのもの。中骨は薄いながらも撓《しな》りを持ち強靭《きょうじん》。それらが鉄扇として一つに組み上がり形をなしたとき、津田殿の申された護身防具としての鉄扇がこの世に生まれると確信しておりもす！」

熱く語る天都とタウロの言葉に耳を傾けていた真安は、二人が話し終わると、それまで浮かべていた厳しい表情を緩《ゆる》めて、ニッコリと笑みを浮かべ、俺へと顔を向けた。

「さすがは津田驍廣殿でございます。魂鋼《たまはがね》をお譲りした紗媛の目に狂いはありませんでしたなあ。それで、翼竜街ギルドでお聞きしたご依頼というのは、今鍛えられている鉄扇に扇面（地紙）をつけるために、職人への繋ぎをつけてほしいということでよろしいでしょうか？」

宗旨替えをしたように称賛の言葉が飛び出したと思ったら、続けて俺が真安に依頼しようと考えていたことを的確に捉えてみせた。

急な真安の態度の変化に、俺は虚を衝《つ》かれて一瞬言葉を失ったが、すぐに気を取り直し、

「ああ、その通りだ。翼竜街ではまだ獣王国から伝わってきた扇を扱っている商家は少なく、職人もいない。その点、海竜街なら少ないながらも扇を扱う商家も、需要を満たす職人もいると思うんだ。そんな海竜街に伝手《つて》を持つ知り合いとなると、俺は真安しか思い浮かばなかった。真安にとっては大した儲《もう》けになるような依頼じゃないだろうが、お願いできないか？」

と、正直に話をする。そうすると、真安は一層ニコニコと笑みを深めた。

「もちろん、驍廣殿からのご依頼とあれば、万難を排し承《うけたまわ》らせていただきます」

「そうか！　よかった、鍛冶師にできることは鉄扇の骨を成形することまでで、ちゃんとした形にするのは、扇を扱う職人でなければできないからな。いくら、腕を鈍《なま》らせないための手慰みとはいえ、やはり形にならないとつまらない。それで、依頼料はどのくらい払えばいいんだろう。言い値を払うつもりだが」

そう俺が依頼料に言及した途端、それまでにこやかだった真安の表情は一瞬で真剣なものへと変わった。それは、真安が商人としての顔を見せたからだと思ったが、真安の口から飛び出してきた言葉は、金などではなかった。

「そうですか！　それでは、驍廣殿の都合が良いときで構わないので、一度我らが祖国・羅漢獣王国においでいただけませんか？　以前、驍廣殿と紫慧殿の鍛冶仕事の様子を見させていただいたときから、是非獣王国の者たちにもお二人が鍛えた武具を見て、触れて、振ってもらいたいと思っておりました。しかし、甲竜街から帰り、新しく鍛冶場を構えられたばかりの驍廣殿に、どのように申し出ればよいか思案しながら翼竜街に参ったのです。鉄扇の仕上げは儂にお任せください。お代は結構ですので、その代わりと言っては何ですが、獣王国行のことご一考ください」

と、真安は突拍子もないことを言い出した。この申し出に、俺だけでなく鍛冶場に集う者たちの多くが、驚きとも呆《あき》れともとれる表情を浮かべて言葉を失っていた。だが、一人アルディリアだけは、額に青筋を浮かべ、般若《はんにゃ》の形相《ぎょうそう》で真安を睨《にら》みつけ、声を荒《あら》げた。

「真安、甲竜街から戻り自らの鍛冶場を構えたばかりの驍に、翼竜街を離れて獣王国まで来いというのか！　そのようなこと、翼竜街ギルドの職員として、おいそれと許せることではないぞ!!」

アルディリアの怒声と怒りの波動に、紗媛や天都などは体を強張《こわば》らせたが、真安は柳に風とばかりに平然と受け流した。

「もちろん、分かっておりますよ、アルディリア殿。儂はただ驍廣殿に獣王国を訪れることをご一考くださいとお願いしただけです。実際に獣王国へ来ていただくとなれば、翼竜街領主様やギルド総支配人様などにきちんとお話をした上で、改めてお願いを申し上げます。今、儂がしているのは、そのための種まきのようなもの。先んじて、驍廣殿と紫慧殿のお二人を獣王国にお招きしたいと考えているとお伝えしておけば、実際にお願いする際に話が円滑に進むと考えてのことです。それ以上でもそれ以下でもございませんよ」

さらりと言い、怒れるアルディリアに対し笑みさえ浮かべてみせたのだ。この真安の態度に、アルディリアは悔しそうにしながらも、道理だと認めたようで、苦虫を噛《か》み潰《つぶ》したような顔をしていた。そんな二人のやり取りに、俺は苦笑しながら間に入った。

「アリア、どうやらここは真安に分があるようだ。まあ、あくまでも『ご一考ください』という話だからな」

俺がそう言うと、アルディリアは悔しそうに唇を噛《か》み締《し》め、真安は軽く頷《うなず》き、口元を緩《ゆる》めていた。

「それに、考えた上で獣王国に行く意義が見出せなければ、断ればいいだけのことだ」

そう一言付け加え真安を睨《にら》みつけると、彼の緩《ゆる》んでいた口元はヒクヒクと小刻みに動き、俺とアルディリアに視線を往復させる。そして、自分が調子に乗ってアルディリアをやり込めていたことと、俺とアルディリアの距離の近さに気付いたようだ。

「儂はどうやら言葉を間違えていたようだ、ご容赦《ようしゃ》ください」

と、呟《つぶや》くように謝罪の言葉を口にした。

もっとも、真安から正式に羅漢獣王国への招聘《しょうへい》が行われれば、甲竜街のときと同様に、安劉の依頼で俺は羅漢獣王国に向かうことにはなるだろうが……

話が一段落したので、鉄扇の親骨と中骨の焼き入れに取りかかる。親骨はこれまで焼き入れを行《おこな》ってきた武具と同様に、問題なく焼き入れを進められた。だが、やはり中骨は細く薄い形状のために、最初は熱を入れすぎてしまい満足のいく焼き入れはできなかった。とはいえ、何本か失敗しているうちにコツを掴み、やがてそつなく焼き入れをこなすことができるようになった。

結果、五十本用意した中骨のうち、四十本ほどは鉄扇に使えると思える焼き入れができた。

焼き入れを終えれば、あとは整形を残すのみ。再び火床《ホド》で熱を入れて形を微調整し、親骨は豪壮頑強な作りに、中骨は細く薄いながらも撓《しな》りをあわせ持つ強健な作りへと整形することができた。

そして、その表面を軽く研いでいると、俺の手元を覗《のぞ》き込んできた斡利が声をかけてきた。

「驍廣さん、最後の研ぎ上げを僕に任せてくれませんかニャ?」

「うん? 研ぎ上げを本職の斡利にか。そんな、この鉄扇は誰かのために打ったものではないから、斡利の手を借りるなんて申し訳ない。それに、親骨はともかく、中骨はほとんどが扇面で隠れてしまうんだし、そんなに研ぎ上げなくても……」

と、斡利の申し出を断ろうとしたのだが、斡利は真剣な表情で俺の言葉を遮《さえぎ》った。

「何を言ってるニャ！　扇面に隠れるからいい加減な研ぎで良いなどということはないニャ。むしろ、見えないところに気を遣うのが、僕たち職人ニャ。きちんと研ぎ上げておけば、扇面を張ったときにも一味違ってくるニャ。それに、職人としての腕を磨くのは僕も同じニャ！」

鼻息荒《あら》くそう言ってくれる斡利の心意気が嬉しかった俺は、苦笑を浮かべながら申し出をありがたく受けることにしたのだった。


打ち上げた鉄扇の骨を斡利に預けて、この日の仕事を終わりにしようと後片付けを始めたところで、鍛冶場の扉の前をウロウロしている人の気配に気が付いた。

たぶん、何か用事があるのだと思うのだが、その人物は鍛冶場の前を歩き回るだけで、なかなか入ってこようとしない。アルディリアに頼んで、外にいる人物に何か用なのか聞いてきてもらおうとしたとき、ようやく踏ん切りがついたのか、鍛冶場の扉を叩《たた》いてきた。

「す、すまねえだが、ここは津田驍廣殿の鍛冶場で間違いはねえだか？」

外からの問いかけに、この人物の気弱さが感じ取れた。もしかしたら子供なのかなと思いつつ、

「ああ、その通りだ。かまわないから中に入ってきてくれ」

と返すと、返事があったことで少しホッとしたのか、声に力がこもる。

「ほんじゃ、すつれいしますぅ」

扉を開け鍛冶場に入ってきた人物は、声から想像していた人物像とかけ離れた、屈強な体躯《たいく》に重

厚な鎧を纏《まと》った大男だった。その姿に意表を突かれた俺に、大男は近寄ってきていきなり跪《ひざまず》いた。

「お願いだ！　オラに武具を鍛えてくんろ～!!」

そう叫《さけ》ぶと、土下座をするように鍛冶場の土間に額をこすりつける。いきなりの出来事に俺は呆《あっ》気《け》にとられ、紫慧やアルディリアと視線を交わし合うのだった。

そこへ、大男とともに鍛冶場の外にいたと思われる人物が、慌《あわ》てて鍛冶場に駆け込んできた。

「昴周《コウシュウ》さん！　今日は鍛冶場の様子を見るだけだと、お約束いただいたではありませんか。驍廣さん、ごめんなさい。私の連れがお騒がせしてしまって」

駆け込んできたのは、翼竜街ギルドのフェレースだった。いつもの余裕のある姿はどこかに置いてきてしまったようで、いつもの間延びした語尾を伸ばす口調は消え、少し焦《あせ》りを感じさせる調子で謝罪の言葉を口にした。そして、俺の前で土下座をしている大男の背後から鎧の襟首《えりくび》を掴んで必死に起こそうとしたが、大男の上半身はピクリとも動かず起き上がることはなかった。

「ああ、良いよ、フェレース。今、俺の鍛冶場は閑古鳥が鳴いている状態だし、今日の仕事は終わりにしようと片付けをしていたところだから。それに、そちらの御仁は俺に武具を鍛えてくれと言ってくれているんだから、こちらとしては大歓迎だ」

顔を真っ赤にして大男を引き起こそうとしているフェレースに、俺がそう告げると、彼女は少しだけ安堵《あんど》の表情を浮かべ、大男の襟首《えりくび》から手を放す。

大男は大男で『大歓迎』の三文字を耳にして、それまで伏せていた顔をガバッと勢いよく上げ、俺の言葉を確かめるようにまじまじと見つめてきた。

「驍廣さんのご厚情に感謝いたします。昴周さん、仕事をされている鍛冶場にドカドカと入り込むなど、職人に対して失礼ですよ。驍廣さんが度量の広い方だったからよかったものの、あなたの無作法を咎《とが》めて武具の注文を受けていただけない事態を招いていたかもしれないのです。反省してください!!」

フェレースがまるで母親が息子を叱《しか》るような口調で大男に注意を促すと、大男も自分の行動を恥じたのか顔を赤く染めた。

「た、確かにいきなり土下座で頼みごとさすて驚かせてしまったかもしんねえが、鍛冶場の中さ見てたら片付けを始めたで、邪魔にはなんねえと思って入らせてもらっただけだあ。そっただ失礼なことさすてねえべえ。なあ、驍廣さぁ！」

俺は苦笑しながら、

「まあ、俺は気にしないが、他の職人がどう思うかまでは分からない。鍛冶場や工房は職人にとって城も同じ。そこに入ってきていきなり土下座するのは、あまり喜ばれる行為ではないと思うぞ」

と、フェレースの肩を持つと、大男は胸の前で腕を組み、難しい顔をして考えていたが、すぐに理解したのか大きく頷《うなず》いた。

「は～い。それじゃ、驍廣さんの許可も取れたことだし、改めて自己紹介から始めましょうか～。武具を鍛えてほしいのに名前も名乗らないなんて、一番駄目な行為ですからね～」

ようやくフェレースはいつもの調子を取り戻し、大男に名乗るように促すと、大男は跪《ひざまず》いたまま胸を張って姿勢を正した。

「オラは翼竜街衛兵団で歩兵隊長をしとります、昴周というもんだ。武具を鍛えてもらいたいとギルドに相談したらば、こちらの鍛冶場の主・津田驍廣殿は、安劉様や麗華嬢だけでなく、甲竜街では墨擢殿や擁彗様の武具も鍛えた凄腕の鍛冶師だと聞いただ。それならば是非、オラにも武具を鍛えてほしいと思って、フェレースの案内で鍛冶場の外から仕事さしているところを覗《のぞ》かせてもらっただ。いや〜まんず素晴らしか鍛冶の腕でさ、見させてもろうて感激しただあ！　まんだ童《わらべ》ん頃から、翼竜街と甲竜街さ行ったり来たりしとったんだ。そったただ頃から武具や防具さ生み出されるとこ見るんが好きで、よく鍛冶場や工房さ行って覗《のぞ》き込んでたもんだ。炉の炎に炙《あぶ》られて赤く変色した金属鋼を、職人が鎚で叩《たた》くたんびに飛ぶ火花と、面白いように姿を変えていく金属鋼の様子に胸を躍《おど》らせたもんだ。そったただ童《わらべ》ん頃から目を肥やしてきたオラの目から見て、今日覗《のぞ》かせてもらった驍廣さぁの鍛冶姿は、童《わらべ》ん頃のことを思い出させてくれる何かがあっただ。もちろん、翼竜街で長年にわたり武具を鍛えてきたスミス翁の鍛冶姿も、素晴らしい熟練の高みを感じる。だども、驍廣さぁの鎚打ちには何かこう、言葉では言い表せない迫力というか、力の波動を感じるだ。お願いだあ！　オラの武具を鍛えてもらえんだべか!!」

そう言うと、さすがに土下座はまずいと思ったのか、土間に伏すことはなかったが、膝に両手を置いて深く頭を下げた。

俺は昴周の俺の評価に面食らったが、そんなことを言われたことがなかったため嬉しくもあった。

「何ともこそばゆい限りだが、そんな風に評してもらえるなど光栄の至りだ。それで、衛兵団の歩兵隊長を務めているということだったが、どんな武具がご所望なんだ？　以前、修練場の場長を務めていた蛮偉が使っていた両手剣のような武具か？」

俺の問いかけが、武具を鍛えることを前提とした問いかけであることに気が付き、喜びの表情で顔を上げた昴周。だが、蛮偉を例えで挙げた途端、酷く落ち込み、一瞬前まで浮かべていた喜色は消えて、表情に暗い影を落とした。

「そっただ風に思うんだべなあ。歩兵隊に所属する衛兵なら、剣さ持つのが当たり前だと……」

暗い声でボソボソと呟《つぶや》く昴周に、俺は何かまずいことを言ってしまったのかとフェレースへ視線を向けると、彼女は少し困った顔をした。

「昴周さん！　そうやってすぐに落ち込まない!!　驍廣さん、ごめんなさいねえ〜。驍廣さんが例に挙げた、剣を主武具として装備する衛兵団の歩兵隊員は、蛮偉さんが率いた『守衛隊』所属の衛兵だけなの〜。蛮偉さんは甲竜街衛兵団に倣《なら》い、重装歩兵隊を新たに創設しようとしていたところだったの〜。ところが、構想が固まったばかりで試験運用中だったんだけど、先の魔獣騒動で蛮偉さんは亡くなられてしまって。それに、甲竜街と天樹国との争いの中で安劉様と麗華様が率いた騎獣団が、戦《いくさ》の趨勢《すうせい》を決める大きな働きをしたことで、翼竜街衛兵団内部では従来通り騎獣団を主戦力とする考え方がより強くなったの〜。元々人間を相手にしてきた翼竜街では、魔術による攻撃を避けるために機動力が重視されているのよねえ。一方の歩兵は――翼竜街の街門を護《まも》る守衛としての役割を任された『守衛隊』。それと、敵が翼竜街に迫ってきたときに街の前に広がる平原に防御陣を敷いて敵軍の進軍を足止めし、騎獣団が強襲するまでの時を稼ぐ遅延任務や兵站《へいたん》の確保などを主な任務とする『防護隊』に分けられているわ〜。昴周さんはその『防護隊』の隊長をしているのよお。こう見えても昴周さんは、防御陣構築を任せたら蛮偉さんなんて足元にも及ばないほどの腕前を持っているのよお〜。ただ、引っ込み思案の性格が災いして、蛮偉さんほど目立つことがなかったんだけどぉ、安劉様やウチの延李総支配人からは高く評価されてるの〜」

安劉と延李の二人から高く評価される人物とは、なかなか傑出したものを持っている人物なのだろうと、フェレースから昴周へと視線を動かす。すると、当の本人はいまだに暗い顔で視線を足元に向けたままだった。フェレースは大きく息を吐《は》き出すと、彼に近づいて『スパーン！』と良い音を響かせて、背中を勢いよく叩《たた》いた。

「いつまで塞《ふさ》ぎ込んでるの！　もっとシャキッとしなさい、シャキッと！　そんな風だから、他の隊に侮られるんでしょ!!」

まるで出来の悪い弟を叱《しか》る姉のような口ぶりのフェレースに、俺は思わずクスリと笑ってしまった。そんな俺にすかさずフェレースから鋭い視線が向けられ、慌《あわ》ててその場を取り繕《つくろ》うように、真面目な表情で昴周に向き合った。

「話は分かった。さっきも言ったが、今は武具の注文もなく、鍛冶師の腕を鈍《なま》らせないようにと鉄扇を鍛えていたものの、それも今日鍛え終えてしまって、ちょうど予定が空いていたところなんだ。そんな俺でも良いのなら、喜んで昴周の武具を鍛えさせてもらおう。だが本当に俺で良い――」

問いかけが終わらないうちに、昴周は俺の顔を真正面から見据えて大きな声で叫《さけ》んだ。

「オラの武具は驍廣さぁに鍛えてもらいたいだあ!!」

鍛冶場内に響き渡った昴周の大声に、その場に居合わせた者は顔を顰《しか》め、中には耳を押さえて苦しみの表情を浮かべる者もいたが、俺は頬《ほお》が緩《ゆる》むのを抑えられなかった。

「よし分かった！　昴周の注文、この津田驍廣が確かに請け負った‼」

声高らかに受注を宣言した俺に、フェレースはホッと安堵《あんど》の表情を浮かべ、紫慧は手を握りしめてやる気を漲《みなぎ》らせる。天都とタウロは鍛冶の業《わざ》の習得ができると喜び合い、アルディリアは俺に注文が入ったことで満足そうに微笑《ほほえ》みを浮かべていた。

そして、注文主である昴周は俺の宣言に硬直していたが、言葉の意味を理解したのか、緊張も解けて表情が緩《ゆる》んでいくと同時に、涙腺《るいせん》まで緩《ゆる》んでしまったらしく、笑い泣きの顔になり、

「よかっただあ～。驍廣さぁが受けてくれて、本当によかっただよお～～！　うわぁぁぁぁぁ～ん」

と、大声を上げて再び泣き出してしまった。そんな昴周を、フェレースは困った表情を浮かべながら叱咤《しった》し、俺たちは二人のやり取りを微笑《ほほえ》ましく思いつつ見守った。


「ホンにお恥ずかしいところをお見せしてえ申す訳なかっただあ」

フェレースの尽力もあり、昴周は泣きやんだものの、いくら嬉し泣きとはいえ、大の大人が人前で号泣したことはさすがに恥ずかしかったと見えて、顔を赤く染めて謝罪の言葉を口にした。

「まあ、過ぎた話はそのくらいで。それよりも、昴周には武具の注文について話を聞かせてほしいんだが、昴周は今までどんな武具を使っていたんだ？」

この問いに対し、昴周は再び顔を伏せてしまい、小さな声でボソリと呟《つぶや》いた。

「円《シャ》……」

「はあ？　よく聞こえないんだが。もっとはっきりと大きな声で教えてくれないか？」

そう告げても昴周は躊躇《ちゅうちょ》しているようで口をモゴモゴと動かしていたが、踏ん切りがついたのか、それまでうつむいていた顔を上げて答えてくれた。

「……円匙《シャベル》を使っていただ」

その一言に、鍛冶場に集まった者たちは言葉を失い、静寂が訪れた。この周りの反応に俺は首を傾《かし》げたもの、まあ良いかと話を続けようとした矢先、甲高《かんだか》い声が鍛冶場に響いた。

「円匙《シャベル》ですってえ!?　そんなの武具でも何でもない、ただの道具じゃない！　あなた、この鍛冶場で円匙《シャベル》を鍛えさせるつもりなの？　ここは武具を鍛える鍛冶場なのよ、何を考えてるのよ!!」

声を張り上げたのは天都だったが、タウロも天都の言葉を肯定するように、昴周を睨《にら》みつけていた。二人の反応に昴周は身を縮め、フェレースは悲しそうな表情を浮かべた。

「円匙《シャベル》か。なるほど、それは面白いなあ」

鍛冶場に剣呑《けんのん》な雰囲気《ふんいき》が広がりそうになる中、俺はあえて軽い口調で昴周のことを肯定した。

すると案の定、天都とタウロは目を見開いて絶句し、昴周とフェレースは驚き、言葉の真意を探ろうと俺の顔をジッと見つめてきた。その瞳には、期待と不安が入り混じった色が浮かんでいる。

そんな両者の反応をあえて見ないようにしながら、俺は頭の中で武具としての円匙《シャベル》のことを考えていた。

『円匙《シャベル》』は現世でも一般にも広く普及し、各家庭に一本くらいはある道具で、軍隊などでも重要な装備品であり、時には武具や防具として使われるものだ。

戦場で使われるようになった当初の目的は、古くは戦死者を埋葬《まいそう》するための穴を掘るためだったらしい。だが、近代に入り銃火器が用いられるようになると、飛び交う弾丸から身を守るための塹《ざん》壕《ごう》などを掘る道具として発達していったという。しかし、塹壕《ざんごう》を掘る工兵も一兵士であり、白兵戦を行わなければならない場合もある。そんなときに手近にあった、土に刺さりやすいように先端を鋭く尖《とが》らした剣型円匙《シャベル》（剣スコ）を武具として使用するのは、理に適《かな》った行動だろう。

戦場で銃火器が活躍する時代の白兵戦で使う武器となると、銃の先端に付けた剣を用いた銃剣術や、刃渡り三十センチ前後のナイフを用いた短剣術、格闘術が一般的である。

一方、鉄製の円匙《シャベル》は振り回せば鈍器《どんき》になり、土に突き刺す刃先を斬撃に使うことも可能。さらに土を掬《すく》う匙《さじ》の部分に防弾鋼鈑を使えば、銃撃を受けた際に簡易な盾として急所を守ることもできたと言われる。

そのため、現世の軍隊では、円匙《シャベル》を使った格闘術も編み出され、特殊部隊などで訓練が行われているという話まであった。

戦場で飛び交う銃弾を避けるべく編み出された塹壕《ざんごう》戦と、その塹壕《ざんごう》を掘るのに戦場に持ち込まれた円匙《シャベル》。世界は違えども、魔法による面攻撃を避けるために防御陣地を作る上で円匙《シャベル》が使われ、武具として用いられていると考えてみれば、なるほどと納得できる話だった。

そんなことを脳内で妄想し、一人で悦《えつ》に入っていると――

「つ〜だ〜殿〜。何を言い出すのですかあ！　まさか、この鍛冶場で円匙《シャベル》を鍛えるつもりですか？　この鍛冶場は、武具を鍛えるのではないのですか⁉」

目を吊り上げて抗議の声を上げる天都と、彼女に同意するように大きく頷《うなず》きながら俺を注視するタウロ。甲竜街のダッハートのもとで鍛冶師としての腕を磨いてきた二人にとっては、武具を打つ鍛冶場で円匙《シャベル》を武具として鍛えることに抵抗があるようだ。

もっとも、最初に九支刀《くしとう》を打ってからは注文もなく、腕を鈍《なま》らせないようにと鎚を振るったのが鉄扇で、やっと待望の注文だと喜んでみれば、依頼者が武具として使っていたのは円匙《シャベル》である。武具を鍛える鍛冶師という誇りに傷がつくと感じたとしても、一方的に責めることはできないのかもしれない。

まあ、俺は現世で、ナイフや狩猟用の山刀あるいは剣鉈《けんなた》といった様々な刃物を打って、津田家の家計の足しにしてきた経験がある。だから、武具《刀》を打つ鍛冶場でそれ以外のものを打つことに抵抗はないが、本来は天都やタウロのように抵抗を感じる方が普通の感覚なのかもしれない。

ただ、昴周が使っていたという円匙《シャベル》をそのまま打っても面白いのかもしれないが、芸がなさすぎる。ここは、天都たちの気持ちにも多少は近付いてやるのもまた一興だろう。

「そう大きな声を張り上げるな。天都とタウロは知らないのかもしれないが、円匙《シャベル》は立派に武具としての能力を兼ね備えているんだぞ。甲竜街では衛兵が幅を利かせていて、誰が見ても一目で武具だと分かるものしか依頼されることはなかったと思うが、ここ翼竜街は衛兵をはじめ、魔獣討伐者や冒険者など、武具で糧《かて》を得ている者が数多《あまた》いる。しかも、翼竜人族だけでなく獣人族や妖獣人族、妖精族などなど、多種多様な人族がそれぞれに合った武具を注文してくる。その中には、一見武具なのか？　と疑問に思うものもある。しかし、俺たち鍛冶師が知らないだけで、注文主にとっては慣れ親しんできた武具なわけで、それを否定することはできないんだ。まあ、依頼された武具があまりにも注文主に不釣り合いな場合はモノ申すこともあるが、それは注文主のことを考えてのことで、鍛冶師の勝手な思い込みで四の五の言うのはご法度《はっと》だと思っている。少なくとも俺の鍛冶場では注文主が望み、用途に合致していると判断できたなら、全力で注文主の意向に沿ったものを鍛えるつもりだ。だから、二人がそれは許せない、注文主が何と言おうと剣や斧などの武具を鍛えるべきだと考えるなら、俺のもとにいても良い修業にはならないかもしれないぞ」

俺は自身の考えを伝え、天都とタウロにどうするのかと問うた。二人は困惑したのか、顔を見合わせてしばしの間小さな声で話し合っていた。その間に俺は昴周に向き直り、頭を下げた。

「昴周、不快な思いをさせてしまって、申し訳ない。どうか許してほしい」

「そ、そんな、驍廣さぁはオラが円匙《シャベル》を武具にしていたと言ったら、笑いもせず、むしろ感心してくれたではねえっすか」

「そうよ、驍廣さんが頭を下げる必要はないわ〜。それよりも、あんな頭の固い鍛冶師を驍廣さんに押しつけた甲竜街の鍛冶師やギルドに抗議しなくっちゃ！」

こんな風に話している間に、天都とタウロの二人も話を纏《まと》めたようだが、フェレースの腹立ちが聞こえていたらしく、羞恥心《しゅうちしん》からか頬《ほお》のあたりを赤く染めて伏し目がちになり、俺たちのもとに歩み寄ると――

「津田殿！　出すぎた口を利き、申し訳ありませんでした」

「許してたもんせ、おいが間違っていたでごわす」

深々と頭を下げて、それぞれに謝罪の言葉を口にした。

「う～ん、まあ街それぞれに特色がある。そのところを理解してくれれば俺は良いんだが、謝罪は俺じゃなく、不快な思いをさせた昴周とフェレースにするのが筋だぞ」

二人もそれは承知していたようで、即座に昴周とフェレースへ一歩近づいた。

「あたしたちの思慮不足と狭量から、お二人に不快な思いをさせてしまい、申し訳ありませんでした」

「まっこと申し開きもできもはん。この通りでごわす」

謝罪の言葉とともに、その場に膝をつき、鍛冶場の土間に額をつけた。まさか二人が土下座までするとは思わなかった。だが、一連の流れを思い出し、二人の言動は鍛冶場の姿勢に泥を塗るものであり、それを払拭《ふっしょく》しようとするなら土下座も致し方ないのかなとも考えた。そして昴周とフェレースを見ると、昴周はどう返していいのか分からずオロオロしていたが、フェレースは土下座する二人を見据えて、

「今回は驍廣さんの顔を立ててこの場限りのこととして収めます。が、次に何か問題を起こした場合には、直《ただ》ちに翼竜街から退去してもらい、甲竜街ギルドに厳重に抗議するからそのつもりで！」

と、最後通牒を突きつけながらも謝罪を受け入れてくれた。ただ、二人にはフェレースからの最後通牒はよほど心胆寒からしめたらしく、血の気が引いた顔で何度も頷《うなず》いていた。

「さて、話も纏《まと》まったことだし、昴周殿の注文を受けるということで。それじゃ、早速で悪いんだが、貴殿がどんな風に円匙《シャベル》を使っているのか、見せてもらっても良いか？」

天都とタウロの謝罪が受け入れられたことで、昴周の注文を受けることにした俺は、いつものようにそう告げる。紫慧とアルディリアはまたかと言いたげに苦笑を浮かべたが、他の者たちは一斉に怪訝《けげん》な顔をした。

「あのぉ、津田殿。それは一体？」

俺の発言に戸惑う四人は、首を傾《かし》げて近くにいた者同士で顔を見合わせていたが、四人を代表するようにタウロが訊《たず》ねてきた。

「そうか、甲竜街でもやっていたことなんだが、擁彗殿と墨擢のときには衛兵団の兵舎に赴《おもむ》いてやっていたから、タウロや天都は知らないか。俺は武具の注文を受けたとき、なるべく鍛える武具の使用者の力量を見させてもらうことにしているんだ。まあ、先日の曼殊室利は力量を測るまでもなかったから省いたんだが、昴周殿の力量は全く分からないから、その確認をしないとな」

俺が気負いなく告げた言葉に、タウロと天都と昴周は目を大きく見開き、口を大きく開けて絶句した。フェレースは小耳に挟んでいたようで『ああ～』と納得の表情を浮かべて、隣で固まっている昴周の脇に肘鉄《ひじてつ》を入れた。

フェレースの肘鉄《ひじてつ》に一瞬顔を顰《しか》めた昴周だったが、彼女が何を促しているのかすぐに気付く。

「円匙《シャベル》を使っているところだべか？　オラはいつでも良いだ。驍廣さぁの都合の良いときに声をかけてくれれば対応するだ」

「そうか。なら『善は急げ』というし、鍛冶場の片付けもすぐに終わらせるから、これから見させてくれ」

そう告げて、俺は片付けを急いで済ませた。

「さて。それじゃ、どこで円匙《シャベル》の実演をしてくれるんだ？　やっぱり修練場が良いか」

鍛冶場の片付けを済ませた俺が訊《たず》ねる。だが、『修練場』と言葉を発したとき、昴周は困ったような顔をして首を横に振った。

「いんや、オラたち『防護隊』は修練場さ使ってねえだ。専《もっぱ》ら街の城壁の外に設けられた駐屯地で練兵をしとるだ。まんず申し訳ないんだども、城壁の外にある衛兵団駐屯地の防護隊陣地まで足を運んでもらうべ」

そう言うと、先導するようにズンズンと街門の方へと歩きはじめた。そんな昴周に続いて、俺たちもゾロゾロと彼の言う駐屯地とやらへ向かった。

昴周の案内で、翼竜街の街門を通り抜けてそのまま街を取り囲む城壁に沿って歩く。街周をぐるりと回り、南側にある街門の真裏、城壁を挟み翼竜街の領主邸宅の背後に位置する場所に、翼竜街の衛兵団駐屯地は設けられていた。

駐屯地は木の杭《くい》を立てて仕切られた広い平地に、兵舎はもちろん、騎獣の獣舎などの建物が建てられていた。

兵舎の前には、練兵場と思われる広場にいくつかの天幕が張られた陣地があり、その周りを衛兵らしき鎧姿の者たちが何やら忙しそうに動き回っていた。

眼前の光景に目を奪われて歩みを止めてしまった俺たちは、昴周に促されて、いくつかの天幕が張られている陣地へと足を踏み入れた。

俺たちを引き連れた昴周の姿を見て、忙しそうに動き回っていた衛兵たちは、即座にその場で直立不動の姿勢を取ると、

「昴周様！　お帰りなさいませ」

「隊長！　お疲れ様です」

と、敬礼とともに挨拶《あいさつ》をし、再び自分の仕事へ戻っていった。これを見て、フェレースが言ったように、安劉や延李が評価している理由が察せられた。

昴周に衛兵たちが次々と敬礼をする中、一際大きな天幕の幌《ほろ》が勢いよく跳《は》ね上げられたかと思うと、甲冑を纏《まと》った一人の背の低い衛兵が走り寄ってきた。

「昴周様、お帰りなさいませ。武具の依頼はいかがでしたか？　っと、その後ろに連れてこられた方々は一体……」

他の衛兵と同様に敬礼をしながら、俺たちを見つつ質問を投げかけた。すると、昴周はニッコリと微笑《ほほえ》んだ。

「パミーナ副長、こちらの方が、翼竜街に新しく鍛冶場を構えられた鍛冶師の津田驍廣さぁだ。それから、驍廣さぁの相鎚を務める紫慧紗殿に、驍廣さぁの専属職員のアルディリア殿と、鍛冶場で修業をされている方たちだ。フェレースに間を取り持ってもらい、話を聞いてもらっただ。それにしても、驍廣さぁの腕はさすがは安劉様や延李様が称賛されるだけのことはある。鍛冶場の様子を覗《のぞ》かしてもらっただが、オラが知っている甲竜街の鍛冶師と比べても、勝るとも劣《おと》らぬ腕前と見た

だ。それで、今日は鍛冶場の中を覗《のぞ》くだけの約束だったんだけんど、どうしても辛抱《しんぼう》できんで直談判しただ。そしたら、驍廣さぁが快く了承してくれただよお」

「「「おおぉぉぉぉ〜、昴周様、おめでとうございます!!」」」

「「「昴周隊長、よかったですねえ!!」」」

満面の笑みとともに昴周の口から出た言葉に、周りにいた衛兵たちが一斉に歓喜の雄叫びを上げて彼を囲むと、祝いの言葉を口にした。その様子に俺は驚き、傍《かたわ》らにいた紫慧やアルディリアと視線を交わしながら、自分たちの表情も衛兵たちに感化されて緩《ゆる》んでいった。

「しかし、隊長の武具を鍛えるというだけで、衛兵たちがこんなにも我がことのように喜びを露わにするとはなあ。昴周殿は随分と部下に慕《した》われているんだなあ」

昴周を囲む歓喜の輪を眺めて呟《つぶや》く俺。その言葉に対し、いつの間にか近くに移動してきていた背の低い衛兵、昴周からパミーナ副長と呼ばれていた女性が反応した。

「私たち衛兵団歩兵隊は、昔から人間による天竜賜国侵攻を阻止するため、騎獣団とともに翼竜街を守ってきました。ただ、防御陣地の設営や兵站《へいたん》の確保などといった裏方として力を揮《ふる》うことが多く、その任務の性格上、実際に人間たちを蹴散らす騎獣団に比べて地味な存在になりがちでした。そんな中、修練場の場長を任された蛮偉殿の意見具申により、甲竜街衛兵団に倣《なら》った重装歩兵隊が創設され、歩兵隊に所属する者の多くが期待したのですが……」

そこで一瞬言葉を詰まらせたパミーナだったが、一拍の後には再び話しはじめた。

「蛮偉殿亡き後、翼竜街での重装歩兵構想は白紙となりました。気落ちする歩兵隊の衛兵たちを励まし、再び奮い立たせてくれたのが、昂周様だったのです。昂周様は従来の翼竜街歩兵隊の働きに意義を見出しておられた方です。蛮偉殿を支持しつつも、従来通りの防御陣地設営や兵站《へいたん》の確保などの役割を担《にな》う歩兵隊もまた重要であると訴え、私たち歩兵に道をお示しになられたのです」

そう言って、衛兵たちに囲まれて照れ笑いを浮かべる昂周を見て、陽の光を見るように眩《まぶ》しそうに目を細めていた。

「そうかあ、昂周殿は防護隊の衛兵にとって、自分たちの居場所や存在意義を守ってくれた恩人というわけだな。こりゃ、より一層気を引き締《し》めて、彼の武具を鍛えないといけないな」

そばにいる紫慧たちにも聞こえるように言う。すると、紫慧は俺と同じように気合を入れ直すように目に力を込めて大きく頷《うなず》き、アルディリアも俺や紫慧の様子に満足そうに微笑《ほほえ》んだ。一方、天都とタウロは、昂周がこれまで円匙《シャベル》を使っていたと聞いて侮ったことを恥じて、身を縮め小さくなっていた。

「パミーナ副長！　そっただ身内の中での話を驍廣さぁに晒《さら》したら、小っ恥ずかしいでねえかあ」

パミーナの話を聞き、俺たちが思い思いの反応を示す中、衛兵に囲まれていた昂周にも話が聞こえたようで、顔を赤面させてパミーナに対して声を上げ、衛兵たちを掻《か》き分けて近づいてきた。

「驍廣さぁ、パミーナ副長が話したことは、彼女が大袈裟《おおげさ》に言ってるだけだでね。元々、オラの昂家は翔延李殿と同じく耀家を支え、翼竜街を円滑に治める役割を担《にな》った一族なんだ。そんな昂家の御当主だったお父《とう》と甲竜街から嫁さ来たお母《かあ》の間に生まれたのがオラだったんだども、甲竜人族の特徴である甲皮と、翼竜人族の特徴である皮翼を持った亜人（亜竜人）として生まれてきちまっただ。で、『昴家の堕児《おちご》』って言われてたんだけんども、オラの爺様《じっさま》はオラのことを大事にしてくれてたんだぁ。そんな爺様《じっさま》が率いていたのが歩兵隊でぇ、歩兵隊の皆もオラのことを忌《い》み嫌わずにいてくれたんだぁ。そんな歩兵さなりたい、誇りたいと思うのは当然のことだべ？　ただそんだけのことだぁ」

言い訳でもするように語る言葉に、衛兵たちは一層ニヤニヤし、注意を受けたパミーナも口を押さえてクスクス笑っていた。歩兵隊のやりとりにホッコリし、駐屯地を訪ねてきた目的を忘れそうになっている自分に気が付いて、俺は慌《あわ》てて軌道修正するように、自分の頬《ほお》に活の張り手を入れた。

その俺の行動に、昴周をはじめ衛兵たちは一体何事？　といったように驚きの表情を浮かべた。

「挨拶《あいさつ》はこれまでにして、昴周殿、それではこちらに赴《おもむ》いた本来の目的である、円匙《シャベル》を使った戦い方の実演をお願いしても良いだろうか？」

俺の言葉に昴周は頭を掻《か》きながら大きく頷《うなず》くと、衛兵たちも引き連れて、練兵場らしき踏み固められた広場へと案内した。

「ここが、オラたち防護隊の衛兵が武具の修練を行《おこな》っている場所だあ。それで、円匙《シャベル》を使った実演だべが、ただ円匙《シャベル》を振り回してもよく分からんべなあ、誰かオラの相手を……」

そう言って衛兵へ視線を向ける昴周に先んじて、俺は広場の一角、四尺（百二十センチ）ほどの柄《え》の先が一尺ほどの先端が尖《とが》った台形になっている、所謂《いわゆる》『剣スコ』と呼ばれる形の円匙《シャベル》が並んで立てかけられている場所に足を向ける。

「僭越《せんえつ》ではあるが、俺が相手を務めさせてもらっても良いだろうか？　力量を確認するには実際に手合わせをしてみるのが一番理解しやすいからな」

立てかけてあった円匙《シャベル》の一つを手に取り、周囲に人がいないのを確認して、四方八方に振ってみた。

昴周たち防護隊が使っている円匙《シャベル》は、一般に使われているものよりも柄《え》が長く、土や砂を掬《すく》う台形の『さじ部』が肉厚だ。先端は鋭利に尖《とが》り、側面もまるで刃物のように砥《と》ぎ上げられていて、異常に幅の広い槍の穂先のような形状をしていた。その厚さと大きさから、取り扱いは難いが、戦場で振るえば武具として十分な脅威《きょうい》を敵に与えることが想像できた。

「街の噂で、衛兵や魔獣討伐者に勝るとも劣《おと》らない武威を備えた職人がいると耳にしたことが幾度かあった。そのたびに、そんな馬鹿なことがと笑い飛ばしていただが、まさか街の噂の御仁が驍廣さぁだったとは。しかも、噂があながち間違いでないとは驚きだべ」

手にした円匙《シャベル》の感触を確かめている俺に、円匙《シャベル》を取りに歩み寄った昴周から、そんな言葉を投げかけられる。声の主を見ると、顔には猛獣のような笑みが浮かんでいて、安劉を彷彿《ほうふつ》させた。

「安劉殿のときも思ったが、翼竜街のお偉いさんには戦闘狂が多いのか？」

「いやいや、安劉様と並べられるなど、身にあまる光栄だで。これは一段と気張らにゃなんねえだな」

俺と昴周は軽口を叩《たた》きながら向かい合うと、誰に合図をされることもなく、互いに手にした円匙《シャベル》の先端をお互いの喉元に向けた。

昴周の構えは腰が据わり、俺に向けた円匙《シャベル》は一旦狙いを定めると、ピタリと動きを止めた。この動きで、これまで昴周が積み重ねてきた修練の練度の深さを感じさせた。

「「参る！」」

二人とも中段に構え一拍の間の後、同時に声を上げて、お互いの喉元に向かって円匙《シャベル》を突き出す。

円匙《シャベル》は俺と昴周の中間でぶつかり合い、弾け飛ぶと、昴周は素早く体勢を立て直して再度突きを出そうとしていた。それに対して、俺は弾かれた円匙《シャベル》の動きをそのまま円運動に繋げ、体を回して横薙ぎの斬撃を敢行《かんこう》した。

昴周は一拍の差で後れを取ったが、突きを放つ姿勢から円匙《シャベル》を手元に引き寄せると、円匙《シャベル》を盾にして俺の斬撃を受け流してみせた。

その後はお互いに円匙《シャベル》を繰り出し、突きや薙《な》ぎ払いを防ぎ合う。俺は体術で躱《かわ》すことが多かったが、昴周は俺の攻撃を円匙《シャベル》の匙部《さじ》を使い、最小の動きで全て防いでみせた。

結果、大量の汗を流して肩で息をする俺に対し、昴周は額に汗を浮かべる程度だった。

「は～、慣れない武具を使っているとはいえ、ここまで力の差を見せられるとは思わなかった。しかし、円匙《シャベル》というのは使う人が使えばここまで優《すぐ》れた力を発揮する武具たり得るんだと、改めて実感したよ。ただ、惜《お》しいのは、その比重が防御に偏《かたよ》っていることかな」

大きく息を吐《は》き呼吸を整えながら、手合わせから円匙《シャベル》について感じたことを口にすると、昴周は軽く頷《うなず》いた。

「そう言われてみればそうかもしれないだなあ。だども、オラたち防護隊はこの円匙《シャベル》を使って、人間が放つ魔法から身を護《まも》る防御陣を素早く設営し、騎獣団の出陣までの時間を稼ぐとともに、襲撃しやすい場所へ敵を誘導する役割も担《にな》っとる。それを考えれば、防御に比重が偏《かたよ》っていても良いのかもしれんけんど、まあ欲を言えば、防御をした後に攻勢に転じられるようになるとええだべな」

「防御の後に攻勢に転じるか……なるほど、一考の余地ありだな。それじゃ、こんなのはどうだ？」

昴周の言葉を聞き、息を整えた俺は、今まで槍みたいに使っていた円匙《シャベル》の持ち位置を変え、柄《え》の端ではなく中ほどを持って再び昴周へ突きかかっていった。

すると、昴周は表情を引き締《し》め、俺の突きをこれまでと同じように円匙《シャベル》で受け止めようとした。

そこで俺は円匙《シャベル》の先端を突きつけた後、手を替えて円匙《シャベル》をくるりと回し、柄《え》の端で打撃を試みた。

以前アルディリアが大鎌の柄尻《つかじり》を使って行《おこな》った手法で、杖術などでは多用される運用方法の一つだが、昴周は体を大きく動かして柄尻《つかじり》の打撃を躱《かわ》したものの、意表を突いた攻撃に驚いていた。

「なんだあ今の動きはあ？　焦《あせ》っただあ」

「そう言う割には、簡単に躱《かわ》していたじゃないか」

柄《え》の先端を使った打撃を大きく動いて躱《かわ》した昴周は、そのまま俺との距離を取ると、額から流れ落ちる冷や汗を手の甲で拭《ぬぐ》いながら、声を上げた。俺は余裕を見せていた昴周に一矢報《むく》いることができたと笑みが漏れた。だが、距離を取った昴周が俺と同じように、手の位置を円匙《シャベル》の柄《え》の中ほどに変えて、俺の動きを真似《まね》ようとするのを見て、安劉同様、竜人族は皆戦技の習得に積極的なのかと苦笑するしかなかった。

その後、再び手合わせを継続したものの、徐々に昴周は円匙《シャベル》を槍のように使うのではなく、杖や棍《こん》を扱う運用法を習得し、俺は圧倒されていった。

「いや〜参った！　昴周殿の力量のほど、十分に堪能《たんのう》しました」

円匙《シャベル》を杖や棍《こん》のように使い、攻防一体の武威を見せつける昴周に、俺は手も足も出せず、疲れ切ってその場で大の字になって寝転がった。そんな俺の横に、昴周も円匙《シャベル》を肩にかけて座り込むと、流れる汗を裾で拭《ぬぐ》う。

「いやいや、驍廣さぁには感服しただよ。円匙《シャベル》にあんな使い方があったなんて。今まで他の衛兵と同じように長柄《ながえ》の武具みたく使ってきただが、驍廣さぁが見せてくれた武技を真似《まね》たら、驚くほど円匙《シャベル》を活かすことができただ。見せてもらったものをもとに、さらなる研鑽《けんさん》を積めば、オラたち防護隊が使う円匙《シャベル》は、今まで以上に翼竜街を護《まも》る一助になること請け合いだあ。だども、なして疲れ果てるまでオラに付き合い、そっただ笑顔を浮かべてるだ？」

俺の状態と口にした言葉の落差に、おかしそうに笑いながら訊《たず》ねてくる昴周。俺は寝転んだ状態で答えるのは失礼かと、ゆっくりと体を起こした。

「いや、これから鍛える武具の持ち主の力量を確認でき、そんな昴周殿に合った武具を鍛えられると思うと、気持ちが高揚してね。それと、先程の演武を見て、昴周殿に合う武具を一つ思いついたんで、嬉しくなったんだよ」

「オラに合った武具？　いや、これまで使ってきた円匙《シャベル》は、オラたち防護隊にとって武具であるだけでなく、防御陣地を設営するための重要な道具なんだあ。できれば円匙《シャベル》を……」

昴周に合う武具という俺の言葉に、一瞬嬉しそうに顔を綻《ほころ》ばせた昴周だったが、すぐに円匙《シャベル》の用途からは外れる武具は困ると思ったのか、そのことを口にしようとした。だが、俺は昴周が全てを言う前に、待ったをかけた。

「待った！　昴周殿が言いたいことは理解しているつもりだ。俺が昴周殿に合うと感じた武具は、その昔戦場を渡り歩いていた聖職者（僧）が、戦場で息絶え、大地に晒《さら》されたままになっていた兵を弔《とむら》う墓穴を掘るために持ち歩いていた円匙《シャベル》が護身の武具として発展していったものなんだ」

強く言い切った俺に、昴周は居住まいを正した。

「よほどの自信がある様子。オラの要望は既に話した通り、あとは驍廣さぁにお任せするだ。よろしくお願いするだ！」

「ああ、任せてくれ。アルディリアには、ギルドで必要な金属鋼と精霊石を調達してきてほしい」

「任された！　で、調達する金属鋼と精霊石は？」

「黒剛鋼《アダマンタイト》に鞆鋼《ダマスカス》、それに白銀鋼《ミスリル》も必要になるな。精霊石は金剛石《ダイヤモンド》と琥珀《アンバー》、それに黄玉《トパーズ》を頼む」

昴周から了承の言葉をもらった俺は、その場でアルディリアに金属鋼と精霊石の調達を頼む。すると、それを聞いていた昴周と、俺たちの立ち合いを見守っていた衛兵たちは、一斉に驚きの声を上げるのだった。


昴周と立ち合いをした翌日から、アルディリアがギルドで調達してきてくれた金属鋼を使い、俺と紫慧はさっそく昴周の武具を鍛えはじめた。

その姿を目をキラキラさせて見つめる天都とタウロ。さらに、注文が入ったことでにわかに活気付いた鍛冶場の様子を覗《のぞ》きに来たテルミーズから、俺に注文が入ったことを聞いたスミス爺さんが叱咤《しった》激励してくれた。

「驍廣、昴周さんに合うと話した武具って『禅杖《ぜんじょう》』のこと？」

「紫慧も知ってたか。『鏟《サン》』とも言うが、長柄《ながえ》の両端に円匙《シャベル》のさじ部と月牙《げつが》をつけた形をした武具だな。元々は円匙《シャベル》と鉋《かんな》を組み合わせたものらしい。アルディリアの大鎌もそうだが、意外と農具や道具から武具へ発展したものは多いな」

「そうかもしれないねえ」

そんな会話を紫慧と交わしながら、俺は火床《ホド》の準備を整えると、黒剛鋼《アダマンタイト》を手に取った。

今回打つ鏟《サン》は昴周の要望通り、単なる武具ではなく、防御陣地を設営する際にも活躍できるように、両端に付けるさじ部と月牙《げつが》には、黒剛鋼《アダマンタイト》を基本に使って強度を持たせる。さらに円匙《シャベル》の能力である掘削《くっさく》能力を向上させるために、白銀鋼《ミスリル》を使い土精霊《ノーム》の力を付与しようと考えていた。また長柄《ながえ》には黒剛鋼《アダマンタイト》と靭鋼《ダマスカス》を使い、頑強でありながら粘《ねば》りを持たせたかった。そのため、全体的に黒剛鋼《アダマンタイト》を多く使い、その補完に白銀鋼《ミスリル》と靭鋼《ダマスカス》を使うことにした。

火床《ホド》に入れた黒剛鋼《アダマンタイト》に熱を入れて黒剛鋼精霊《アダマンタイトディナシー》を目覚めさせ、鎚に氣を込めて打ち鍛える。氣を黒剛鋼《アダマンタイト》に注ぎ込み、黒剛鋼精霊《アダマンタイトディナシー》の成長を促す俺の戦鎚《ピウスボース》と紫慧の大金鎚の鎚音が、鍛冶場に響いた。

折り返し鍛錬を繰り返した黒剛鋼《アダマンタイト》が漆黒の艶《つや》を湛《たた》えたのを目で確認するとともに、黒剛鋼精霊《アダマンタイトディナシー》も重厚な板金甲冑を纏《まと》った武人の姿に成長したことを真眼で視認してから、金剛石粉を塗し、さらに黒剛鋼《アダマンタイト》を鍛え上げた。その執拗《しつよう》なまでの鍛錬を、天都とタウロは少しでも自分たちのモノにしようと目を皿のようにして見つめていた。

「ふ～。黒剛鋼《アダマンタイト》はとりあえずこんなところかな」

大きく息を吐《は》いて戦鎚《ピウスボース》を振るう手を止め、鍛錬を終える頃には、陽が傾いていた。一日中火床《ホド》の前で戦鎚《ピウスボース》を振るっていた俺は大量の汗を掻《か》いていた。紫慧も九支刀《くしとう》以来となる鍛冶仕事に体力を奪われたらしく、俺が手を止めるのに合わせて、大金鎚にもたれかかるように座り込んだ。

「津田殿、『とりあえず』でごわすか？」

鍛え上げた黒剛鋼《アダマンタイト》と俺の顔を交互に見ながら、疑問の声を上げるタウロ。俺はアルディリアが持てきてくれた、杯になみなみと注がれた水を一気に飲み干してから答えた。

「黒剛鋼《アダマンタイト》自体の鍛錬はこれで良いだろうな。だがそれは鍛錬を終えたというだけで、この後白銀鋼《ミスリル》と靭鋼《ダマスカス》を鍛えて、用途に合わせて『造り込み』を行い、武具の形に成形しないといけないから、『とりあえず』と言ったまでだ。もっとも、今日はこれで終わりにして、白銀鋼《ミスリル》や靭鋼《ダマスカス》の鍛錬は明日改めて行うことにするがね」

「当然だ。これ以上無理をしても決して良い仕事はできない。昴周殿も、驍や紫慧に無理を強《し》いることを良しとせぬであろうし、仮に無理を言うようなら、専属職員のワタシが断固拒否してみせる」

俺の言葉を受けて、アルディリアが紫慧に水を飲ませながら告げたが、その表情は俺が張り切りすぎて紫慧に負担をかけたことを責めていた。

一方、質問を投げかけてきたタウロは、なぜか表情を曇らせ、何かを悩んでいるような顔をしていたが、鍛冶場の片付けを始めると率先して手を貸してくれた。おかげで、すぐに片付けは終わり、俺と紫慧はいつものように汗と疲れを洗い流そうと、公衆浴場へ向かった。

◇

「どうしたのだ、タウロ？　鍛冶場から随分と難しい顔をしているが」

公衆浴場に向かうという津田殿らと別れ、あたし——目占天都はタウロとともに帰路に就《つ》いた。

だが、あたしの隣を歩くタウロの表情が、いつにも増して芳《かんば》しくなかったので、声をかけてみた。

いつもなら「何でもごあらん！」と返してくるのに、今日に限って口を真一文字に閉めたまま、顰《しか》めっ面《つら》で押し黙っていた。

「なんだ？　何か悩み事か？　甲竜街から津田殿のもとへ押しかけて弟子になった仲だ。話くらいなら聞くぞ」

いつもと違うタウロの様子に、軽い口調で語りかけると、彼はようやく重い口を開いた。

「……天都さぁ。おいたち、津田殿のように鍛冶仕事ができるようになるんかのぉ」

「なっ、何を言い出すんだ。臆《おく》したか、タウロ！」

タウロの口から出たのは、思いもかけない弱気な発言だった。あたしは思わず足を止め、声を荒《あら》らげてしまった。

「確かに、臆《おく》したと言えばそうなのかもしれもはん。甲竜街で初めて津田殿と紫慧殿の鍛冶仕事を目の当たりにして、おいもお二人みたく鍛冶仕事がしたいと思いもした。じゃっどん、今日改めてお二人の仕事ぶりを見て、自分に同じことができるかと心に問うたとき、おいはできるとは言えんかったぁ……」

「あたしだって、今できるのかと問われれば『否』としか言えない。だから、あたしたちは津田殿のもとに押しかけ弟子になったんじゃないか！　今はできなくとも、いずれできるようになる。そう信じるしか……」

タウロの言葉を必死に否定しようとしたのだが、言い切れなかった。

「今のままただ見ているだけでは、一生無理だろうな」

突然投げつけられた不躾《ぶしつけ》な言葉に、あたしは声の主の方に向き直り、思いっきり睨《にら》みつけて怒声を発しようとしたのだが……あたしとタウロを見る鋭い眼光に気圧《けお》されて、言葉が出てこなかった。

「なんだ、睨《にら》み返して声を荒《あら》らげることもできんのか？」

「あ、アルディリア殿。そう煽《あお》らんでほしかあ……それで、アルディリア殿も、おいたちには津田殿のようにはなれんと思うとか」

アルディリア殿の眼光に委縮《いしゅく》するあたしを庇《かば》うように背後に隠し、タウロは訊《たず》ねた。あたしは、彼女がタウロの言葉を肯定すると思い、悔しさを噛《か》み締《し》めたのだが、

「ワタシは『今のままでは無理だ』と言ったのだ。驍の業《わざ》を盗みたいのなら、見ているだけでなく、一緒に仕事をさせてほしいとなぜ言わない。見ているだけで業《わざ》を盗めるわけがなかろう。本当に驍の業《わざ》を我が物にしたいと思うのなら、汗を流さんでどうする！」

と、一喝《いっかつ》されてしまった。

「明日も驍は金属鋼の鍛錬をするだろう。お前たちは押しかけだろうが、驍の弟子となったのだ。弟子であるなら壁際で見てないで、鎚を握り相鎚を願い出てみろ！　何もせぬのに、泣き言を口にするなど、十年早いわ!!」

そう発破をかけてくるアルディリア殿の言葉がなぜか心に染み、あたしはタウロと顔を見合わせ、決意を胸に頷《うなず》き合った。

◇

昴周の武具を鍛えはじめて二日目。

鍛冶場に向かうと、それぞれ自前の大金鎚を持った天都とタウロが待っていた。

「驍廣殿、紫慧殿。お二人にお願いがありもす」

口火を切ったのは、意外にもタウロだった。いつも控えめで直情的な天都を抑える役回りを務めてくれていたタウロ。そんな彼が、ともに鍛冶場の前で並ぶ天都に先んじるとは思っていなかった。

もっとも、タウロの第一声に背中を押されたのか、天都も黙ってはいなかったが。

「あたしとタウロにも、紫慧殿とともに驍廣殿の相鎚をさせてはいただけないでしょうか！」

真剣な表情の二人に、俺と紫慧は顔を見合わせてどう返したものかと考えようとすると、一緒にいたアルディリアが口を開いた。

「驍、甲竜街でダッハート殿から二人を弟子として預かったはずだ。今まではただ見ているだけだった二人が、驍の弟子として仕事を一緒にさせてほしいと、自前の道具を持って願い出たのだ。二人の師匠として、その願いを無下《むげ》にするわけにはいかないと思うが？」

アルディリアの言葉で、タウロと天都はより真剣な顔で俺がどんな対応をするのか固唾《かたず》を呑《の》んで待っていることが伝わってきた。

「なんだ、アルディリアも一枚噛《か》んでいたのか。まあ良いだろう。いつそう言い出すのかと思っていたんだ。もっとも、注文がない状況だったから言い出しづらかったのかもしれないがな。よっし！　それじゃ二人がダッハート殿のもとで培《つちか》った腕がどれほどのものか、確かめるとするか!!」

「はい！」

「望むところでごわす！」

俺の挑発的な言葉に、二人は笑顔で元気よく返事をすると、我先にと鍛冶場へと消えていく。それな二人に、俺と紫慧、それにアルディリアも笑みを浮かべて、二人の後に続いた。

「さて、今日は昨日も言った通り白銀鋼《ミスリル》の鍛錬を行う。まず、相鎚を紫慧とタウロの二人で行い、火床《ホド》に入れるごとに三人順繰りに交代をしながら鍛錬を進めるぞ」

「「はい」」

「心得もした」

鍛冶仕事の準備を整え火床《ホド》に白銀鋼《ミスリル》を入れて熱しながら、相鎚の手順を伝えて鍛錬を始めた。だが、俺はすぐに違和感を覚えた。

これまで、俺と紫慧の二人で鍛錬をしていたときよりも、白銀鋼《ミスリル》が鍛えられていかないのだ。二巡したところで、額の真眼を凝《こ》らして白銀鋼《ミスリル》や振り下ろされる鎚を視《み》てみる。すると、俺と紫慧が打ったときには鎚に込められた氣によって白銀鋼精霊《ミスリルディナシー》も成長している。それに対し、タウロと天都が打つと、白銀鋼《ミスリル》の物質的な鍛錬には寄与していても、白銀鋼精霊《ミスリルディナシー》に影響を与えられていないことが分かった。

「ちょっと待った！」

「どうかしたのでごわすか？」

突然仕事を中止した俺に、タウロが訝《いぶか》しげな表情を浮かべた。

「う～ん、ちょっと二人に確認したいんだが、ダッハート殿のもとにいたとき、金属鋼を鎚で打つ際、鎚に氣を込めて打てなんて言われなかったか？」

「鍛錬の際、一振り一振り心を込めて打つように言われておりもした。おいも天都もそうしているつもりでごわす」

「はい、相鎚を願い出て、手を抜くような真似《まね》はしません！」

俺の問いかけに、心外だと言わんばかりの二人だったが、その言葉に理由が分かった気がした。

「あ～、いや言い方が悪かった。俺も二人が手を抜いているなんて微塵《みじん》も考えてはいないんだ。俺が言いたかったのは、体内で錬った氣を武具に込めるように、鎚に込めているかどうかを聞きたかったんだ」

俺の言葉に怪訝《けげん》な表情を浮かべるタウロと天都。そんな二人に、翼竜街に来てからこれまでの鍛冶仕事で培《つちか》ってきた俺なりの鍛錬の考えを話すことにした。

「二人は、鍛冶師が行う鍛錬は、金属鋼を打つことで、金属鋼に含まれた不純物を取り除き、純度を上げるものだと考えていると思う。確かにそういった面はあるんだが、実はもう一つ、鍛冶師が鎚に氣を込めて対象の金属鋼を打つことで、その金属鋼に氣を注ぎ込み、金属鋼の精霊の成長も同時に進める行為でもあるんだ」

「「なんですと⁉」」

「二人も『命宿る武具』を知っていると思うが、『命宿る武具』は鍛冶師が全身全霊をもって鍛えたときに生まれると聞いたことがあるだろう。実際、甲竜街と翼竜街で、俺と紫慧が三振りの『命宿る武具』を鍛える姿を見たと思うが、実を言うと、これまで俺たちは他に、翼竜街で七振り、豊樹の郷で二振り、響鎚の郷で一振り、命宿る武具を鍛えている。そのいずれもが鎚に氣を注ぎ込み、金属鋼の精霊を成長させることで実現してきたことなんだ」

「そ、それが、驍廣殿の鍛冶の業《わざ》の根幹⁉　そんな大事なことをこんなに早く教えていただけるなんて」

俺の説明を聞いて、天都は感極まったような顔で感謝の言葉を口にしたが、一方のタウロは、眉《み》間《けん》に皺《しわ》を寄せて厳しい表情を浮かべた。

「驍廣殿、今話してくだされた、鎚に氣を注いで金属鋼を打つというのは、鍛冶仕事の間ずっと行《おこな》っておられるのでごわすか？」

タウロがなぜ渋《しぶ》い顔をしているのか分からなかったが、問いかけに対して、俺は一度紫慧に確認するように視線を送ってから答えた。

「そうだが？　なあ紫慧」

「うん。ボクも相鎚を打っている間は、常に鎚に氣を注ぎ続けてるよ」

気負いなく返した俺と紫慧に、タウロは驚愕《きょうがく》の表情を浮かべて、呻《うめ》き声を上げるように呟《つぶや》いた。

「無理でごわす。そんな、鍛冶仕事の間、休むことなく氣を錬り、それを鎚に注いで金属鋼に行き渡らせるなど、それこそ死に物狂いで行わなければ、常人には不可能でごわす」

この呟《つぶや》きに、それまで喜色満面だった天都も顔色を変えて考え込む。そんな二人の反応に、俺と紫慧は顔を見合わせて首を捻《ひね》っていると、成り行きを見守っていたアルディリアが口を開いた。

「確かに、驍と紫慧は常人の枠には収まらない膨大な氣量を持っている。さらに膂力《りょりょく》も常人離れしていることは疑いない。だからと言って、無理だとはじめから諦《あきら》めては、甲竜街の職人魂が泣くぞ。獣王国の鍛冶師の沽券《こけん》にかかわるぞ」

「「と言われても……」」

項垂《うなだ》れる二人へ発破をかけるアルディリアに、当の二人は恨《うら》めしそうな目を向けてきたが、彼女は動じることなく話を続けた。

「最初から同じようにやろうと考えるから、無理だなどと愚かな言葉を発するのだ。常人ならば常人らしく、休みながら時間をかけて鍛錬をすればいいだけではないか。誰も化け物《驍や紫慧》と同じようにやろうと思う者などおらぬわ！」

そのあまりの発言に文句を言おうとしたものの、アルディリアの言葉を聞いた途端、明るい表情に変わっていくタウロと天都に、喉まで出かかっていた文句は呑《の》み込まざるを得なかった。

それから後は、タウロと天都は交代で鎚を振るうが、常に紫慧と二人一組で相鎚を務める形で鍛錬を続けることとなった。が、それでも二人には辛《つら》かったのか、白銀鋼《ミスリル》を鍛え終えた夕方には、疲労困憊《こんぱい》で鍛冶場から一歩も動けなくなる。俺と紫慧はそれぞれタウロと天都を背負って、公衆浴場から月乃輪亭へ連れていくという、初めて鍛冶仕事を行《おこな》ったときの紫慧のように介抱《かいほう》した。そして、この流れが常態化するのだった。

俺と紫慧だけが仕事を行《おこな》っていたときと違い、四人の鍛冶師が代わる代わる鎚を振るい、汗を流す様子は、鍛冶場の中を覗《のぞ》き込んでいた者の口から人伝てに広がった。それから翼竜街に新たに建てられた鍛冶場は活気があると噂になるまでに時間はかからず、俺と紫慧のことを気にかけていた者たちを安堵《あんど》させた。

白銀鋼《ミスリル》に続き、鞆鋼《ダマスカス》もタウロや天都と四人で鍛え上げると、続いて武具の成形に取りかかった。まず武具の両端に設ける円匙《シャベル》と月牙《げつが》の成形に取りかかる。昴周のために鍛えることにした鏟《サン》はただの武具ではなく、防御陣地設営のために掘削《くっさく》が容易にできることも求められていた。そのために、俺は白銀鋼《ミスリル》の鍛錬の際に黄玉《トパーズ》粉を塗し、土精霊《ノーム》の力を付与した。その白銀鋼《ミスリル》を黒剛鋼《アダマンタイト》で覆うことで強度の上乗せを図り、心鉄《しんがね》に白銀鋼《ミスリル》を、側鉄《がわがね》に黒剛鋼《アダマンタイト》を組み合わせる『甲伏《こうぶせ》』と呼ばれる造り込み方法を用いて、鏟《サン》の円匙《シャベル》と月牙《げつが》を成形することにした。

俺は、円匙《シャベル》の形状を従来通りの先端が突出した台形にするつもりだったのだが、鎚で打つうちに、円匙《シャベル》の口金から刃先に向かって徐々に横に張り出し、扇のように横に広がった形状になった。

しかも、柄《え》に接続される口金の近くには、剣スコ特有の足掛け部が形作られた。

一方の月牙《げつが》だが、鏟《サン》の月牙《げつが》と言えば口金から真上を向いた三日月型なのだが、こちらも三日月ではなく、口金の直上部はぶ厚く、まるで円匙《シャベル》の取っ手の握りのような厚さを保ち、そこからUの字型に伸長した『刺股《さすまた》』に似た形状になった。

次に、鞆鋼《ダマスカス》と黒剛鋼《アダマンタイト》をそれぞれ同量を合わせて圧着し、ゆっくりと捻《ね》じりながら棒状に伸ばして、長柄《ながえ》を成形していった。

撓《しな》りを持つ鞆鋼《ダマスカス》と頑強な黒剛鋼《アダマンタイト》を張り合わせ、捻《ね》じりながら伸ばしていくことで、撓《しな》りと頑強さをあわせ持つ長柄《ながえ》にしようとしての工夫だった。

こちらは俺の意図に反することなく、素直に成形できた。

最後に、扇型に横に張り出した剣スコ型の円匙《シャベル》と、取っ手の機能もあわせ持つ刺股《さすまた》型の月牙《げつが》を、長柄《ながえ》に取りつけて鏟《サン》の成形は終了し、あとは焼き入れを行い整形だけとなった。

「さて、焼き入れは明日するということで、今日は焼き刃土を盛っておくか」

大まかな成形は、タウロに天都、それと紫慧にも相鎚をしてもらっていたが、細かな成形となると、いつも俺一人で鎚を振るっていた。今回も壁際に離れて成形作業の様子を見ていた面々に一応断わりを入れるつもりで告げると、天都とタウロが何か言いたそうにモジモジしはじめた。その様子を見て、俺と紫慧とアルディリアは、二人が何を言うか待っていると、やがて決心がついたのか、天都が壁際から一歩踏み出して声を上げた。

「驍廣殿！　もし可能であれば、焼き入れのための焼き刃土を武具に盛る作業をさせてもらえないだろうか？」

「おいからもお願いしもす。おいたち二人に、焼き刃土の土置き作業をさせてほしいでごわす」

天都に続いてタウロも、少し緊張した様子で申し出た。

「土置きをさせてほしい、か。たぶんダッハート殿のもとでやってきた経験があるから申し出たんだと思うが、焼き入れを生かすも殺すも、土置きの出来次第だと分かってのことだよなぁ」

俺は目に力を込め、二人を睨《にら》みつけるようにしながら問い質《ただ》す。二人は俺の目力に一瞬怯《ひる》んだものの、奥歯を噛《か》み締《し》めて気合を入れ直し、もう一歩踏み出して声を上げた。

「は、はい！」

「おいも驍廣殿の言いたいことは分かっているつもりでごわす。しかし、ダッハートお師匠と驍廣殿では、焼き刃土の盛り方に違いはあるとも思いもす。手前勝手なことで恐縮でごわすが、おいと天都で土置き作業をした後で、驍廣殿に確認をお願いしたいと思っております」

気合だけで「はい」と答えた天都に対し、タウロは俺に確認を求めてきた。その物言いに、俺はわざとむっとした表情を作り、

「自分たちが土置きをしたら確認しろか、確かに随分と手前勝手な申し出だな」

と、さらに目を吊り上げて睨《にら》みつけた。俺の表情を見て二人は顔を青くしたものの、口を真一文字に結び、俺の目から視線を外さずに耐えてみせた。

「分かった！　思う通りにやってみろ。その代わり、確認と指摘はしっかりさせてもらうからな」

一呼吸の間を置いてから（二人にとってその間は随分と長く感じただろうが）、それまで浮かべていた表情を笑顔に変えて、二人に許可を出した。俺のあまりの変わり身に、呆気《あっけ》にとられたよう

に硬直していたタウロと天都。だが、俺の言葉の意味を理解して、天都はその場で飛び跳《は》ねて喜びを表すという今まで見せたことのない姿を露わにし、タウロは緊張が一気に解けたためか、その場にヘナヘナと崩れ落ち、泣き笑いのような表情を見せた。

二人の様子に苦笑しつつ、俺は焼き刃土を武具へ盛れるように用意をし、成形を終えた鏟《サン》とともに二人の前に置いた。

焼き刃土の入った容器と、塗り台にヘラ、そして鏟《サン》を目の前にした二人は、まず鏟《サン》についている汚れや油分を取り除くために、灰を石鹸《せっけん》代わりに使い、水で綺麗《きれい》に洗い、残った水気を乾いた布で拭《ふ》き取る。

次に、塗り台の上に焼き刃土を出して、水を少量ずつ加えて盛りやすい粘度になるようにヘラで練ってから、鏟《サン》へ焼き刃土を盛っていった。

最初に鏟《サン》全体に、薄く塗り残しのないように丁寧にヘラで塗り、その後に円匙《シャベル》と月牙《げつが》の刃先は薄く、他の部分には厚く盛った。

最初に武具全体に焼き刃土を丁寧に塗ったのは、塗り残しがあった場合に、そこにだけ過剰に火が入って焼き痕（しみ）ができてしまい、強度に影響が出る可能性があるためだ。それを防ぐには、とにかく塗り残しがないように丁寧な仕事が求められた。

タウロと天都もそのことをダッハートのもとで叩《たた》き込まれていたのか、額に玉の汗を浮かべながら丁寧に、丁寧に、焼き刃土を薄く均一になるように塗った。全体に焼き刃土を塗り終えると、一旦手を止めて塗り残しがないことを確認し、大きく息を吐《は》いて一呼吸入れるほどだった。

全ての土盛りの作業を終えたタウロと天都は、二度三度と塗り残しがないかを確認すると――

「驍廣殿、焼き刃土の土盛り終了したでごわす。ご検分、お願いするでごわす」

そうタウロが告げて、二人は鏟《サン》から数歩離れた。俺は黙ったまま土置きが終わった鏟《サン》に歩み寄りじっくりと眺めて……

「刃先の刃文は少々主張が強い気もするが、これもまた鍛冶師の心意気だからな。まあ良いだろう、盛った焼き刃土を一夜乾かし、明日焼き入れを行う」

「やった！」

「うむ！」

――パン!!

俺の言葉を耳にして、タウロと天都は満面の笑みを浮かべ、互いの仕事を讃《たた》えるように腕を高く掲《かか》げて手を打ち合わし、小気味よい音が鍛冶場に響き渡った。


そして翌朝、俺は鏟《サン》の焼き入れを行うため、火床《ホド》に炭を入れて鞴《ふいご》で火を熾《おこ》す。その間に紫慧に精霊術で湯船（水槽）の水に宿る水精霊《ウンディーヌ》に働きかけてもらいつつ、いつものように鏟《サン》を火床《ホド》へと入れて熱していった。

鏟《サン》に使った金属鋼や精霊石の精霊たちは、俺と紫慧、そして文字通り気力を振り絞《しぼ》って鎚を振るったタウロと天都によって十分に成長を遂《と》げ、精獣になるための精霊繭《まゆ》を形成した。繭《まゆ》は焼き入れの火によって明滅を繰り返し、鏟《サン》の表面が赤から橙色《だいだいいろ》へと変色した瞬間に強く光り輝き、それを合図に俺は火床《ホド》から鏟《サン》を取り出して、湯船へと一息に入れた。

鍛冶場に広がる蒸気の中、鏟《サン》の精霊繭《まゆ》から姿を現した精獣は——モグラのような、穴を掘ることに適した大きな前足に、ゴツゴツした岩肌に似た鱗に覆われた、丸々と肥えた胴体、そして外見には似つかわしくない真夜中の猫の目みたいな真ん丸お目々の愛くるしい土龍だった。

「お、おおお……天都、見てみい。おいたちが鎚を振るった武具に精獣が宿っておるぞ」

「み、見てるよお～。やった。あたしたちやったんだあ～～!!」

現れた精獣を目にして歓喜の声を上げるタウロと天都。こうして二人の俺のもとでの鍛冶修業は、幸先の良いスタートを切ったのだった。

◇

「急な申し出を快く受けていただき感謝いたします、ポリティス殿」

「なになに、いつもお世話になる波奴真安殿の頼みとあっては、断るわけにもいきますまい。それに、職人を紹介するなど造作《ぞうさ》もないこと、それほどに気を遣われますな」

「う～む。されど、こちらが持ち込んだものは、扇骨《せんこつ》を専門に扱う職人が作ったものではありません。そんなものをお願いして職人を怒らせてしまわないかと。これまでも多くの職人とお付き合いをさせていただいておりますが、腕の良い職人には、素人が仕事場に口出しをするのを快く思わない者も多くおりますから……」

「確かに、真安殿のご懸念は分かりますが、お持ちになったという扇骨《せんこつ》に扇面を張るだけのことで気分を害するような者はおらぬかと。まあ、何かありましたら私が間に入りますので、安心してお任せください」

驍廣殿に依頼されて訪ねたのは、これまでも商品の入荷や双方の人事交流などで多く顔を合わせてきた、海竜街ギルドの総支配人を務めるポリティス・バレイラ殿のところだった。

ポリティス殿は、公務の最中にもかかわらず、儂の話を聞くと、自ら案内を買って出られた。

そしてポリティス殿に連れられて案内された先は、海竜街の街門から通じる大通りに並ぶ店の一軒だった。

店内に入ると、そこには色とりどりの扇や扇子《せんす》がところ狭しと陳列され、商品を物色する多くの婦女子で混み合っていた。店内の繁盛《はんじょう》ぶりと並べられている品の数々に目を奪われる儂をよそに、ポリティス殿は店の者に声をかけた。

「ごめん、邪魔をするぞ」

「いらっしゃいませ！　これはポリティス様、ようこそおいでくださいました」

応対に出てきたのは、年は三十路《みそじ》を過ぎた、にこやかな笑顔の中に抜け目のない目配りをする男だった。

「久しぶりに寄らせてもらったが、相変わらずの繁盛《はんじょう》な様子、実に結構なことだ。ご亭主、すまぬが親方はご在宅かな？　ちと話を聞いてもらいたいのだが」

「はい、父なら裏で仕事をしています。こちらにお呼びいたしましょうか？」

「いや、それには及ばぬ。では邪魔をするぞ！　真安殿、ついてきてください」

ポリティス殿はそう言うと、ズカズカと店の奥へ入っていった。儂も店主に頭を下げて、後を追って店の奥へ向かった。そこでは数人の職人が分業で扇や扇子《せんす》を作っていた。

その一番奥、職人たちの仕事の様子に目を光らせながらも、扇子《せんす》の扇面に扇骨《せんこつ》を差し込み仕上げている一番年配の職人のもとに、ポリティス殿は近づき声をかけた。

「親方、精が出るな」

「こりゃ、ポリティスの旦那。どうしなすったんです、こんなゴミゴミしたところまで押しかけるなんて」

年配の職人は横目で儂の顔をチラリと確認したあと、ポリティス殿に笑顔を向けた。ポリティス殿は苦笑しながら、

「相変わらずだな、親方。今日は親方に頼みがあってきたのだ。真安殿、例のものを出してみせてはくれぬか」

そう言って儂の方に手を伸ばした。儂は懐《ふところ》に入れていた鉄扇の扇骨《せんこつ》を取り出して手渡すと、その重さに一瞬ポリティス殿は驚いたような表情を浮かべた。だが、すぐに何事もなかったように、年配の職人の前に鉄扇の扇骨《せんこつ》を差し出して、

「実は、ここにおられる真安殿は羅漢獣王国からの大事なお客人でな。その真安殿が翼竜街に住む鍛冶師からこんなものを預かってきたのだ。親方、ちょっと見てもらえんか」

と言う。すると、年配の職人は迷惑そうな顔をしながら、

「仕方ねえな、どれどれ……」

と、鉄扇の扇骨《せんこつ》を受け取った途端に、顔色を変えて舐《な》めるように見はじめた。この様子に、ポリティス殿はニンマリと意味ありげな笑みを浮かべて儂を見てきた。しばらくして、年配の職人が視線を扇骨《せんこつ》から離さずに、

「ポリティスの旦那、これはそちらの旦那が翼竜街の鍛冶師からお預かりなすったって言いましたかねえ？」

と確認してきた。

「ああ、確かにそう言ったが？　どうかしたのかな、親方」

「旦那もお人が悪い。分かってて聞いてくるんですかい？　お客人、この扇骨《せんこつ》を持ち込んだってことは、こいつに扇面を張って仕上げてほしいってことでいいんですかい？」

ポリティス殿の返答で、ようやく視線を扇骨《せんこつ》から外した年配の職人は、一度ポリティス殿を睨《にら》みつけてから儂を見た。

「あ、ああ。翼竜街に扇職人はおらぬから、海竜街にいる職人にお願いできないかと頼まれたのだ。是非仕上げてほしいのだが……」

「ようござんす！　あっしがこの仕事お受けいたしやす。それでと言っちゃ申し訳ねえんだが、あっしの話も聞いちゃくれませんかねえ？　もし、話を聞いてくれりゃ、この仕事タダでお引き受けいたしやす!!　どうです、お客人？」

畳《たた》みかけてくる職人に戸惑っていると――

「わっはっはっは♪　親方、いきなりタダで仕事を請け負うなどと言われては、裏に何があるのかと疑われるだけではないか。そのような取引めいたことを言わずに、真安殿に全てを話し、ご助力をお願いした方が早いのではないか？」

ポリティス殿の言葉に、職人は顔を羞恥《しゅうち》で赤くし、

「お客人、下《くだ》らねえことを口にして申し訳ねえ。ポリティスの旦那の言う通りだ。ここはお客人のお情けにお縋《すが》りするしかねえようだねえ。もちろん、こいつの仕上げは責任をもってやらせてもらいやす。その上でお願いがあるんだ、仕上げたこの鉄の扇子《せんす》を、御領主沆泉怜《こうせんれい》様と泉淑《せんしゅく》様にお見せ願えねえだろうか？」

と、とんでもないことを言い出した。儂はハッとして隣にいるポリティス殿に視線を振ると、ポリティス殿は儂がどのような返答をするのかを、面白がるように笑みを浮かべて待っていた。

――すまぬ驍廣殿。甲竜街から戻り、翼竜街に自らの鍛冶場を構えたばかりだというのに……この後、どんな話の流れになるか理解できてしまった儂は、翼竜街にいる驍廣殿に、心の中で詫《わ》びることしかできなかった。

◇

「御免《ごめん》！　津田驍廣殿の鍛冶場はこちらかな？」

昴周の武具を打ち終えて、いつものように拵《こしら》えを整えてもらうために曽呂利工房へ預けた翌日。

俺は一仕事終えて、次の注文がいつ入るのかと考えながら鍛冶場の準備をしていると、鍛冶場の外から声をかけてくる者がいた。

もしかして、新たな注文か⁉　と期待し扉を開けると、そこには見たことのある妖鷲人族《ようしゅうじんぞく》が、昴周との立ち合いの際に顔を合わせたパミーナとともに立っていた。

「パミーナ殿に、そちらの御仁は確か……太郎坊晴鸞殿！」

二人に声をかけると、軽く目礼を返すパミーナに対し、太郎坊は満面の笑みを浮かべて、バシバシと俺の肩を叩《たた》いた。

「おお！　覚えていただけていたとは光栄の至り。ならば話は早い。麗華様や安劉様から、貴殿の武具を鍛える鍛冶師としての確かな腕前を聞かされており申した。いつか拙者《せっしゃ》も驍廣殿に武具を鍛えてもらいたい。そう思っていたのでござる。しかしながら、戦《いくさ》の後始末に甲竜街と翼竜街の往復を繰り返しておって、ようやく時間ができたと思えば、驍廣殿がスミス翁のもとから独り立ちし、新たに鍛冶場を構えたというではないか。しかも、昴周殿に先を越されたと聞いて、昴周殿の副官であるパミーナに、鍛冶場への案内を頼んだのだ。驍廣殿、お願いいたす。拙者《せっしゃ》にも一張り鍛えてくださらぬか！」

最初は親しげに語りはじめたものの、一転真剣な表情を浮かべて武具の注文を口にした。だが、俺はその言葉に違和感を覚えた。一張り？　一振りではなく一張りということは？　改めて太郎坊晴鸞の姿を確認すると、彼の左手には一張りの和弓が携《たずさ》えられていた。

「太郎坊殿、もしかして俺に、その手に持つ弓胎弓《ひごゆみ》を鍛えろと？」

太郎坊は大きく頷《うなず》くと、

「おお、驍廣殿はこの弓をご存知だったか。これは我が故郷、羅漢獣王国伝来の『弓胎弓《ひごゆみ》』なのだが、残念ながらこの弓は竹と櫨《ハゼ》と藤で作られておるから、精霊術を付与することができぬ。貴殿はこれまで様々な武具を鍛えてきておると聞く。なんとかこの弓胎弓《ひごゆみ》の形状で、精霊の力を付与させた弓を、一張り鍛えてはくれぬだろうか！」

と、言い出した。しかし、弓胎弓《ひごゆみ》に精霊の力をって……。思いがけず舞い込んできた無理難題に、俺は絶句してしまった。


「う〜ん……」

「なにやら随分と悩んでいるようだが、一体どうしたのだ」

「弓だったら、豊樹の郷でリリスに一張り作ったことあったじゃない。何をそんなに悩んでるの？」

俺は太郎坊に、「できるかどうか検討してみる」と告げて一旦帰ってもらいはしたものの、参考にしてくれと置いていった弓胎弓《ひごゆみ》を前に、唸《うな》り声を上げていた。そんな俺の様子を、心配そうに見つめる天都とタウロをよそに、アルディリアと紫慧は笑顔で訊《たず》ねてきた。

俺は眉間《みけん》に皺《しわ》を寄せて、

「確かに、リリスのために弓を一張り鍛えた。だが、リリスのために鍛えた弓と太郎坊が依頼してきた弓胎弓《ひごゆみ》は、武具の系統で言えば同じ遠距離武具の弓に分類されるとはいえなあ……」

と、言い淀《よど》んでしまった。

弓胎弓《ひごゆみ》は、現世の日本で古くから戦《いくさ》に用いられてきた弓で、主に竹と櫨《ハゼ》と呼ばれる弾性の強い樹を用いて作られている。戦国期、西洋から鉄砲が渡来するまで、日本の戦場で用いられる飛び道具といえば、この弓胎弓《ひごゆみ》か重藤弓《しげとうゆみ》だった。

全長が四尺（百二十センチ）から六尺（百八十センチ）ほどの大型の弓で、中には七尺三寸（二百二十一センチ）を超える化け物じみたものまである。大きさに比例して驚異的な威力を発揮する弓だ。しかし、その大きさと弾力の強さから、騎射に用いるには高い技量が必要とされる。ゆえに、専《もっぱ》ら緒戦における一斉射撃での敵兵力の減数や、籠城戦《ろうじょうせん》における重要な攻勢防御の主要武具として用いられていた。

当時の武士にとって、刀と槍に続く第三の重要な武具として位置付けられ、東海道で一番の大名を指す『海道一の弓取り』という言葉があるほどだ。弓を扱う者、すなわち武士という考え方があったのだろう。それほどに弓胎弓《ひごゆみ》は重きを置かれる武具だったと言える。そのことを考えると、太郎坊から弓胎弓《ひごゆみ》を引き合いに出されて鍛えてくれと言われると、生半可《なまはんか》な覚悟で手を出すわけにもいかなかった。

しかも、本来は竹と櫨《ハゼ》で作られる弓胎弓《ひごゆみ》を鍛造でとなると……つい二の足を踏んでしまうが……

「あ〜もう！　驍廣らしくないよ、さっきから何をそんなにうじうじしてるんだよ、シャキッとしろシャキッと!!」

俺の態度を見かねて、紫慧が腰に手をやり、大声を張り上げて顔を突きつけてきた。面食らった俺は、仰け反りオタオタしながら、

「まっ、待ってくれ。さっきもそう言われたけど、リリスに鍛えた弓《リフス》は、彼女が使っていた木製の丸木弓《セルフボウ》を参考にして鍛えることができたんだ。しかし、太郎坊が求めている弓胎弓《ひごゆみ》は、竹や櫨《ハゼ》を用いて何層にも張り合わせて作られた複合弓なんだ。そんな弓胎弓《ひごゆみ》を、鍛冶師である俺がどうやったら作成できるのか思いつかずに悩んでしまって……」

と、言い訳を口にする。すると、それを聞いた紫慧はキョトンと目を丸くして、

「複合弓？　ええ!?　太郎坊さんが置いていった弓って、木で作られてるんじゃないの？」

と、驚きの声を上げた。そこへ、俺たちのやり取りを見守っていたアルディリアが口を開く。

「紫慧は知らなかったのか？　この弓胎弓《ひごゆみ》は羅漢獣王国で使われているもので、リリスが使っている弓は狩猟などにも使われるが、弓胎弓《ひごゆみ》は戦場で使われるために作られてきたものだ。その一射は強力で、鎧を着た武者をも射殺すと聞く。もっとも、それほどに強力な弓だから、扱うには修練が必要となり、誰でも簡単に扱えるという代物ではないようだがな」

しかし、アルディリアの説明にも、要領を得ないのか、首を傾《かし》げる紫慧。

「紫慧、弓ってのは、ただ力が強ければ矢を射ることができるというものではないんだ。なんだったら試しに引いてみるか？」

俺は太郎坊が置いていった弓胎弓《ひごゆみ》を紫慧に渡してみた。紫慧は躊躇《ちゅうちょ》していたが、すぐに意を決して弓の中央と弦を持って左右に開こうとする……が、一向に射手の体勢は取れない。しばらく悪戦苦闘していた紫慧だったが、

「何これ!?　こんな弓に矢を番《つが》えて引くことができるの？」

と、匙《さじ》を投げた。俺は弓胎弓《ひごゆみ》を受け取り――

「いいか？　この弓を引くには、引き方にコツがあるんだよ。見てろよっと！」

その言葉とともに、弓の上下三分の一の位置を左手で、弦の同じ位置を右手で持ち、両手先を平行に保ちつつ、頭の少し上あたりまで上げる。そして、左手首を返して押し広げるようにしながら、弓の内側に肩と腕を入れてから、胸を張るようにして弓を肩の高さまで降ろしつつ、右手を引いて射形（弓を引いた体勢）を取ってみせ、数拍の後にゆっくりと元に戻した。

俺もきちんと指導を受けたわけではなく、津武《つぶ》の師匠と雅美の稽古《けいこ》の様子から見よう見まねで真似《ま》《ね》ただけだから、正式な射型（弓を引く所作）ではない。ただ、一応は弓を引くことができて、紫慧やアルディリアに分からないよう、安堵《あんど》の息を吐《は》いた。

「どうだ？　ちゃんと引けただろう。弓ってのは、ただ力任せに弦を引けばいいってもんじゃないらしいんだ。引くには相応の理《ことわり》があるらしい。まあ、俺も詳しく知っているわけじゃないし、今見せたのだって見よう見まねだから、正式なものじゃないんだが……」

そう紫慧に説明していると、す～っとアルディリアが寄ってきて、俺が持っていた弓胎弓《ひごゆみ》を手に取ると、足を開いて重心を整え、流れるような所作で、射型を取った。その姿に、俺と紫慧は見とれて思わず、

「「格好いい～」」

と、溢《こぼ》した。そんな俺たちの言葉に、アルディリアは一瞬にして赤面してしまう。

「な、何を……の、のどが渇《かわ》かないか？　何か買ってくることにしよう!!」

ワタワタとその場を取り繕《つくろ》い、鍛冶場から足早に出ていってしまった。彼女を見送ると、俺と紫慧はお互いの顔を見合せて、クスリと笑い合った。

アルディリアを待つ間、俺と紫慧は『考えてばかりいても埒《らち》が明かない。とりあえず何かやってみよう！』と、弓胎弓《ひごゆみ》を鍛えるための準備を始めた。

まず真っ先に用意したのは鞆鋼《ダマスカス》。弓を鍛えるためには、弓の弾性の基本となる鞆鋼《ダマスカス》は外せなかった。次いで、精霊力を付与するために用いる白銀鋼《ミスリル》。そして、妖鷲人族である太郎坊との相性を考え、鋼《はがね》を加えた。そして、鞆鋼《ダマスカス》と鋼《はがね》に使う琥珀《アンバー》粉と付与する風精霊《エアリアル》を内包する翠玉《エメラルド》粉をそれぞれ用意し、鞴《ふいご》を動かして切り炭を投入しながら、火床《ホド》の中で火を熾《おこ》した。

準備を進めているうちに、鍛冶場を飛び出していったアルディリアが、手に大きな包みを抱えて戻ってきた。

「さあ！　紫慧に驍、それにタウロと天都も、飲み物だけでなく食料も買い込んできたぞ。仕事に入る前に、水分と栄養の補給をして、頑張《がんば》って仕事に精を出してくれ!!」

抱えていた包みを開き、大量の饅頭《マントウ》や串焼きを取り出した。だが、その量は、俺たち四人でもとても食べきれる量ではない。とんでもない量を買い込んできたアルディリアに、俺は呆《あき》れた。

「アリア、いくら仕事前に精をつけると言ったって、この量はないだろう。とてもじゃないが、俺たちだけじゃ食べきれないぞ。仕方がない、スミス爺さんの鍛冶場に持っていって食べてもらえ」

「驍廣、そんなことをわざわざ言わなくたって、初めからそのつもりで買ってきたに決まってるよ。

ねえ、アリア！　それじゃ遠慮せずに、ボクはこの桃饅頭《マントウ》と鳥の串焼きを一本貰《もら》うね♪」

投げやり気味だった俺の言葉を窘《たしな》めながら、紫慧は買い出しの山から桃の形を模した甘い饅頭《マントウ》と、串に刺した鳥肉を焼いて甘辛いタレをつけた串焼きを両手に取った。そのまま桃饅頭《マントウ》にかぶりつき、満面の笑みを浮かべてご満悦。

そんな紫慧に俺は苦笑しつつ、食べ物の山から中に猪肉の餡《あん》を閉じ込めて蒸《ふ》かした饅頭《マントウ》と、竹筒に入れられた冷茶を選び、喉を潤《うるお》しつつ、腹を満たした。

美味《うま》そうに饅頭《マントウ》を頬張《ほおば》る俺たちに触発されたのか、天都とタウロもそれぞれ好きな饅頭《マントウ》を手に取り、串焼きなどの副菜とともに口へと運んでいった。その様子を見ていたアルディリアは、口一杯に頬張《ほおば》る俺たち四人の満足げな表情を見て顔を綻《ほころ》ばせる。そして自分の分の饅頭《マントウ》と紫慧と自分の冷茶入り竹筒を確保すると、残りを包み直し、スミス爺さんたちがいる鍛冶場へと運んでいった。

軽食と水分を取った俺たち四人は、とりあえず火床《ホド》の中に鞆鋼《ダマスカス》を入れ、弓胎弓《ひごゆみ》の製作に取りかかることにした。

手始めに、鋼《はがね》とあわせて鍛えつつ琥珀《アンバー》粉を塗して弾性を持たせた鞆鋼《ダマスカス》と、柔鋼《ロウガン》（鋼《はがね》に琥珀《アンバー》粉を塗して強い弾性を持つように変質させた鋼《はがね》）の二種類の金属鋼を用意して、細長いひご状に打ち延ばしていった。

次に、白銀鋼《ミスリル》に翠玉《エメラルド》粉を塗して風精霊《エアリアル》力を付与し、同じように細長く鍛え延ばした。

鍛えた鞆鋼《ダマスカス》と柔鋼《ロウガン》のひごを交互に合わせ、砂鉄を接着剤代わりにして接合。このひごを挟み込むようにして、白銀鋼《ミスリル》を同じく接合し、弓の形へと成形した。

竹と櫨《ハゼ》を使った弓胎弓《ひごゆみ》はこの後、『弓打ち』という作業を行い、反り返るように撓《しな》りをつける。だが、今回は金属鋼を使うため、鍛錬の成形で弓胎弓《ひごゆみ》の形へと打ち上げ、弓の形を保つために焼き入れを行《おこな》った。

後は、持ちやすいように、弓に藤なり革なりを巻きつけて弦を張れば完成となるが、その前に一回弦を張り、試しに引いてみることにする。

「アリア、さっきと同じように、この弓を引いてもらえないか？」

俺は、スミス爺さんのところから戻ってきて、いつもと同じく壁際で俺たちの作業を見つめていたアルディリアに、弦を張った弓を手渡す。すると、アルディリアは軽く頷《うなず》き、一連の所作で弓を引こうとする……だが、弾性が強すぎたのか、満足に引けず、困ったような表情を浮かべた。

「驍、言いづらいことなのだが、この弓はダメかもしれない。無理に引こうと思えば引けないことはないのだが、これ以上引くと不味《まず》いことになる感触が弓から伝わってくるのだ」

それを聞きアルディリアから弓を受け取ると、俺も確かめようと、自分で軽く弦を引いてみた。

「そうか？　弾性も十分ありそうだし、試しに鍛えたものとしてはいいできだと思っ――

――ビキ！

「あっ⁉」

異論を口にしながら弓を引いていると、手元から異音が響き、思わず声がこぼれ出たことで、アルディリアからジト目を向けられた。

「……だから不味《まず》いことになると言ったんだ。どうやら、弓から罅《ひび》でも入った音が聞こえてきたようだな。弓を引くときには、もう少し繊細《せんさい》に扱ってもらいたいものだ。そうでなくても驍の膂力《りょりょく》は人並み外れているのだから、少しは注意してもらわないと……」

と、お小言を貰《もら》う羽目になり、しかもアルディリアの言葉から、俺の不注意で鍛えた弓を破壊してしまったことが他の三人にもバレてしまう。ある者は頬《ほお》を膨らませて、またある者からは鼻息も荒《あら》く抗議の視線を向けられることになった。

そんな俺たちの様子に、フウに炎、牙流武に樹光の四匹は、微笑《ほほえ》ましいものを見るような眼差《まなざ》しを向けていた。

「白銀鋼《ミスリル》との接合部が問題か……」

弓が壊れて、その日はもう何もする気が起きなかった。翌日、改めて異音が響いた原因を探るために、俺はアルディリアとともに壊れた弓から弦を外し、確認していく。すると、弓に風精霊《エアリアル》の力を付与するべく、弓の本体となっている靭鋼《ダマスカス》と柔鋼《ロウガン》を、側面から挟み込むように接合した白銀鋼《ミスリル》が剥離《はくり》していたことが分かった。

「靭鋼《ダマスカス》や柔鋼《ロウガン》と違い、白銀鋼《ミスリル》には弾性がないからなあ。この剥離《はくり》面を見るに、金属鋼が持つ性質の違いによる破損だと考えて間違いはないいな」

「確かに。太郎坊殿の弓に使われている木材がどのようなものかワタシは知らないが、一見して分かるのは、全ての資材がそれぞれに弾性を持っているということだ。弾性性能の差はそれぞれの素材によって違っているのだろうが、まったく持っていない白銀鋼《ミスリル》とでは、弓に成形し弦を引いたときに加えられる力の許容量が違うだろう。さて、驍はこの問題に対してどう考えるのだ？」

互いに破損原因を確認した後に、アルディリアは俺に打開策の有無を訊《たず》ねてきた。ここで、それまで様子を見守っていた紫慧が、小首を傾《かし》げながら俺たちの会話に入ってきた。

「え？　そんなに難しいことなの。鞆鋼《ダマスカス》や鋼《はがね》に琥珀粉《アンバー》を付与することで、それぞれの金属鋼が持つ弾性をより引き出すことができるんだから、白銀鋼《ミスリル》にも琥珀粉《アンバー》を付与すればいいんじゃないの？」

「紫慧、そう簡単な話ではないのだ。先人たちも、白銀鋼《ミスリル》に琥珀粉《アンバー》を付与することで弾性や靭性といった性能を獲得しようとしてきた。だが、これまで成功したという話を聞いたことがないのだ。白銀鋼《ミスリル》は、付与する精霊石に内包される精霊の力を取り込み、発現させる能力はあるのだが、金属鋼として自身の性質そのものを変質させることはないと考えた方がいいな」

アルディリアが丁寧に説明をすると、紫慧はその言葉を咀嚼《そしゃく》するように目を閉じ、何回か頭を捻《ひね》った後で、

「そうなんだ。白銀鋼《ミスリル》は自身の変化は嫌うのかな？」

と、納得したような、していないような微妙な表情を浮かべた。

そんな二人のやり取りを聞きながら、俺は破損部を舐《な》めるように見直しつつ、どうしたら上手くいくのかを考えていた。

アルディリアの指摘通り、剥離《はくり》は白銀鋼《ミスリル》と鞆鋼《ダマスカス》や柔鋼《ロウガン》が持つ金属鋼由来の性質の違いによって起きたものだ。だとすると、白銀鋼《ミスリル》を『側木』として用いるのは難しいということだろうか？

砂鉄を使った接合だったために剥離《はくり》したとも考えられるから、一概には言えないのかもしれない。

もし仮に、鞆鋼《ダマスカス》と柔鋼《ロウガン》に白銀鋼《ミスリル》を鍛接して弓胎弓《ひごゆみ》の形に成形すると、その場合は弓胎弓《ひごゆみ》の構造とは違った弓になるだろうから、太郎坊が求めている弓になるかは分からない。が、やってみる価値はあるだろうと考えを纏《まと》めた。

「よっし！　失敗のおかげでこの砂鉄を用いた接合法では駄目だと分かったわけだ。俺たちにとっては知らなかったことが分かって、鍛冶師として一歩前進したことになる。それじゃ今度は、別の方法を試してみるとするか！」

そう俺が声を上げ、新たに鍛える金属鋼へと手を伸ばすと、紫慧たち三人は大金鎚を手にし、アルディリアは壁際の定位置へ向かった。

新たに試したのは、金属鋼を弓胎弓《ひごゆみ》の構造に模して造り込みを行い、鍛接した後に弓胎弓《ひごゆみ》の形へと成形する方法だった。

これまでも多くの武具を鍛えるときに俺が使ってきた手法だ。鞆鋼《ダマスカス》と柔鋼《ロウガン》をそれぞれ鍛えた上で、層になるように重ね合わせ、その側面を翠玉粉《エメラルド》と念のため琥珀粉《アンバー》を付与した白銀鋼《ミスリル》で挟むように合わせて鍛接してみた。

結果は……まったくお話にならなかった。

アルディリアが紫慧に話した通り、白銀鋼《ミスリル》に琥珀粉《アンバー》を塗しても弾性を持たせることができなかった。弓胎弓《ひごゆみ》の形に成形した後、弦を張ろうとしてみたものの、白銀鋼《ミスリル》が突っ張って曲がらず、強引に曲げるとただ曲がっただけで元に戻らず、弓としての機能を失った金属の棒と化した。

結局、弓胎弓《ひごゆみ》の構造そのままに、竹と櫨《ハゼ》を金属鋼に換えて成形しようとするのは間違いだった。

白銀鋼《ミスリル》は、太郎坊が求める精霊力を付与するには欠かせない金属鋼だが、弓胎弓《ひごゆみ》を形作るには適合しないということだけは確認できた。

そこで今度は、精霊力の付与の前に、まず鞆鋼《ダマスカス》と柔鋼《ロウガン》を用いて弓胎弓《ひごゆみ》に似せた弓が製作できるか確認し、精霊力の付与はその後に改めて模索することにした。

要するに、問題点を一つ一つ洗い出し、克服していこうというわけだ。手間はかかるが、どうもこの方がよさそうで、古人曰《いわ》く『急がば回れ！』ってこと。そう腹を決めて、俺は再び鞆鋼《ダマスカス》へと手を伸ばした。

今回は弓胎弓《ひごゆみ》に似た構造の弓が、鞆鋼《ダマスカス》と柔鋼《ロウガン》でできるかを確認する。そのため、二つの金属鋼を細長く打ち延ばした後、砂鉄による接合での弓胎弓《ひごゆみ》へと成形する手法と、鞆鋼《ダマスカス》と柔鋼《ロウガン》を打ち延ばす前に、造り込みで複数の層になるように重ね合わせて鍛接し、弓胎弓《ひごゆみ》の形状に打ち延ばし成形する手法を行う。そして、二張りの弓胎弓《ひごゆみ》に似せた弓を鍛え上げて弦を張り、弓としてちゃんと機能を発揮するか、能力が高い方はどちらなのかを比べることにした。

俺たちは数日かけて二張りの弓胎弓《ひごゆみ》（砂鉄による接合の弓と鍛接による弓）を打ち上げて、弦を張り、実際にアルディリアに弓を引いて、評価を下してもらうことにした。

弦が張られた二張りの弓を前に、アルディリアはいつも着ているギルド職員の制服の上着を脱ぐ。それから、二張りの弓をゆっくりと見比べた後、手に取って一連の所作で何度かゆっくりと弓を軽く引くことで撓《しな》りを確かめたその後――改めて弓の弦を大きく両手いっぱいに広げ、引き手が頭の後ろに来る位置まで引き絞《しぼ》り、矢を射るように放すと、弦は空気を弾くような音を響かせた。

鍛冶場にそれぞれの弓を弾く音を何度か響かせたアルディリアは、弓を元の場所へと戻して、眉間《みけん》に皺《しわ》を寄せて目を閉じ、考えに耽《ふけ》る。

その間、俺たちは黙ってアルディリアの考えが纏《まと》まるのをジッと待った。

しばし鍛冶場を静寂が支配したが、やがて息を吸い込む大きな呼気の音とともに、目を開いたアルディリアが口を開いた。

「驍、この二つの弓、どちらも弓としての機能は十分に備えた問題のない出来だと、ワタシは思う」

「「よっし！　っん」」

アルディリアの一言に、固唾《かたず》を呑《の》んで見守っていた天都とタウロが拳を握り、喜びの声を上げる。

そんな二人を、アルディリアはひと睨《にら》みで黙らせると、続きを口にした。

「金属鋼を使いここまで弓胎弓《ひごゆみ》を再現する技量は『さすが』と言う他ないだろう。その上で、太郎坊殿が求めるものはどちらかと考えると、あくまでもワタシの見解ではあるが、鍛接したものよりも、砂鉄を使い、接合に留めたものの方だと感じた」

アルディリアの評価を聞き、俺は二張りの弓を手に取り、それぞれの弦を引きながら頷《うなず》きつつ、その考えに至った理由を訊《たず》ねてみた

「そうか。接合する手法の者の方がいいか。……理由を教えてもらってもいいか？」

「理由か。そうだなあ、ワタシが念頭に置いたのは、太郎坊殿が使ってきた弓胎弓《ひごゆみ》により近いものはどちらの弓かということだ。調べてみると、太郎坊殿の弓胎弓《ひごゆみ》は、竹と櫨《ハゼ》を用い膠《にかわ》で繋ぎ合わせて成形しているものだった。が、膠《にかわ》で強く繋ぎ合わせていると言っても、完全に一体化しているわ

けではない。どこかしらに緩《ゆる》みというか遊びがあるように感じるのだ。その感覚に近いものはと考えたとき、鍛接によって鍛えられた弓は靭鋼《ダマスカス》と柔鋼《ロウガン》が一体化していて、微塵《みじん》も遊びを感じられなかった。対して、砂鉄による接合で鍛えられた弓には、わずかながら靭鋼《ダマスカス》と柔鋼《ロウガン》の間に緩《ゆる》みというか、遊びがあるように感じたのだ。武具としては、鍛接した弓の方が完成度は高いと言えるだろう。しかし、その完成度ゆえに遊びがなく、太郎坊殿には違和感があるのではないかと考えたのだ。これが、太郎坊殿ではなくワタシが使うとしたら、ワタシは鍛接した弓を欲したと思う。どちらにせよ、この二振りの弓は甲乙つけづらく、使い者の好み次第で、どちらも一級品と呼べる弓となっていると感じた」

アルディリアは弓の出来に太鼓判を押してくれた。

「そうか。アルディリアに面と向かって褒《ほ》められると、なんだか照れるな。それじゃ、あとはこの弓にいかに精霊力を付与するかだな！」

アルディリアからの高評価に少し照れながら、次の工程に向かおうと声を上げると、紫慧が眉根を寄せた。

「それが一番の問題だよね。でも、白銀鋼《ミスリル》を使わないと武具に精霊力を付与するのは難しいし……。リリスの護拳双刃付き弓《リフス》を鍛えたときは、靭鋼《ダマスカス》と白銀鋼《ミスリル》を鍛接して、捻《ね》じりながら伸ばすことで撓《しな》りを生み出したけど……」

「ああ、あのときも白銀鋼《ミスリル》の扱いに頭を悩ませ……そうか！　捻《ね》じるか!!」

紫慧の言葉で当時のことを思い出し、その瞬間に脳に電気が走った。白銀鋼《ミスリル》のような弾性のない金属鋼でも、捻《ね》じることで多少なりとも弾性を与えることができることを思い出した。

しかも、弓胎弓《ひごゆみ》には握りの部分と弓の上部と下部に補強のために藤が巻かれている。この藤を白銀鋼《ミスリル》に置き換えれば……

「やってみる価値があるかもしれない！」

大きな声を上げる俺に、紫慧以下鍛冶師たちは驚いて顔を見合わせた。だが、壁際に移動していたアルディリアは、面白いことが起きるぞとでも言うように、笑みを浮かべている。

俺が白銀鋼《ミスリル》を手に火床《ホド》に向き合うと、後れを取ってはならぬとばかりに、紫慧たちは大金鎚を手に相鎚の位置についた。


「これから白銀鋼《ミスリル》の鍛錬に入る。少々長丁場になるかもしれないが頼むぞ！」

「「はい！」」

「分かりもした！」

小気味よい三人の返事を聞きながら、鞴《ふいご》で風を火床《ホド》内に送り込み、白銀鋼《ミスリル》に熱を入れていく。十分に熱が入り赤らんだ白銀鋼《ミスリル》を火床《ホド》から取り出して、金床に置き戦鎚《ピウスポース》で打つと、間髪いれず相鎚が打たれた。

鍛冶場に響く鎚音の数だけ白銀鋼《ミスリル》は鍛えられ、頃合いを見計らい、鞆鋼《ダマスカス》と柔鋼《ロウガン》に合わせるために琥珀粉《アンバー》を、風精霊《エアリアル》の精霊力を付与するために翠玉粉《エメラルド》をそれぞれ塗し、さらに鍛え上げた。

「よ〜し。鍛錬はこんなものでいいか、それじゃあ……」

「待て！　ひとまず手を止めて周りを見ろ」

白銀鋼《ミスリル》の鍛錬を納得がいくまで続けた俺は、そのまま加工へ進もうとしたところで、アルディリアから声がかかった。その声に従い視線を上げると、日が傾いていたようで、鍛冶場に差し込む光が薄暗くなり、相鎚を務めていた紫慧たち三人は肩で息をするほど疲労困憊《こんぱい》していた。

「こりゃ……すまない、今日はここまでにしよう」

俺の言葉を合図に、相鎚の三人はその場に座り込んでしまい、アルディリアからの非難する視線を浴びつつ、俺は一人で片付けをすることとなった。


翌朝、朝から鍛冶場には火が熾《おこ》り、鎚の音が響いていた。紫慧たち三人の疲労も、昨夜の風呂と食事と十分な睡眠《すいみん》によって抜けたようで、元気よく俺の相鎚を務めてくれていた。そんな鍛冶場にアルディリアとともに姿を現したのは、今回の難解な注文をしてくれた太郎坊だった。

俺たちは太郎坊が見守る中、昨日鍛えた白銀鋼《ミスリル》を平たく打ち広げてから、先端を平箸で押さえて捻《ね》じりながら一本の鋼線になるように打ち延ばした。細く打ち延ばした白銀鋼《ミスリル》の鋼線は、捻《ね》じりを加えて伸ばしたことで、しなやかさを持ったものになった。

鍛え上げた白銀鋼《ミスリル》の鋼線を再び熱し、同時に先に靭鋼《ダマスカス》と柔鋼《ロウガン》で成形しておいた弓胎弓《ひごゆみ》に似せた弓にも熱を入れて、弓の上部と下部それぞれに握りとなる部分に、白銀鋼《ミスリル》の鋼線を巻きつけ鍛接し、成形を終えた。

「ふ～。これで一応は弓の成形が終わったんだが、太郎坊殿、どうだ？　一度弓を引いてみてはもらえないか？」

戦鎚《ピウスポース》を傍《かたわ》らに置き、作務衣《さむえ》の袖で汗を拭《ぬぐ》って大きく息を吐《は》いた俺は、壁際でアルディリアとともに弓が形作られていく様子を見つめていた太郎坊に声をかける。すると太郎坊は、神妙な面持ちで俺に近づき、

「驍廣殿、それは願ってもないこと、是非にもお願いしたい」

と、快く申し出を受けてくれた。

弓に残っていた熱が冷《さ》めるのを待ち、太郎坊は手際よく弓に弦を張ると、その場で軽く弦を弾き、ビンビンと小気味よい音を響かせてからゆっくりと立ち上がる。そして、アルディリアと同じように弓を左手に持ち、弦を右手で掴むと、ゆっくりと掲《かか》げてから一息に弓を引き絞《しぼ》る。弓は撓《たわ》み、三日月のような弧を描き、一拍の間を置いて太郎坊が弦を放せば、ピン！　と弦が空気を切る音を響かせて、元の姿へと戻った。

「す～～はあ～～～いいなあ」

弓を弾いた太郎坊は、しばし射形の姿のまま佇《たたず》んだ後、ゆっくりと呼吸を整えてから感慨深そうに感嘆の言葉を呟《つぶや》いた。

「どうやら及第点《きゅうだいてん》は貰《もら》えそうだな」

太郎坊の反応に、安堵《あんど》の言葉を吐《は》くと、そんな俺に太郎坊は向き直った。

「及第点《きゅうだいてん》などと謙遜《けんそん》が過ぎるというものぞ、驍廣殿。正直を申せば、拙者《せっしゃ》が使っていた弓胎弓《ひごゆみ》のような弓を金属鋼を用いて作ってほしいなどと無理難題を押しつけてしまい、困らせてしまったので

はないかと思っていたのだ。それが、このような素晴らしい弓を鍛えてくれるとは」

そう言い、頭を下げようとする太郎坊に、

「待て待て。その弓は成形を終えたところで、まだ完成に至ってはいない。礼を言いたいのなら、完成品を手にしてからにしてくれ」

と伝えて、奪い取るように太郎坊の手から弓を受け取ると、弦を外した。それから焼き刃土を用意し、弓の上部と下部それに握り部分に巻いた白銀鋼《ミスリル》には、焼き入れが強く入るように薄く盛る。弓本体には厚く焼き刃土を盛って乾かし、十分に乾くのを待って焼き入れにかかった。

いつものごとく湯船内の水にいる水精霊《ウンディーヌ》を紫慧の精霊術で活性化させ、火床《ホド》に入れた弓にはゆっくりと熱を入れて、徐々に温度を上げていく。

鍛接ではなく砂鉄を用いた接合で成形したことで、それぞれの金属鋼にいる精霊たちが一つになるか不安だったが、弓に使った金属鋼と精霊石の精霊たちはひと纏《まと》まりになって繭《まゆ》を形成した。そして、弓に熱が入るにつれて、繭《まゆ》から漏れる光の明滅が早くなり、弓の表面の色が橙色《だいだいいろ》に変わると、時を同じくして精霊の繭《まゆ》から漏れる光も一際強く輝きを放った。

——ジュ～!!

間髪いれず、火床《ホド》から取り出した弓を湯船に入れると、熱した金属鋼によって湯船内の水が一瞬で沸騰《ふっとう》し蒸気を巻き上げる。その蒸気の水煙の中、精霊繭《まゆ》から現れたモノは、鷲のような容姿に孔雀《くじゃく》の尾羽、そして翼の先に突き出た獅子《しし》の爪に似た翼爪を持った、奇しくも太郎坊の愛騎と同じ獅猛禽《シームルグ》の幼鳥だった。

◇

「御免《ごめん》！　驍廣殿……」

「どうしたんだ、太郎坊殿。こんなに朝早くから、弓は整形を済ませた後、曽呂利工房で拵《こしら》えを施してもらってから引き渡すことになると話し……っと、今日の訪問は、注文した武具の様子を見に来たからではなさそうだな。何の用だ、ゾロゾロと大勢で押しかけてきて」

昨日は焼き入れを終えた時点で仕事を止めて、その後の整形と拵《こしら》えについて話をして別れた太郎坊が、弓の整形をしようと動き出したばかりの鍛冶場に顔を出した。俺は苦笑して出迎えの言葉を口にしたものの、太郎坊の後に続いて鍛冶場に姿を現した大勢の者たちに、つい語気が強張《こわば》った。

「すまぬ、驍廣殿。拙者《せっしゃ》もこのような大人数で訪れては失礼にあたると諌《いさ》めたのだが……」

謝罪しつつも語尾を濁《にご》す太郎坊の言葉を押し退けるように、漢服に軽装の胸当てを纏《まと》った、いかにも武闘家という出で立ちの偉丈夫《いじょうふ》が、進み出て大声を上げた。

「貴様が最近翼竜街に鍛冶場を開いた、津田驍廣という鍛冶師か！」

その横柄《おうへい》な態度に、イラッときた。

「確かにそうだが、今仕事の真っ最中だ。見学したいと言われても、こんな大人数で押しかけられては迷惑。鍛冶場の外から覗《のぞ》くなら構わないから、仕事が終わるまでは鍛冶場から出てくれ」

「なっ、たかが鍛冶師の分際で、その物言いは無礼であろうが！」

鍛冶場の入り口を封鎖するように入ってきておいて激高《げきこう》する偉丈夫《いじょうふ》と、騒ぎ出す取り巻きたち。太郎坊が慌《あわ》てて彼らを宥《なだ》めようと間に入ろうとしたが、その行動でより一層騒ぎは大きくなった。

「喧《やかま》しい！　この鍛冶場は俺の〝城〟。城へ其処《そこ》城主《あるじ》の許しも得ずに、土足で上がり喚《わめ》き散らす輩《やから》に払う礼儀など知らん。出ていけ～!!」

怒りの形相《ぎょうそう》を浮かべた俺の剣幕に、それまで騒いでいた者たちだけではなく、間に入っていた太郎坊も顔色を青く変えて震え出した。中には腰が抜けたようにその場に座り込む者まで現れ、俺が一歩踏み出すと、我先にと鍛冶場の外へ逃げ出していった。

「『驍廣（驍）そこまで（だ）』」

這《ほ》う這《ほ》うの体《てい》で鍛冶場から出ていく有象無象の姿に呆《あき》れていると、紫慧は満面の笑みを浮かべ、アルディリアは少し困りながらも、俺を諌《いさ》めるように両の肩に手を置いた。そんな二人の方を振り向くと、なぜかタウロと天都まで目を大きく見開き、畏怖《いふ》するような表情で俺を見つめていた。

「今の火焔《かえん》は一体……重ね重ねすまぬ、驍廣殿」

鍛冶場に押しかけてきた有象無象が姿を消し、一人鍛冶場に残っていた太郎坊が、俺を見ながら呟《つぶや》いたが、すぐに頭を振り姿勢を正すと、深々と頭を下げた。俺は苦笑しつつ、彼の肩を叩《たた》いて頭を上げさせた。

「いや、見たところ、翼竜街の街民のようには見えなかったし、衛兵とはいえ太郎坊殿が頭を下げることはないよ。それに、事情を話さないといけない人物は別にいるようだしな」

そう告げてから鍛冶場の入り口へと視線を向けると、扉の陰から中の様子を窺《うかが》っている者たちがいた。

「延李殿に真安、入ってきたらどうだ？」

俺の呼びかけに、体をビクリと震わせた後、一拍の間をおいておそるおそる鍛冶場に足を踏み入れてきたのは——翼竜街ギルドの総支配人・翔延李と、羅漢獣王国の商人組合参与という肩書を持つ商人・波奴真安だった。

二人は先程見せた俺の怒りの姿勢にビクビクしつつ、鍛冶場に入ってくるなり、

「すまなんだ。まさか、このような騒ぎになるとは」

「すみません、儂もこんなことになるとは思いもせず……」

と、謝罪した。それを聞いて、思わず大きな溜息《ためいき》が出てしまう俺。

「それで、この騒ぎは一体何だったんだ？　なぜあいつらは俺の鍛冶場に押しかけてきたんだ」

そう問うと、延李と真安よりも先に、鍛冶場の外から声が返ってきた。

「お主のせいじゃよ！」

声がした鍛冶場の入り口へと視線を向けると、そこには苦笑を浮かべるスミス爺さんとともに、見慣れない男女がいた。

「どういうことだよ、爺さん？」

「驍廣。お主、鍛冶の腕を鈍《なま》らせぬようにと、鉄扇の骨を鍛えて波奴真安に海竜街で扇面を張ってもらおうと託したじゃろう」

「ああ。それがどうしたんだ？」

「お主はまだ、己の鍛冶師としての技量がどれほど高いのか分かっておらぬようじゃな。鉄扇の骨とはいえ、お主が鍛えたものが人の目を引かぬわけがあるまい」

少し呆《あき》れたようなスミス爺さんの言葉を受けて、それまで口を噤《つぐ》んでいた見慣れぬ男女の一人が、喜色に彩られた声を上げる。

「まあ、あなたが鉄扇を鍛えた鍛冶師その人なのですね？　実に見事な作りで、一目で気に入ってしまいましたわあ♪」

そして、懐《ふところ》から一本の扇を取り出した。

その女は、年の頃は麗華やリリスと同世代。見目麗しい刺繍《ししゅう》で彩られた曲裾《チュジエ》を優雅に着こなす姿は、いかにも淑女然としていた。だが俺に向ける眼差《まなざ》しは、そんな印象を打ち消すほどの猛獣のごとき猛々《たけだけ》しさと悪戯《いたずら》好きの妖女のような雰囲気《ふんいき》を醸《かも》し出していた。そんな彼女の脇を固めるのは、先に俺に怒鳴《どな》りつけられた偉丈夫《いじょうふ》と同じ軽装の胸当てを纏《まと》い、強者の風格を漂わせる二人の男女。彼ら三人とも、耳が魚の鰭《ひれ》みたいな形状で、艶《つや》やかな髪から二本の角を生やし、起伏の少ない体格が特徴的だった。

「海竜人族《かいりゅうじんぞく》……海竜街の者か？」

「海竜人族。なんだろう、なぜかその容姿に親近感が……」

俺と同じく、入り口近くに立つ三人を見たアルディリアは呟《つぶや》き、紫慧が複雑そうな声を上げていた。二人の言葉を聞き流し、俺は曲裾《チュジエ》を優雅に纏《まと》った女性が掲《かか》げる扇に、視線を険《けわ》しくした。

「お褒《ほ》めにあずかり恐縮です。と、でも言えばいいのか？　だがなあ、その手に持った扇について話をするのが筋だと思うんだが……」

俺の言葉に、一旦は緩《ゆる》んだ鍛冶場の空気が再び張り詰める。しかも、護衛役の男女が険《けわ》しい表情を浮かべて曲裾《チュジェ》の女性を庇《かば》うよう前に出たことにより、一層剣呑《けんのん》なものになった。

――パンパンパン！

いつもは俺がその場の空気を換えるために打ち鳴らす柏手《かしわで》の音が鍛冶場に響き渡ると、同時にスミス爺さんが声を上げた。

「驍廣、まずは太郎坊の武具の仕上げを進めよ。泉淑様もお戯《たわむ》れが過ぎますぞ、お控えくだされ」

「うぐっ、スミス翁にそう言われては仕方ありませんわね。では、仕事とやらが終わるまで待たせていただきましょう」

スミス爺さんの言葉に、曲裾《チュジェ》を纏《まと》う女性《泉淑》は掲《かか》げていた扇を帯に戻すと、護衛役を従えて鍛冶場の奥の壁際へと移動していった。俺はその動きを睨《にら》みつけていたが、「驍廣！」というスミス爺さんの呼びかけに、大きな溜息《ためいき》を一つ吐《つ》いた。そして、スミス爺さんの隣で俺と泉淑たちとのやり取りを戦々恐々としながら見ていた延李と真安に視線を向けて、

「後でじっくりと話を聞かせてもらうからな！」

と、釘《くぎ》を刺してから仕事に戻った。

焼き入れをした弓（疑似弓胎弓《ひごゆみ》）を熱して鎚で軽く打ちながら形を整える。その後、砥石で全体に荒砥をかけてから、握りとなる白銀鋼《ミスリル》を巻いた上部、射手と向かい合う形に迦楼羅天《かるらてん》の梵字《ぼんじ》を刻み、握り部の下に小さく俺の銘を刻んだ。

「よっし！　太郎坊殿、これで貴殿から注文をいただいた弓は打ち終わった。後は曽呂利工房に持ち込み、拵《こしら》えを整えてもらいたい」

そう告げて、打ち終えた弓を太郎坊に手渡すと、彼は興奮したように顔を上気させながら、

「これが拙者《せっしゃ》の新たな相棒となる弓でござるかあ」

と、感嘆の声を上げた。その声に反応したのは、それまで弓の陰に身を隠していた弓の精獣（獅猛禽《シームルグ》の幼鳥）だった。

「創造主、こちらの方がわたちの主になられるお方なのでしゅか？　この方からは良い風を感じましゅる。仕え甲斐《がい》のありそうな御仁のようにごじゃります。お初にお目にかかりましゅ、主様になられる良き風のお方、御名をお聞かせ願えましぇんか！」

と、その幼い容姿に合った口調で、太郎坊に対して語りかけた。弓に宿った精獣に突然語りかけられた太郎坊は面食らい、助けを求めるように俺を見た。俺は苦笑し、

「今の今まで隠れているから、太郎坊殿に驚かれることになるんだぞ。太郎坊殿、すまない。どうやら少々恥ずかしがり屋なところがあるみたいだが、こいつは貴殿が注文した弓に宿った精獣で間違いはない。改めて名乗りをお願いできないか」

と伝える。すると、太郎坊は慌《あわ》てて姿を現した獅猛禽《シームルグ》をしげしげと見つめてから、優しげな笑みを浮かべて、この精獣に語りかけた。

「お若き精獣殿。拙者《せっしゃ》は『太郎坊晴鸞』と申し、この翼竜街で衛兵の一人として一部隊の副長を務める者にござる。しかし驚いた。拙者《せっしゃ》が駆る騎獣（獅猛禽《シームルグ》）と同じ姿の精獣が、拙者《せっしゃ》の武具に宿る

とはのぉ。よろしく頼むぞ、若き精獣殿！」

内から湧《わ》き上がってくる喜びが抑えられず、声を弾ませながら自己紹介をする太郎坊。そんな彼の喜びを感じ取って、弓の精獣も嬉しそうに翼をバタつかせた。

「太郎坊晴鸞様と申しゃれるのですね。よろしくお願いしましゅ、晴鸞様！　それで、晴鸞様にお願いがあるのでしゅ。誠に勝手なお願いなのでしゅが、晴鸞様から銘を賜《たまわ》りたいのでしゅ。どうかお願いいたしましゅ！」

困ったように俺を見る太郎坊に大きく頷《うなず》くと、彼は少し考えを巡らせた後、口を開く。

「『金鵄《きんし》』ではどうでござる。古《いにしえ》の昔、拙者《せっしゃ》の故郷で国を纏《まと》める戦《いくさ》の際に、後の王なる者が持つ弓の先に舞い降り、戦勝をもたらしたという神鳥の名でござる」

「……金鵄。『戦勝をもたらす神鳥』の名をいただけるのですね、ありがとうございましゅ。この後は『金鵄』とお呼びください、晴鸞様♪」

といった具合に、ほのぼのとした空気の中、弓の命名が終わった。

「さて。無事に弓の銘も決まったことだし、今から曽呂利工房へ持ち込んでもらってもいいかな？」

少し声のトーンを落として告げる俺に、太郎坊は鍛冶場の奥の壁際で俺たちのやり取りを監視する者たちをチラリと一瞥《いちべつ》して小さく頷《うなず》くと、弓を持って鍛冶場を後にした。

俺たちは、太郎坊の姿が鍛冶場へと繋がる路地の曲がり角から消えるまで見送った後、仕事で乱れていた作務衣《さむえ》の襟《えり》をスッと正して、鍛冶場の奥にいる三人へと視線を向ける。

一瞬にして鍛冶場の空気が変わる。タウロや天都といった、戦いの場に身を置く機会のなかった者たちは、突如変わった鍛冶場の雰囲気《ふんいき》に呑《の》まれ、不安な表情を浮かべて俺と泉淑たちの間を行ったり来たりと目線を彷徨《さまよ》わせていた。そんな中、荒事《あらごと》とは縁のなさそうな商人の真安は、先程見せた態度が嘘のように、この空気に呑《の》まれることなく、俺のそばに寄り、

「驍廣様、此度《こたび》のこと、ひとえに儂の不手際から起こったこと、申し開きもございませぬ」

と謝罪の言葉とともに、深々と頭を下げた。

「真安、ということは、あの泉淑とやらが掲《かか》げた扇は、お前に預けた鉄扇で間違いないのだな」

「はい。驍廣様からお預かりした鉄扇に扇面を張っていただこうと訪れた先で、仕事を頼んだ職人の願いで泉淑様に鉄扇をお見せしたところ、鉄扇の作りを気に入られた泉淑様が職人に無理やり……」

真安の言葉を肯定するように、泉淑は帯に戻した扇を取り出して、扇面が見えるように勢いよく開いて見せた。

扇の表には舞い散る花々が、裏面には翼を広げる鳳凰《ほうおう》の絵が描かれていた。

「煌《きら》びやかな良い絵でしょう。まさに私が持つに相応《ふさわ》しい扇ですわ。ねえ真安、あなたもそう思うでしょ」

泉淑は悪びれもせず、真安に賛同を求めた。その傲岸不遜《ごうがんふそん》な態度に、俺は拳を握り、奥歯を噛《か》み締《し》めていた。

そんな俺に、護衛役の男女は顔色を変え、反射的に武闘術の構えを取り、泉淑もそれまで浮かべていた笑顔を引き攣《つ》らせた。

「俺が鍛えた鉄扇を、俺の断わりもなく己のものだと嘯《うそぶ》くわけか。だがなあ、お前の行いは盗人の所業だぞ！」

「亜人はやはり下賤《げせん》の者、貴人に対する心得も知らぬか」

「き、貴様ぁ、泉淑様に対し盗人呼ばわりとは、何事か！」

俺を蔑《さげす》むように見下《みくだ》す護衛役の女。男の護衛役は激高《げきこう》し、今にも襲いかからんと拳を振り上げる。

その行動に、泉淑も護衛役の女も、至極当然だと言わんばかりに静観を決め込み、俺が殴《なぐ》り倒される姿を思い浮かべたのか、嗜虐的《しぎゃくてき》な笑みさえ浮かべるほどだった。しかし——

「愚か者が！　貴様は海竜街と翼竜街の間に争いを起こすつもりか！」

泉淑の護衛が拳を振り上げた瞬間、鍛冶場に怒声が鳴り響いた。

その迫力に、拳を上げた護衛役の男は金縛《かなしば》りにあったように体を硬直させ、泉淑と護衛役の女もその声の主——翔延李へと視線を動かし、表情を驚きに変えた。

「沆泉淑様、我ら翼竜街では仔細《しさい》までは分かりませぬ。が、今の真安の話によると、お手元にある扇は驍廣殿が鍛え、真安に扇面を張るように依頼し預けていた品で間違いありませぬな」

詰問《きつもん》する延李に、泉淑は戸惑いを隠せず視線を彷徨《さまよ》わせるも、彼女に対して周りから浴びせられる視線は決して温かなものではない。そんな周囲からの視線に怯《おび》えながら、小さな声で肯定しつつも、釈明の言葉を続けようとした。

「……は、はい。ですがこれには——」

が、そんな泉淑の言葉を、バッサリと切り払うように遮《さえぎ》る延李。

「そうですか！　では、我ら翼竜街ギルドの判断は、驍廣殿を『是』とせざるを得ませんな。速《すみ》やかにこの場で驍廣殿に謝罪をし、許しを請《こ》うのが、泉淑様のなされるべき行動であると考えますが、いかに⁉」

有無を言わせぬ延李の言葉に、泉淑は言葉を失う。そこへ助け舟を出そうとしたのか、護衛役の女が延李に食ってかかった。

「ぶ、無礼ではありませぬか！　たかが一介の職人に対して、海竜街の公子である泉淑様に謝罪を強要するなど……」

泉淑に対する忠誠心からの行動なのだろう。しかし、この護衛役の行動は、延李の怒りに油を注ぐこととなった。

「慮外者《りょがいもの》が！　翼竜街《こちら》が忍従をもって泉淑様の謝罪で事を穏便《おんびん》に済ませようとしていることが分からぬのか‼　そもそも、『鍛冶師・津田驍廣殿と紫慧紗殿、お二人に対して一切の妨害及び過干渉を認めず、これを犯した者は翼竜街に敵対する者として、耀家はもとより翼竜街の総力を挙げて排除する』と通達したはず。にもかかわらず、鍛えた品を無断で拝借し、己のものとして見せつけて承諾を得ようとするなど、我が街が出した通達を蔑《ないがし》ろにしていると断じ、それ相応の対応を取らざるを得ないところなのだぞ！　泉淑様、返答やいかに‼」

鬼の形相《ぎょうそう》で護衛役を怒鳴《どな》りつけ、泉淑に詰め寄る延李に、泉淑以下三人は顔面蒼白になり、どうしたらいいのか分からず、右往左往する。

仕舞いには、泉淑が大声で泣き出してしまった。

「どうしたのよ？　表にまで泣き声が聞こえてきてるわよって、泉淑じゃない！　これは一体何事？」

収拾がつかなくなり、苦虫を噛《か》み潰《つぶ》した顔で、この後どうしたらいいか頭を悩ませている俺や延李。そんな俺たちの前に、意外な人物が現れた。

「麗華!?　どうしたんだ、甲竜街にいたんじゃないのか」

「麗華様ぁ～助けてくださ～い!!」

甲竜街にいるとばかり思っていた麗華が、突然鍛冶場に顔を出した。そして、俺の言葉に被せるように、泉淑が涙ながらに助けを求めて、麗華に駆け寄り縋《すが》りついた。泉淑を抱き止めて、俺と延李を睨《にら》みつける麗華に、俺たちは盛大に溜息《ためいき》を吐《つ》き、事のあらましを改めて語る羽目になった。

「泉淑！　あなた、何をしてるの!!」

「ええ～だってえ～」

事のあらましを延李から聞いた麗華は、縋《すが》りついていた泉淑を引き剥《は》がし、叱責《しっせき》した。

まあ、知り合いだったとしても、とても擁護《ようご》できるような話の内容ではないだろう。俺が鍛え扇面を張ってもらうために真安に預けた鉄扇を、気に入ったからと勝手に自分好みの扇面を張るように職人に強要したのだから。しかし、分からないのが、そのまま海竜街で悦《えつ》に入っていればよかったものを、わざわざ翼竜街に来て、本来の持ち主である俺にこれ見よがしに見せつけたことだ。

泉淑の立場なら海竜街に留まり、知らぬ存ぜぬを決め込んでしまえば、俺もさすがに海竜街にまで取り返しには行かなかった。せいぜい歯軋《はぎし》りをしながら悪態を吐《つ》き、『仕方ない』と諦《あきら》めてしまっただろう。もちろん、こんな街同士の諍《いさか》いなどが勃発《ぼっぱつ》するような騒ぎにはならなかった。そう考えると、泉淑の行動と思考が、まるで理解できなかった。

そんなことを、二人の公女のやり取りに呆《あき》れて、冷《さ》めた目で見つめながら考えていた俺の耳に、その疑問の答えが飛び込んできた。

「だってぇ〜じゃないですわ！　あなたが翼竜街を訪れた理由は、泉怜様からの要請で、驍廣たちに海竜街への訪問をお願いすることだったのではありませんの？　その要請相手を怒らせてどうするつもりなのですか!!」

「えっ、それは安劉様から『海竜街の泉怜様から要請があった』とお口添えいただければ、翼竜街で鍛冶場を開いている鍛冶師なら、逆らうことなどできま……ど、どうされたのですか？　なぜ残念な者を見るような目で私を見るのですか」

これを聞いて、麗華と延李は肩を落とし盛大に溜息《ためいき》を吐《つ》いた。その二人の態度に、訳が分からないと言うように、視線を彷徨《さまよ》わせオロオロする泉淑。

「泉淑様、海竜街では泉怜様の鶴《つる》の一声で多くの者が従うのでしょう。ですが、それは泉怜様は強い権力を持ちながらも、常日頃より街の者に対して筋を通し、無理難題など要求せず、ご自分を律しておられるからであろうと拝察いたします。もちろん、我らが翼竜街でも、安劉様以下耀家の方々は街の者たちに慕《した》われており、安劉様の願いを無下《むげ》に断る者はおりますまい」

「そうでしょうとも。ならば、今回の海竜街の要請も……」

額に青筋を浮かべ、怒鳴《どな》り散らすのをじっと我慢し、諭すように告げた延李に、それまで浮かべていた不安そうな表情を、花が咲いたような明るいものへと一変させる泉淑。だが、その言葉に被せるように、延李は泉淑を否定した。

「ですが、此度《こたび》の要請にはお応《こた》えできませんな。安劉様も、驍廣殿に対し強要することもいたしませぬ。当然でしょう、驍廣殿が鍛えた品を掠《かす》め取るような『盗人』からの要請を聞くような領主は翼竜街にはおりません！」

「……そ、そんなぁ。麗華様、どうかお力添えをぉ！」

延李の明確な拒否に、再び顔色を青くして麗華に縋《すが》ろうとした泉淑に対し、麗華は厳しい表情で、

「わたくしも、親しき友である驍廣が鍛えた品を掠《かす》め取るような者に力添えなどできませんわ。それから、あまり知られてはいませんが、以前、甲竜街の擁恬君が翼竜街で騒ぎを起こしたときに彼の周りにいた無頼《ぶらい》を殴《なぐ》り倒し、詫《わ》びを入れさせたのが、ここにいる驍廣と紫慧です。彼ら二人に、領主の権力など通じません。彼らにはそれだけの『力』があるのです。たまたま、翼竜街は彼らと知己《ちき》を得て、彼らにこの鍛冶場を構えていただくことができましたが、ここが彼らにとって居心地が悪い街になれば、彼らは翼竜街を捨てて出ていくことでしょう。分かりますか？　鍛冶場の外にまで、驍廣を無礼者と罵《ののし》ったあなたたちの声が聞こえてきましたが、無礼者はあなたたちの方です」

と、ピシャリと言い切った。すると、泉淑はその場に崩れ落ち、彼女の護衛役の男女はどうしたらいいのか分からなくなり、崩れ落ちた泉淑に縋《すが》るという醜態《しゅうたい》を晒《さら》した。

延李と麗華は彼らを困った顔で見つめていたが、そんな鍛冶場に、いつの間に抜け出していたの

か、アルディリアが数人の鎧を纏《まと》ったギルド職員を引き連れてきた。

「……どうやら話はついたようだな。延李総支配人、鍛冶師・津田驍廣が鍛えた品を盗んだ輩《やから》を、ギルドへ連行したいと思うが」

崩れ落ちた泉淑たちの姿を一瞥《いちべつ》して状況を理解したのか、淡々と告げるアルディリアに、延李は渋《しぶ》い顔をしながら小さく頷《うなず》く。それを合図に、ギルドの保安部職員は泉淑たちを後ろ手に拘束《こうそく》すると、鍛冶場から連行していった。

「は～。これで一件落着、ってことにはならないんだろうなあ」

「すみません、驍廣……」

溜息《ためいき》とともにこの後に起こるであろう諸々を想像して肩を落とす俺に、麗華は申し訳なさそうにしながら、泉淑が落としていった鉄扇を拾い上げて、俺に渡してきた。俺はその鉄扇を受け取ると、いかにも女性が好みそうな絵柄に彩られた扇面を開いて再度確認し、

「いや、麗華が謝ることじゃないだろ？　それよりもこの鉄扇をどうするかだが、もう一度海竜街に出して、扇面を張り替えてもらうしかないかなあ」

と、呟《つぶや》いた。だが、申し訳なさそうな顔で真安が近づいてきて、

「そのことなのですが、海竜街に持ち込むのはちょっと……」

と、難色を示した。それに対して、俺は首を傾《かし》げる。

「なぜだ？　別に張り直すくらい問題ないだろ。まあ、職人としては一度張った扇面の張り直しを求められるのは面白くないと思うが、理由を話せば問題はないはずだぞ」

だが、真安も麗華も渋《しぶ》い顔をしたまま肯定する様子はない。そんな二人に代わり、アルディリアが口を開いた。

「先程見せた泉淑の様子から察するに、あの者は手に入れた鉄扇を海竜街の街中《まちなか》で見せびらかして歩いていたのではないか？　だとすれば、職人にとっても海竜街公女お気に入りの扇の張り替えなど受けられぬだろうし、仮に受けたとしたら、海竜街の街民たちから非難されるだろう。海竜街領主の沆家としても、公女の醜聞をなるべく公にはしたくないだろうからな」

その見解に、麗華も真安も頷《うなず》いたため、俺はもう一度深く溜息《ためいき》を吐《つ》くこととなった。

「は～、そういうものか。しかし、このままというわけにもいかんだろう。真安、悪いんだが、この鉄扇を持って、海竜街のギルドを通して領主に話を通すことはできるか？　延李が泉淑たちを連れてきたということは、俺と紫慧を海竜街に呼びたいという話は、安劉の耳にも入っているだろう。甲竜街の戦《いくさ》に出てまだ落ち着きを取り戻したとは言い切れないこの時期に、安劉をあまり困らせたくない。可能なら、沆家と俺たちの間でこの一件を手打ちにしても良いと思っている。その辺のところを先方に話して、仲を取り持ってもらえないか？　羅漢獣王国商人組合参与殿」

俺はあえて真安の肩書を口にして、そう願い出ると、その俺の言葉に、それまで黙ってなりゆきを見守っていた天都が声を上げた。

「真安様!!」

「分かっておるわ。驍廣殿、その依頼お受けいたしましょう。その上で無事に事を収め、海竜街に赴《おもむ》くことになった折には、少し足を延ばして我が国にお立ち寄りくださりませぬか？　この申し出を受けてくだされば不肖《ふしょう》、波奴真安、羅漢獣王国商人組合参与として万難を排し事に当たり、必ずやなし遂《と》げてご覧に入れまする！」

「なっ！　それは……」

真安の申し出に驚きの声を上げる麗華を俺は片手を上げて制し、苦笑した。

「まあ、この一件を内々で収めようとお前に依頼を出せば、獣王国へという話が出ると思っていたよ。ただ、俺は翼竜街に鍛冶場を構えたばかりだ。翼竜街としても、まだ腰を落ち着けていない俺を要請が来たからと言って、すぐに海竜街にとはならないだろう。海竜街のついででいいとなると、随分と先の話になると思うが」

するとと真安は、

「もちろんにございます。お約束さえしていただければ、それで十分。儂は驍廣殿が一度した約束をたがえるようなお人ではないと、よっく知っておりますから」

と、ニヤリと笑い平然と答えた。その笑顔に、何か引っかかるものを感じたが、ここまでくればあとは野となれ山となれだ！　と腹を括《くく》ったのだった。

◇

「と、確かに俺も腹を括《くく》ったつもりだったが、まさかこんなに早く……」

泉淑が鍛冶場で騒ぎを起こしてから二周間。太郎坊の弓の拵《こしら》えも無事に仕上がり、満面の笑みとともにお礼の言葉を告げられた後、俺の鍛冶場にも徐々にではあるが、衛兵から武具の注文が入るようになっていたある日。アルディリアが難しい顔をして、安劉のもとに出向いてほしいという話を持ってきたために、俺と紫慧は急いで翼竜街領主邸宅へ向かった。

俺たちを領主邸宅で出迎えてくれたのは、執事長を務めるバトレルさんとレアンの姉レティシアさんだった。

いつもと変わらない笑みを湛《たた》えたバトレルさんに対し、レティシアさんが浮かべている笑顔にはわずかながら憐憫《れんびん》の感情が垣間見えた。俺と紫慧は首を捻《ひね》りながらも、案内されるままに客間ではなく邸宅の奥へと通された。

案内されたのは、客間よりも重厚な造りの扉が設えられた部屋で、中の物音が扉の外へと漏れてくることは一切なかった。

そんな部屋の重厚な扉に取りつけられている金属製のノッカーを、バトレルさんは『ゴォン！ゴォン！』と鳴らす。すると、中から外の様子を見るために設けられた小窓が開き、バトレルさんを確認すると、鍵が開く音が聞こえた。

「驍廣様、紫慧紗様、どうぞお入りください。皆様お待ちになっておられます」

バトレルさんに促されて踏み込んだその部屋の中には、領主の安劉をはじめ、翼竜街ギルド総支配人・翔延李、麗華、衛兵団騎獣団団長・燕騰《エントウ》、衛兵団翼騎獣隊副長・太郎坊晴鸞、衛兵団歩兵防護隊長・昴周といった翼竜街のお歴々が顔を並べていた。さらに、波奴真安の他に、大きな体の見たことのない男もいた。

「驍廣殿、新しく構えた鍛冶場が動き出しておる中、急に呼び出してすまぬな。まあ、かけてくれ」

部屋の真ん中に置かれている重厚な長机の片側、翼竜街のお歴々が座る同じ並びに用意された椅子に、俺と紫慧は安劉に勧められるままに腰を下ろした。

俺と紫慧が席に着くと、すぐに真安の隣に座っていた体の大きい見知らぬ男が立ち上がろうとしたのだが、

「ポリティス殿、しばし待て。まだ全員が揃ってはおらぬ！」

と、俺と紫慧に向けたものとは明らかに異なる威圧的な声で、安劉が男の動きを制す。ポリティスと呼ばれた男は即座に一礼し、浮かしかけた腰を椅子に戻した。

その間に、レティシアさんは俺と紫慧の前にお茶を出してから部屋を退室する。すると、それを待っていたように、太郎坊と昴周が俺たちが鍛えた武具についての感謝を示し、自分たちの武具について語り出した。

「驍廣さぁ、鍛えていただいた鏟《サン》。オラ、感動してまっただよ、まるで、長年使いなれた相棒のようにオラの手さ馴染《なじ》んでぇ。しかも、あの土龍《掘竜》のめんこいことぉ。隊の者《もん》たちもオラの武具さ宿った土龍に首ったけだあ」

「まこと、昴周殿の申す通り！　拙者《せっしゃ》の弓に宿った獅猛禽《金鵄》も、隊の者たちに可愛《かわい》がられており申す。さらに驚いたのは、弓に隠された『力』にござる。今後、天竜賜国を侵そうと攻め込んでくる者たちが哀れに感じるほどでござる」

二人の喜び語る言葉に俺は少し照れてしまい「はあ、喜んでもらえて何より」と返すのがやっと。

しかし、二人の言葉に大きく反応したのは、騎獣団団長の燕膾だった。

「おお！　お主ら二人も津田殿に武具を鍛えていただいたか。甲竜街と天樹国との戦《いくさ》の際、安劉様と麗華様が、津田殿が鍛えた武具を振るい、劣勢であった甲竜街側に勝機を引き寄せる武威を見せた。麗華様の突角《ベルセホルン》の力を傍《かたわ》らで拝見したときは、驚きと興奮で震えが止まらなかった。俺も、津田殿と紫慧紗殿に武具をお願いしたいものだ」

そんな武人たちの武具談義が盛り上がる中、扉を叩《たた》く音が聞こえると、太郎坊が立ち上がり、扉についた小窓から外を確認して「参りました！」と告げた。その途端、今までにこやかに話をしていた者たちの顔から笑みが消え、まるでこれから戦いに赴《おもむ》くのかと思わせるほど厳しい表情に変わった。

そんな同僚たちの反応と安劉が軽く頷《うなず》くのを合図に、太郎坊は扉を開けて外にいる者たちを中に招き入れた。

「泉淑様！」

「ポリティス殿、お静かに！」

入ってきたのは、バトレルさんとアルディリア、それからアルディリアに拘束《こうそく》された状態の泉淑の三人だった。その泉淑の姿を目にして、ポリティスは椅子を蹴ってそばに駆け寄ろうとしたが、隣に座る真安に腰を掴まれて席に戻される。そして、ポリティスは周囲から向けられる険《けわ》しい視線に「失礼しました」と頭を下げた。

「さて、これで儂が招集した者が全て集まったようだな。では波奴真安、始めよ！」

部屋に集められた者たちの顔を見回した安劉は、真安を促した。名指しされた真安は素早く立ち上がると、安劉に対し拱手《きょうしゅ》する。

「安劉様、ご指名をいただき感謝いたします。ご一同は去る二周ほど前に起きた騒ぎについてお聞き及びかと思いますので、改めてこの場で確認する必要はありますまい。その上で、海竜街領主・沆泉怜様からのお言葉をお伝えいたします」

真安の言葉に、泉淑は一層顔色を青くし、小刻みに震え出した。

「まず、翼竜街の鍛冶師、津田驍廣殿が鍛えた鉄扇に対する沆泉淑の所業は、盗人と呼ばれても致し方なきこと。泉淑の母として津田殿に謝罪の言葉しかなく、しかも、こちらへの配慮まで賜《たまわ》り感謝するとともに娘・泉淑は、津田殿に対し誠心誠意謝罪をするようにとのことにございます」

真安の言葉を黙って聞いていた翼竜街の面々は、泉怜からの言葉に納得するように頷《うなず》き、泉淑はその場に跪《ひざまず》くと、俺に向けて床に額を打ちつけるようにして土下座を敢行《かんこう》した。その姿を見た真安はさらに続ける。

「次に、泉淑様を翼竜街に派遣した件についてです。泉怜様は安劉様と麗華様、さらに甲竜街の壌擁彗様に武具を打たれた津田殿に、是非とも海竜街にお越しいただき、武具を打っていただきたいそうにございます。泉怜様は先日、海竜街周辺を荒《あら》らす海賊との争いの中で、ご自分と海竜街水軍提督の武具を破損させられてしまい、海賊どもの跳梁《ちょうりょう》を許す事態を憂慮《ゆうりょ》。一刻も早く新たな武具を欲しておられます。つきましては、海竜街にお越しになるまでの間は、泉淑様を津田殿の従者としていかようにもお使いいただきたいとのことにございます」

ここまで聞いたところで、俺は思わず立ち上がり、「迷惑だ！」と叫《さけ》んでいた。もちろん紫慧とアルディリアも俺に同調。特に紫慧は唸《うな》り声を上げて真安を威嚇《いかく》していたが、当の真安は動じることなく――

「もちろん、津田殿が翼竜街の住人であることを害するつもりはなく、海竜街での仕事を終えられれば速《すみ》やかに次の依頼先に向かえるように、海竜街を挙げて協力するとのことにございます」

淡々と続けると、最後に満面の笑みを浮かべて、

「驍廣殿、お約束の履行、お願いいたしますぞ！」

と、告げてきた。そんな真安の一言に、それまで大人しくしていた麗華は大きく溜息《ためいき》を吐《つ》き、安劉も、俺と真安との約束を知っているのか苦笑した。

「真安よ。泉怜殿からの申し出、よく分かった。皆、今の真安の話をいかが思う。儂は致し方ないと思うが」

安劉が意見を求めると、

「俺は反対だ！　泉怜様の申し出を受けたら、いつ津田殿が翼竜街に戻り、俺の武具を鍛えてくれるか分からんではないか!!」

と、あまりに個人的な理由を挙げて反対する燕膾に対し、他の者たちは困ったものだと言いたげに苦笑をした。

「まあ、燕膾殿の個人的な思いは我慢していただくとして。翼竜街ギルドとしては、海竜街の周辺海域に海賊の跳梁《ちょうりょう》を許すと、獣王国と天竜賜国の交易に支障が出ると懸念される事態であると考え、

津田殿と紫慧紗殿にはご苦労をおかけするしかないと考えます」

翼竜街ギルドを代表して延李が発言すると、太郎坊も昴周も延李に同意を示した。この周りの反応に俺は天を仰ぎ、紫慧とアルディリアは俺を慰めるように手を握ってくれた。

皆の意見（燕膾は一人駄々をこねるように反対していたが）を聞いた安劉は、小さく頷《うなず》くと立ち上がり、

「驍廣殿、新しく鍛冶場を構えたばかりで、これから翼竜街に根を張るという大事なときに、大変申し訳ないのだが、海竜街に行ってはくれぬか？　天竜賜国のために、よろしくお願いいたす」

と、告げて頭を下げてきた。それに続き隣に控えていた麗華が、

「海竜街への道中、そこにいるお転婆《てんば》娘が暴走しないようにお目付け役をつけるので安心してください。泉淑のこともよく知っているから、扱いはお手のものです。それから、お目付け役が翼竜街に着くまでの間、泉淑の身柄はわたくしが預かります。よろしいですわねポリティス殿！」

と、お目付け役の手配とともにポリティスに釘《くぎ》を刺す。すると、泉淑はポリティスに対しその麗華の言葉に同意しないようにと、懸命に首を横に振っていた。そんな泉淑を見て、ポリティスは軽く溜息《ためいき》を吐《つ》いた。

「泉淑様、どうやらあなたはいまだにご自分がどれほどのご厚意を享受《きょうじゅ》しているのか、お分かりにはなられておられないのですね。麗華様、泉淑様のこと、よろしくお願いいたします。少しは性根がまっすぐになるよう、ビシビシ扱き使ってやってください」

その言葉に、麗華は良い笑顔（嗜虐的《しぎゃくてき》な）を浮かべて頷《うなず》き、泉淑はムンクの叫《さけ》びも真っ青な表情

を浮かべ、その場に崩れ落ちたのだった。

「驍廣、では元気に行ってくるがよい。鍛冶場の掃除《そうじ》に戸締りなど、儂とテルミーズでやっておく。お主は何の心配もせず、存分に腕を揮《ふる》ってくるとよい」

「スミス翁の仰《おっしゃ》る通りです。それに今回は、獣王国にまで足を延ばすとか。獣王国では緋々色金《ヒヒイロカネ》を使った鍛冶が行われています。その辺の土産話、楽しみにしていますよ。天都、国に帰れると浮かれて、驍廣さんたちに迷惑をかけるようなことするなよ。タウロさん、天都の手綱《たづな》を放さぬようにお願いしますね」

「煩《うるさ》いぞテルミーズ！　余計なことを言うな!!」

「ワッハッハッハ。安心せえ、天都の手綱《たづな》を放すようなことはせぬでごわす」

鍛冶場の前で旅装を整えた俺と紫慧、アルディリアに天都とタウロは、スミス爺さんやテルミーズに出立の挨拶《あいさつ》をしながら、麗華が用意すると言ったお目付け役を待っていた。

「驍廣さ～ん！」

そんな俺たちのもとに、曽呂利傑利が旅装姿の斡利を伴って姿を現した。

「どうしたんだ、斡利。そんな旅支度で」

「何を言ってるんですニャ。驍廣さんが海竜街に行くと聞いたからに決まっているじゃニャいですか」

「そうですニャ、翼竜街での仕事はまだまだ斡利がいなくとも大丈夫ニャ。それに、海竜街では私の師匠が工房を開いているニャ。一度斡利を師匠の工房に行かせようと思っていたのニャ。驍廣さんの海竜街行きに同行させてもらえると一石二鳥ニャ」

ちゃっかりしてるなあと感心するやら呆《あき》れるやら。そんな曽呂利親子も交えてわちゃわちゃしていると、職人通りから続く路地を曲がりこちらに走ってくるヤツが――

「驍廣様ぁ～うぐっ！」

路地の角を曲がり、鍛冶場が見えた途端に駆け出した泉淑が、大声で俺の名を呼んで飛びつこうとした瞬間、後方を歩く者から鞭《むち》が伸び、彼女の突進を止めるようにその首に巻きついた。そのため、泉淑は呻《うめ》き声を上げて急停止してしまう。

「泉淑、あなた一体何をするつもりだったの？　私の前で不埒《ふらち》な真似《まね》をしようなんて十年早いわよ！　お久しぶり、驍廣、紫慧ちゃん、アルディリア。甲竜街以来ね」

泉淑を強制的に止めたのは、甲竜街で別れたリリスだった。そして、そんな彼女の隣には苦笑を浮かべるルークスと、泉淑の行動に溜息《ためいき》を吐《つ》く麗華がいた。

「お待たせしました」

「お久しぶりです、驍廣殿。豊樹の郷では大変世話になりました。その恩返しというわけではありませんが、リリスともども今回の護衛役を喜んで務めさせていただきます。もっとも、泉淑がいる間は、リリスは泉淑の対応で手一杯になると思いますが」

そう苦笑しながら、リリスと泉淑のやり取りに目を向けるルークス。それに対して俺は、

「なぜ急に俺に飛びつこうとしてきたのか理解に苦しむが、何はともあれよろしく頼む。しかし、新婚なのに悪いなあ」

と、言いながらルークスに手を差し出す。すると、彼も俺の手を握り、はにかみながら、

「いえ、実は義父から、驍廣殿の護衛を兼ねて、リリスと旅を楽しんでこいと言われまして。どうやら義父は、私とリリスの仲に気付かず、彼女に見合いを勧めたことを酷く後悔しているようでして」

と、今回の麗華の申し出を受けた裏の事情を暴露した。俺はそんなルークスの肩を叩《たた》き、

「まあ、そんな感じで肩の力を抜いてくれていた方が、俺としては助かるよ」

と、笑って返した。

「さて、どうやら揃ったようじゃな。では、街門まで送るとしようかのぉ」

海竜街への旅をともにする面々が揃い、各々会話に花を咲かせている中、スミス爺さんの呼びかけで俺たちは連れ立って翼竜街の街門へと向かう。そうすると、街門の前には普段はあまり見ない人だかりができていた。何かあったのか？　と考えながら近づいていくと――

「驍廣殿！　此度《こたび》も、厄介《やっかい》をかける。じゃがお主のことだ、海竜街と、獣王国かな？　大いに騒がしてくるといい。土産話を楽しみにしておるぞ」

楽しげに声をかけてきたのは、翼竜街の領主・耀安劉だった。安劉は延李以下翼竜街を支える面々を従えており、その者たちも笑みを浮かべながら（燕膽だけは『早く帰ってきて武具を打って』と連呼していたが）、俺たちに楽しき旅を、と送り出す言葉を口にしていた。そして、人だかりを形成していたのは安劉たちだけではなく、月乃輪亭のオルソさんウルスさん夫妻に、ルナールさん。フェレースやマルコットなどのギルド職員。鎧翼堂のアルムさんとデルゥ親子に、材木屋のトルンクスなどの職人衆。さらに、自由市場で果実の搾《しぼ》り汁を売っていた兎耳娘などなど、翼竜街で顔を

合わせた多くの者たちが街門前に集まり、口々に俺たちの旅の安全と、海竜街などでの活躍を期待すると声をかけてくれた。

「紫慧、アリア、まさかこんなことになるなんてなあ……」

思わず目頭が熱くなり言葉に詰まる俺に、紫慧は目に涙を一杯に溜《た》めて笑顔で何度も頷《うなず》き、アルディリアもいつもはあまり見せない満面の笑顔で、

「驍、この光景が、翼竜街だけでなく、豊樹の郷や甲竜街でのこれまでの行いに間違いはなかったというまぎれもなき証《あかし》だ！　もっと胸を張れ‼」

と言って、俺の背中をポンと叩《たた》いた。アルディリアに背中を押されて、俺は待っていてくれた翼竜街の人たちに向けて手を高く掲《かか》げた。

「皆ぁ、それじゃ行ってきます！」

「「「「「「「いってらっしゃい！　元気に帰ってこいよお‼」」」」」」」

俺の出発の挨拶《あいさつ》に対し、その場に集まってくれた者たちから一斉に返ってきた声を受けて、俺たちは翼竜街を旅立った——

エピローグ　～大団円～

津田驍廣が紫慧紗やアルディリアとともに海竜街へ向けて出立してから、文殊界では三つの騒乱と一つの大きな戦《いくさ》が起きた。

それらの出来事全てに津田驍廣は関与し、文殊界を二分する大きな戦《いくさ》では、津田驍廣たちが鍛えた武具が大戦終結に大きく寄与した。このことで、彼には『鍛皇《タンノウ》』（鍛造鍛冶の皇）という称号が贈られ、彼の鍛冶の業《わざ》は文殊界に広く伝えられることとなった。そして月日は流れ……


「おとうさん、ご飯の用意ができたってぇ～」

「おお、分かったぁ。それじゃ、今日の鍛冶はここまでにするか。おかあさんに片付けたら行くからって、伝えておくれえ」

「分かったあ。おかあさ～ん、おとうさんが片付けをしたら来るってぇ～」

そこは昔『聖職者の国《クレールス・ナルシオン》』と呼ばれた国があった地。その地に建てられた、一軒の鍛冶屋から聞こえた親子の会話だった。この鍛冶屋は、腕が良いと評判の人間の父親と、気立ての良い妖精族《アクアエルフ氏族》の母親に、父親の祖母からの隔世遺伝によって生まれた妖人族の娘の三人家族が営んでいた。

そんな鍛冶屋から響く声に惹《ひ》かれたのか、たまたま通りかかった三人連れが、鍛冶屋の中を覗《のぞ》き込んでいた。

鍛冶屋の主人は片付けを終えると、母屋にいる妻と娘を呼んだ。

「お～い、片付け終わったぞぉ。早く来なさ～い」

父親の呼びかけに、母親と娘はニコニコと笑みを浮かべて鍛冶場に来ると、部屋の一番奥に祀《まつ》られている小さな社の前に並んで手を合わせた。

「それじゃ感謝のお祈りをするぞ！」

「「文殊様、玄尊精君の方々、そして鍛皇様。今日も一日ありがとうございました」」

父親の音頭で、三人は一斉に小さな社《やしろ》へ向かって感謝の言葉を述べてから、深々とおじぎをすると、楽しそうに笑い合いながら母屋へと消えていった。

その様子を外から眺めていた三人の中の一人が、一緒に見ていた一人の脇を小突く。

「『鍛皇様、今日も一日ありがとうございました』だってぇ」

「茶化すな。まさか俺も、こんなことになるとは思っていなかったんだよ」

脇を小突かれた一人は、少し困ったような顔で言い訳めいたことを口にしたが、その言葉にそれまで黙っていたもう一人が口を開いた。

「ふん。当時は相当やらかしたからな、自業自得だ」

二人から吊るし上げられる形になったその者は、肩を竦《すく》めて苦笑した。

「確かに仰《おっしゃ》る通りでございます。でもまあ……」

「そのやらかした結果が、こんな微笑《ほほえ》ましい光景に繋がっているとしたら……」

「よかったのかもしれぬな」

そう続けた三人は顔を見合わせると微笑《ほほえ》み合い、再び歩き出した。

そんな三人の一人は頭に黒猫を乗せ、首にモコモコした羽毛を生やす蛇を巻き、もう一人は肩に赤い熊鷹を乗せ、最後の一人は足元に山犬を侍《はべ》らせていた。

完

登場武具紹介

九支刀 KUSHITOU

九頭獅吼《ジュウトウシーホウ》

依頼主の曼殊室利《マンジュシュリ》（文殊菩薩《もんじゅぼさつ》）が
持ち込んだ皇鋼《オリハルコン》を鍛えたもの。
太刀姿の刀の柄元に
八つの支刀を備えている。
宿る精獣は九つの頭を持つ獅子《しし》。
銘は文殊菩薩の梵字《ぼんじ》とともに
驍廣《たけひろ》が初めて自らの名を刻んだ。

鉄扇 IRON FAN

（無銘）

八寸（約 24cm）ほどの
携帯用護身防武具。
鍛造鋼で全ての骨を製作したため
その強度は他の鉄扇を凌駕《りょうが》する。
海竜街《かいりゅうがい》の公女・沆泉淑《コウセンシュク》に奪われ、
扇面に女性が好む絵柄が
施されてしまった。

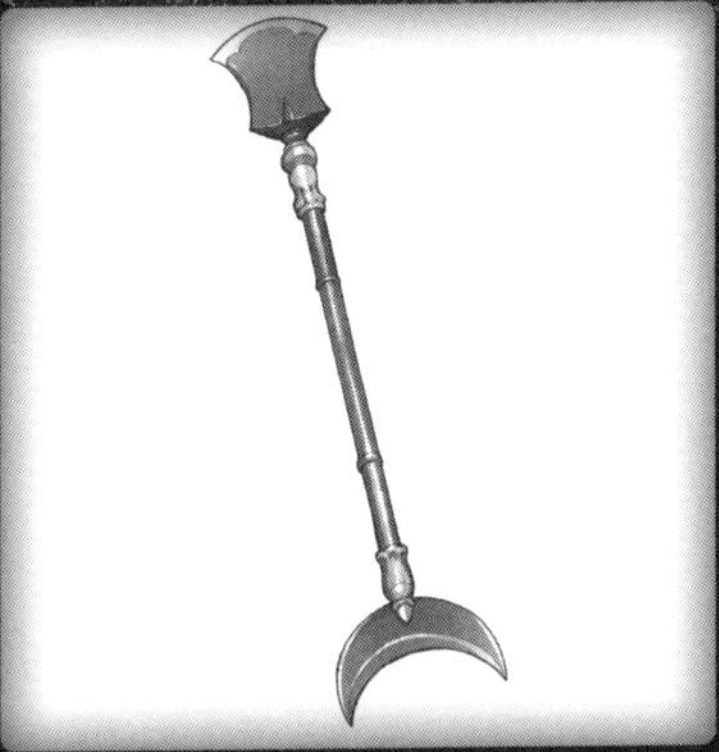

鏟 SAN

掘竜《ジュエノン》

四尺（約 120cm）ほどの
長柄の両端に月牙《げつが》と円匙《シャベル》を持つ武具。
付与された土精霊《ノーム》の力により、
どんなに硬い土や岩盤も
簡単に掘ることが可能。
宿る精獣は、モグラのような前足を
持つ土竜。刻まれた梵字は広目天《こうもくてん》。

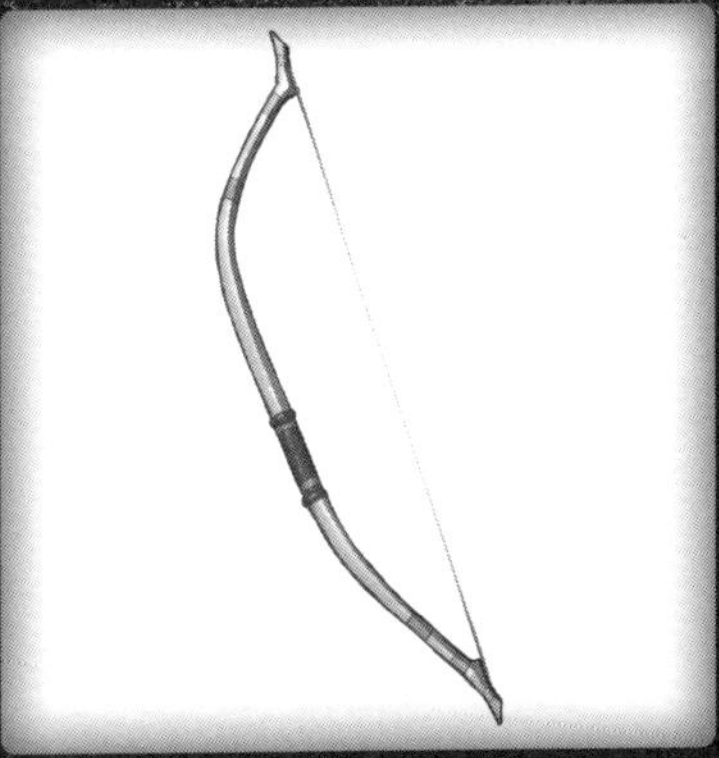

弓胎弓 HIGOYUMI

金鵄《きんし》

全長六尺弱（約 170cm）ほどの大弓。
本来、竹や櫨《ハゼ》で作られる弓胎弓を
金属鋼に置き換えて鍛えたもの。
依頼主の太郎坊晴鸞《たろうぼうせいらん》の希望により
風精霊《エアリアル》の力が付与されている。
宿る精獣は獅子猛禽《シームルグ》の幼鳥。
刻まれた梵字は迦楼羅天《かるらてん》。

参考書籍

「幻想世界 幻獣事典」 幻想世界を歩む会　笠倉出版社（2011）
「幻想世界 武器事典」 幻想武具研究会　笠倉出版社（2011）
「図解 密教の禁断秘術・秘法」 密教研究会　笠倉出版社（2012）
「武器と防具　中国編」 篠田耕一　新紀元社（1992）
「図解 近接武器」 大波篤司　新紀元社（2006）
「図説 武器術」 小佐野淳　新紀元社（2007）
「図解 中国武術」 小佐野淳　新紀元社（2009）
「中世ヨーロッパの武術」 長田龍太　新紀元社（2012）
「幻想世界の住人たちⅠ」 健部伸明と怪兵隊　新紀元文庫（2011）
「幻想世界の住人たちⅡ」 健部伸明と怪兵隊　新紀元文庫（2011）
「幻想世界の住人たちⅢ　中国編」 篠田耕一　新紀元文庫（2011）
「幻想世界の住人たちⅣ 日本編」多田克己　新紀元文庫（2012）
「武勲の刃」 市川定春と怪兵隊　新紀元文庫（2012）
「武器屋」 Truth In Fantasy編集部　新紀元文庫（2014）
「萌え萌え防具事典」 防具事典制作委員会　イーグルパブリシング（2008）
「萌え萌え真・武器大全 刀の書」 TEAS事務所 著／真・武器大全制作委員会 編　イーグルパブリシング（2010）
「萌える！　悪魔事典」 TEAS事務所　ホビージャパン（2012）
「ドラゴン～世界の真龍大全～」 寺田とものり／TEAS事務所　ホビージャパン（2012）
「図説 西洋甲冑武器事典」 三浦權利　柏書房（2000）

「作刀の伝統技法」　鈴木卓夫　理工学社（1994）
「図説・戦国甲冑集」　伊澤昭二監修　学研（2002）
「図説・戦国甲冑集Ⅱ」　伊澤昭二監修　学研（2005）
「日本の剣術」　歴史群像編集部　学研（2005）
「インドの神話」　上村勝彦　東京書籍（1981）
「ギリシャ神話」アポロドーロス 著／高津春繁 訳　岩波文庫（1978）
「絵師で彩る世界の民族衣装図鑑」　えんぴつ倶楽部 編　サイドランチ（2013）
「孫子と兵法三十六計」洋泉社編集部　洋泉社（2014）
「日本刀・松田次泰の世界」かつきせつこ　株式会社 雄山閣（2011）

本作品を執筆するにあたり、
刀匠・吉田研 兼久様
打ち刃物鍛冶職人・故 後藤益美様
お二人に多くのことをご教授賜りました。この場をお借りし、感謝申し上げます。

刀の製作には、免許を持つ刀匠に弟子入りし四年以上修業をした上で、文化庁が行う「美術刀剣刀匠技術保存研修会」の課程を修了し、師匠の認可と登録審査委員の認定を受け、刀匠の資格を手にすることが必要です。この資格を持たない者が勝手に作刀を行うと銃刀法違反になります。

月が導く異世界道中
Tsukiga Michibiku Isekai Dochu
あずみ圭
Azumi Kei
1~15
8.5
シリーズ累計
140万部の
超人気作！
(電子含む)
2021年
TVアニメ化!
CV 深澄 真：花江夏樹
巴：佐倉綾音 澪：鬼頭明里
監督：石平信司 アニメーション制作：C2C
異世界へと召喚された平凡な高校生、深澄真。彼は女神に「顔が不細工」と罵られ、問答無用で最果ての荒野に飛ばされてしまう。人の温もりを求めて彷徨う真だが、仲間になった美女達は、元竜と元蜘蛛!? とことん不運、されどチートな真の異世界珍道中が始まった！
●各定価：本体1200円+税
●illustration：マツモトミツアキ
1～15巻 好評発売中!
コミックス
1～8巻
好評発売中!
月が導く異世界道中 1
とことん不運、されどチート!!
漫画：木野コトラ
●各定価：本体680+税 ●B6判

この作品に対する皆様のご意見・ご感想をお待ちしております。

おハガキ・お手紙は以下の宛先にお送りください。

【宛先】

〒150-6008 東京都渋谷区恵比寿 4-20-3 恵比寿ｶﾞｰﾃﾞﾝﾌﾟﾚｲｽﾀﾜｰ 8F
（株）アルファポリス　書籍感想係

メールフォームでのご意見・ご感想は右のＱＲコードから、
あるいは以下のワードで検索をかけてください。

アルファポリス　書籍の感想　検索

ご感想はこちらから

本書はWebサイト「アルファポリス」（https://www.alphapolis.co.jp/）に投稿されたものを、改稿、加筆のうえ、書籍化したものです。

鍛冶師《かじし》ですが何《なに》か！　十一

泣き虫黒鬼（なきむしくろおに）

2020年10月30日初版発行

編集－加藤純
編集長－太田鉄平
発行者－梶本雄介
発行所－株式会社アルファポリス
〒150-6008 東京都渋谷区恵比寿4-20-3 恵比寿ｶﾞｰﾃﾞﾝﾌﾟﾚｲｽﾀﾜｰ8F
TEL 03-6277-1601（営業）03-6277-1602（編集）
URL https://www.alphapolis.co.jp/
発売元－株式会社星雲社（共同出版社・流通責任出版社）
〒112-0005 東京都文京区水道1-3-30
TEL 03-3868-3275
装丁・本文イラスト－ox
装丁デザイン－ansyyqdesign
印刷－中央精版印刷株式会社

価格はカバーに表示されてあります。

落丁乱丁の場合はアルファポリスまでご連絡ください。

送料は小社負担でお取り替えします。


ISBN978-4-434-28006-1 C0093